Simon Normand

L'Apocalypse selon Marc

Tome 1. Jour 1

Éditions Dédicaces

L'Apocalypse selon Marc ; Tome 1. Jour 1
par Simon Normand

Dépôt légal :
Bibliothèque et Archives Canada
Bibliothèque et Archives nationales du Québec

Un exemplaire de cet ouvrage a été remis
à la Bibliothèque d'Alexandrie, en Egypte

ÉDITIONS DÉDICACES INC
675, rue Frédéric Chopin
Montréal (Québec) H1L 6S9
Canada

www.dedicaces.ca | www.dedicaces.info
Courriel : info@dedicaces.ca

Simon Normand

L'Apocalypse selon Marc

Tome 1. Jour 1

Chapitre 1 : Genèse d'une FIN

Base de Mead's Cliff, Nevada, 70 km à l'Est de Las Vegas, 15 km de la ville de Mead's Cliff

5 : 26 am

– Mon dieu, pardonne-nous nos erreurs en ces heures sombres, car nous ne sommes rien face à ta grande sagesse. Pardonne-nous nos offenses, car toi seul es juste et bon. récita-t-il pour la centième fois dans sa tête avant de chasser cette phrase de ses pensées tandis qu'il avançait dans le sable tout en caressant l'embout noirci de son révolver.

Le parfum aride du désert, se mélangeant avec le monoxyde de carbone qui parfumait l'air, venait emplir ses poumons et titiller ses narines à chaque mètre que sa voiture fonçait à travers cette route oubliée au beau milieu de nulle part.

Cette route sans nom s'éloignait de la 165; un chemin qui menait à cette insignifiante ville sans importance non loin de là où plusieurs de ses hommes allaient manger le midi.

Une étrange odeur l'attaqua tandis qu'il s'enfonça encore plus dans ce néant agrémenté du lever du soleil. Aigre. Comme du vinaigre.

Il prit une grande inspiration avec dégoût.

Ses yeux se posèrent sur le long cigare cubain prisonnier entre son index et son majeur.

Il le lança par la fenêtre avec dédain.

Ses doigts errèrent jusqu'à ce qu'ils aient s'échouer contre la carapace de son Hummer. Du bout des ongles, il caressa cette douce créature de puissance brute.

Après quelques minutes, cette puanteur disparue finalement. Peut-être ce n'était que lui qui s'y était habitué. Au moins, elle ne se faisait plus sentir. Ce fut alors une petite bâtisse qui attira son attention. Plantée là, au beau milieu de nulle part. Un rien de plus gros qu'une étable. C'était une vulgaire cabane en bois.

Pourtant, l'homme appuya d'un coup sec sur la pédale d'accélérateur. Cri viril émanant du moteur. Sa bête abandonna derrière elle un nuage de sable tandis qu'elle s'approchait de plus en plus rapidement vers la chaumière.

Ce rugissement terrifiant annonçait sa venue.

Cette maisonnette se détailla avec chaque mètre qu'il fit. Structure en rondin banale, la porte en tôle semblait en mauvais état. De loin, seule une épaisse fumée grise permettait d'entrevoir une moindre trace de vie.

Il gara son monstre près d'un vieil autobus. Derrière, quelques bouches d'aérations et quelques cheminées dissimulées en geysers sortaient du sol et laissaient croire à un quelque chose de suspect. Ses yeux allèrent alors fixer une toilette extérieure en bois.

D'où il était, l'homme entendait le son des pompes qui fonctionnait à plein régime, cachés dans cette latrine. Ce bruit dérangeait l'opération. *Mais de toute façon, qui viendrait perdre son temps ici?*

Il scruta le panorama.

Que le brun-beige du désert. Rien à l'horizon.

Il replaça sur ses épaules sa tunique de militaire. Son costume de colonel, orné de décorations toutes différentes les unes des autres et soigneusement arrangées le long de son petit corps musclé, était la preuve qu'Azraël Sensenmann – plus connu sous le nom du Colonel-Terreur – était un des seuls dans la catégorie des durs à cuire; froids, sans morale et implacables; à s'être rendu jusqu'au top. Ses ennemis disaient de lui qu'il était l'emblème même de la dictature américaine.

Ses alliés se disaient tout simplement chanceux de l'avoir dans leur camp.

Azraël s'approcha. Au-dessus du porche, une inscription. *Acheron.* Il poussa la porte sans considérer la chose. Ambiance de vieux western. Les têtes se retournèrent et le dévisagèrent avec de gros yeux. Deux hommes en blanc qui jouaient aux cartes. Des armes dormaient à côté d'eux, appuyées contre les pattes de leur chaise. Les bouteilles de Bourbon avaient pourtant été troquées pour des Aquafina. Les deux hommes écarquillèrent les yeux avant de se relever. Le militaire leva la main et ils se rassirent immédiatement.

Inconfortable moment de silence.

Il fit le tour de la pièce et tira sur le grand tapis qui traînait dans le salon. Une énorme entrée en titane dans le plancher se laissa dévorer par son regard perçant.

– Colonel Azraël William Sensenmann Junior.

Ton plus que monotone. Automatique et froid. Il avait prononcé ce nom en un souffle, d'un coup, impassiblement, sur une note aussi peu attrayante que l'aridité du désert qui entourait cette maison. Il marqua une pause avant qu'une voix ne s'élève de la télévision éteinte. « Identification terminée. Colonel Azraël William Sensenmann Junior. Bienvenue. » La porte s'ouvrit et laissa à la vue du haut gradé un paysage digne de la science-fiction. Il descendit dans cette ouverture et disparu dans les couloirs de sa base militaire dont il gérait le projet principal depuis deux ans. Seuls les murmures des deux joueurs de cartes comblèrent le silence.

Ses dures bottes de cuirs noirs faisaient un simple petit bruit, un petit *Tok!*, à chaque pas sur le parquet ciré des corridors blancs. Cet unique petit bruit, tout le monde avait appris à leurs dépens à l'entendre venir de loin. Il avait été trop souvent message de mauvais augure. Pour certains, ces bottes semblaient encore teintées par les cris d'un Vietnam agonisant.

Son arme, accrochée à sa ceinture, était à moitié vide. Singulière preuve que le colonel ne tolérait pas l'échec et que sa brutalité était sans merci. Tant d'ennemis avaient péri à cause de ce pistolet, se remémora-t-il en caressant la crosse de la même façon qu'un être sensé l'aurait fait avec la tête d'un jeune garçon désirant de l'affection.

Pourtant, Azraël Sensenmann, en dehors de son arme, ne démontrait jamais une seule trace de compassion. Ni pour un objet ou pour une personne. Tout individu, pensait-il, était remplaçable. Même lui. Il ne vivait que parce que le gouvernement le lui avait ordonné. Sa loyauté était sans faille. Il préférerait mourir plutôt que de trahir ce qu'il vénérait, ce qui selon lui était l'ordre naturel des choses : Les États-Unis d'Amérique.

– Colonel. dit un soldat qui l'attendait. Le militaire composa son code sur les petites touches froides du mur sans même porter attention au nouveau venu. La porte glissa tranquillement, créant l'effet d'être dans un film de science-fiction. Il savait pourtant qu'il était loin de là. C'était toujours la dure réalité du moment présent.

Son collègue lui emboita le pas à travers le corridor qui s'étendait à leurs pieds. Il était grand et bien bâti, mais surtout tenace, dévoué et brillant. Des qualités qu'il admirait chez un homme aussi doué que celui qui le suivait derrière. Les compétences se conjuguant très bien avec les récompenses, il avait fait de ce simple officier son adjoint et garde du corps.

Il lui remit une chemise en carton prête à déborder, étampée "ultrasecret" sur la couverture.

Pas un mot. Qu'un hochement de tête qui disait tout.

Ils marchèrent pendant près de deux minutes dans les couloirs. La plupart des gens qu'ils croisaient était du personnel scientifique qu'ils préféraient ignorer. Finalement, après avoir discuté de plusieurs aspects du dossier qui prouva que les deux messieurs connaissaient de long en large le sujet, les soldats entrèrent dans un laboratoire bruyant, rempli de fond en comble par des dizaines et des dizaines d'hommes et de femmes portant tous des sarraus d'un blanc immaculé.

Son adjoint l'emmena vers le centre de la pièce.

Un homme assis à son bureau. Sa banalité faisait contraste avec l'ordinateur en face de lui. Un gigantesque écran qui traitait plusieurs informations à la fois. Des données sur des fléaux, des drogues et des animaux dangereux accompagnaient les algorithmes mathématiques à n'en plus finir qui longeaient le moniteur. Quatre claviers encerclaient le scientifique quadragénaire.

Au-dessus de la console, une petite inscription sur une plaquette de bronze qui disait : "Ici repose le Néphilim, Goliath. Qui ose le défier subira le courroux d'un fils des Dieux."

La colère des Dieux? Cette phrase fit craquer le visage du militaire qui se distordit jusqu'à ce que l'esquisse d'un sourire amusé apparaisse.

– Colonel Sensenmann, je vous présente le docteur Opret Tod, chef des opérations scientifiques du groupe de chercheurs "Les Souris". Il est un de nos meilleurs éléments.

– Ah! Colonel Sensenmann, dit le prénommé Opret en se retournant et en tendant la main, « C'est un plaisir, bienvenue parmi "Les Souris"! » Sensenmann fixa longuement la main que le scientifique lui avançait. Puis, avec dédain, ses yeux passèrent au peigne fin le corps mince de l'homme dont il trouvait la ressemblance à l'acteur Chevy Chase agaçante. Il le regarda droit dans les yeux. Son regard n'était rien d'autre que deux abysses qui dévisageaient ces prunelles brunes, expression même de la lâcheté. Il se retourna en poussant un long soupir exaspérer.

Il le contourna, sans faire attention à lui, et s'approcha des grandes cages en métal dans le fond de la pièce et les examina tous, une par une.

– C'est ça?

À l'intérieur, plusieurs animaux dormaient sous anesthésie. Des panthères, des chauves-souris vampires, des grizzlys, un quelque chose qui s'apparentait au loup ou à la hyène, des requins blancs reposant dans des bassins d'eau, des scorpions, des serpents et d'autres bêtes qu'il ne pouvait nommer. Ses yeux fixèrent l'imposante panthère dans l'une des cages. Il sourit quand cet échange de regard se provoqua. Deux prédateurs sur le même territoire, pensa-t-il amusé.

Sensenmann dévisagea le félin qui s'avançait et collait son museau contre la vitre du vivarium. Son sourire s'étira davantage quand la créature prisonnière de cet huis clos montra les crocs. Elle lâcha un long sifflement mauvais. Il lança un petit rire amusé par ce manège obscène tandis qu'Opret Tod contemplait la scène, inconfortable. Le Colonel-Terreur appuya sur le bouton devant la vitrine. Une explosion d'électricité déchira l'intérieur de la cage et foudroya l'animal qui tomba au sol, tétanisé.

Il continua sa route en gloussant jovialement.

Les yeux s'étaient tous retournés vers lui et la panthère. Une tension planait quand le colonel écrasait ses iris sur un des scientifiques. Ils semblaient tous avoir peur qu'une nouvelle décharge éclate et vienne les frapper.

Dans les deux dernières cages, par contre, les bêtes en captivités étaient rien de connu. Ils n'étaient rien de moins que des clochards qu'ils avaient repêchés ici et là trois mois plus tôt. C'était sur eux que Les Souris faisaient les tests… et les tests avaient l'air très intéressant, remarqua-t-il en fixant ces choses qui sommeillaient dans un coin.

Même si elles dormaient, Azraël Sensenmann ressentit une certaine appréhension se former en lui et, comme si il était trop prudent, il alla soigneusement déposer sa main sur la crosse de son arme, laissant glisser son doigt jusqu'à la détente. *Quel monstre fabuleux!* Un sentiment étrange s'était développé en lui. L'affection.

– Ceci colonel est en effet le produit expérimental que nous avons réussi à créer. Celui-ci est le projet Colin001. dit-il en désignant une cage à part. « C'est lui qui est à la souche même de tous nos avancements. » Le militaire s'avança. De ses yeux, il essaya de percer la pénombre du vivarium à la recherche de la bête. Rien n'y faisait. Que des ténèbres. « Quand nous l'avons trouvé, dans la grotte, il agissait comme un fou. Nous pensions au départ que c'était dû à son instabilité naturelle psychopathique, mais… après plusieurs analyses, nous avons découvert que cette… folie…

lui venait en fait de la grotte. C'est elle qui l'a rendue... eh bien... comme ça. »

– Et qu'en est-il de la grotte?

– Oh, elle subit le pompage sans résigner. Par contre... les hommes qui sont partis y installer l'équipement en sont revenus gravement malades. Le scientifique marqua une pause, dubitatif. « Il se passe quelque chose en bas dans cette grotte... et cette chose qui affecte vos hommes, on ne sait pas d'où elle vient. »

– M. Tod, je me fiche complètement de vos échecs à envoyer des hommes dans une grotte pour serrer quelques boulons. Je suis ici parce que je veux des résultats. Souvenez-vous de ce qui est arrivé à votre prédécesseur.

– Oui. Oui. Mille pardons, Colonel Sensenmann. Euh... Le docteur Tod fouilla dans ses notes à la recherche d'une quelconque bonne nouvelle, mais il sembla ne rien trouver. Il leva les yeux sur la cage devant lui et reprit. « Le sujet Colin001 est le plus avancé, mais également le plus dangereux. Parce qu'il a subi les effets de la toxine à sa forme basique, il est différent des autres sujets. Nous lui faisons passer le plus de tests possibles – physiques, psychiques, mémoire, etc. – pour essayer de trouver un signe de pathologie, mais encore là il semble que, en prenant contact avec la grotte, il ait... comment dire... évolué. » Il marqua une pause pendant laquelle il regarda le monstre tapi dans l'ombre ou du moins où il croyait qu'il était. Derrière la vitre, on pouvait entendre rien d'autre qu'une sorte de murmure qui ressemblait à un rire maniaque. « C'est à partir de lui – et de composés trouvés dans la grotte; DbI^2MoS^3 et FO^2BOs^2 – que nous avons créé la dernière toxine, la Nouvelle_Ère0018. »

« Ces mélanges, acheminés ensemble et incorporés par notre procédé habituel, créeront une toxine qui, quand elle sera terminée, aura le pouvoir de complètement changer vos hommes. Ils seront plus intelligents, plus agressifs, plus rapides, etc. Ce produit pourra soit être injecté par seringue – sous sa forme liquide, M. Sensenmann –, jusqu'à dans le sang ou il peut être inhalé par voie nasale. Par contre, il est important qu'il soit en tout temps transporté dans un contenant précis comme celui-... »

– Docteur Tod... sachez que j'en ai absolument rien à foutre de vos putains de détails techniques. Je veux des résultats, des avancements. Opret Tod tremblait littéralement devant lui.

– Nous… nous avons réussi à composer un produit spécial qui assure que, si jamais ledit produit venait à être relâché dans l'air… il… euh… selon mes calculs, il n'affecterait qu'un mince pourcentage de la population n'éveillant ainsi qu'une légère crainte. Le virus passerait alors pour rien d'autre qu'une petite épidémie d'une nouvelle maladie. Les grands esprits penseront qu'un imbécile a encore fait n'importe quoi avec sa chèvre comme l'expérience avec le Sida. Ha, ha, ha… euhm… Désolé. On… on traiterait le cas avec un remède fait sur le coup; un placebo forcément; et tous continueront à vivre leur vie comme…

Le colonel resta impassible. Aucune émotion ne trahissait son visage dur.

« Bref, nous gardons actuellement tous les animaux – et les sujets – sur lesquels nous avons testé le 0018 sous anesthésie dans des locaux inférieurs pour des mesures de sécurité. »

Mais le Colonel-Terreur n'écoutait plus le scientifique. Son attention s'était retournée à cette bête qui riait dans sa cage. Un étrange sentiment de compassion et d'intrigue créait ce regard curieux qui tentait de percer le mystère derrière ces deux pouces de plexiglas inoxydable. Dans la tête de ce soldat imperturbable, ce désir indescriptible était probablement la chose la plus proche de cette émotion qui s'appelait "amour". C'était un horrible sentiment qui rappelait au colonel un lit de mort qui abritait sa mère. Il chassa cette pensée cruelle. « Et est-ce que les tests sont concluants? dit le colonel en se retournant vers le scientifique. »

– Qu'est-ce que… qu'est-ce que vous voulez dire? dit Opret Tod mal à l'aise.

– Je veux savoir s'ils ont réussi les tests que vous leur avez fait passer, merde!? Est-ce que c'est trop compliqué pour votre cervelle de génie!? Peut-être que vous voudriez que je vous le demande en morse. cria-t-il, comme si le fait de rabaisser quelqu'un lui rappelait qu'il était quelqu'un d'important.

Les yeux de tous les autres scientifiques se retournèrent vers les deux hommes.

Un silence plat régnait.

Si, depuis le début de cet entretien, le docteur Tod ne s'était pas soucié de tous ses collègues présents dans la grande pièce, maintenant il sentait leur regard l'écraser tandis que son visage prenait une teinte cadavérique.

– No… non, colonel.

– Comment ça non!?

– Ils n'ont réussi aucun des tests. Pour l'instant, ils ne sont que de simples animaux en cages. C'est comme si leur cerveau revenait à leur stade primal. Ils ne veulent que tuer, manger et survivre. Dés… Déso…

Le militaire poussa un inévitable soupir d'insatisfaction. Il pivota pour contempler ce panorama de sarraus blancs qui le dévisageaient effrayés par ses iris gris-bleu. Il alla entrer sa main dans sa poche et en sortit un long cigare cubain. Il l'alluma, pleinement conscient des matériaux hautement inflammables partout autour de lui.

Le regard angoissé des autres le réconfortait en lui garantissant qu'il apporterait tout le monde dans sa chute. Pour lui, la mort était l'alternative à la victoire. Il ne se souciait pas le moins du monde du chaos que cela pourrait relâcher. La pensée qu'il libérerait sûrement la toxine la plus nocive que l'homme ait connue avait effleuré son esprit et avait laissé dans son sillage rien de moins qu'une joie qui était décuplée par son dégoût pour sa propre race.

– Nous testons de nouveaux produits dans quelques minutes et nous croyons que le poison pourrait être prêt très bientôt. Mais dites-moi colonel… quel sera l'utilisation du projet "nouvelle ère"?

– Et bien, à titre de renseignement, docteur Tod, "nouvelle ère" servira, soit à augmenter la force et les capacités musculaires. À transformer nos soldats pour qu'ils deviennent des "super soldats"… le vieux rêve américain dictatorial, quoi… Il prit une pause, porta son cigare à ses lèvres. L'embout rougit au point de ressembler à un morceau de braise. « Mais sinon – et voilà la partie intéressante – si le virus reste comme il est et si ces monstres ne pensent qu'à tuer, nous enverrons cette drogue sur un pays ennemi comme la Palestine, l'Iraq ou encore la Syrie et nous attendrons patiemment qu'ils s'entretuent, dit-il un immense sourire malfaisant en coin.

Le scientifique demeura planté là, à regarder le Colonel-Terreur qui avait joui d'une joie terrible à réciter ce qu'il ferait avec cette arme si dangereuse. Il se figea, tétanisé par la peur, quand Azraël Sensenmann s'approcha de son visage et laissa son énorme nuage de fumée sortir hors de sa bouche en direction de la figure du pauvre homme.

– Si vous n'avez plus rien à me dire docteur, je vais vous laisser travailler, car, je suis sûr que vous le savez, j'ai plein de choses à faire. Un petit coup sur son cigare pour faire s'écraser au sol un long mégot de cendre brûlante avant de s'en aller vers la porte.

Le colonel était sur le seuil de la porte du laboratoire quand il ralentit le pas. Il connaissait les hommes. Il connaissait les bêtes en eux pour les avoir déjà tentées. Il connaissait leurs instincts. Il savait déjà que le scientifique reviendrait. Il viendrait se plaindre des mauvaises conditions. L'expérience lui avait appris de prédire les moindres gestes de tout le monde. Les siens comme ceux de tous les autres, de tous ses ennemis. *Le soldat acquiert un pouvoir de plus en plus grand à mesure que le courage d'une collectivité décline.*[1] Et le docteur Tod était un être lâche qui essaierait de trouver son courage.

Comme il s'y attendait, il vint le rejoindre. Avant qu'il ne mette le pied en dehors de la porte, il l'agrippa par l'épaule et lui dit discrètement : « Vous voulez un conseil… Dites au président de ces États pourris d'Amérique que cette arme est une création de l'enfer et que peu importe ce qui va arriver, cette arme ne fera jamais d'heureux à la fin. »

Le colonel scruta le regard du scientifique. Ses yeux perçants essayèrent de traverser ces pupilles qui lui faisaient face pour atteindre l'esprit enfoui au-delà de ces iris; tâchant d'y voir si le docteur Tod tenterait de détruire la toxine dans un avenir proche. Pourtant, Sensenmann ne trouva qu'une peur immense qui s'y cachait. Une psyché ravagée par la crainte de ce monstre qui riait seul dans sa cellule.

Le Colonel-Terreur sourit, relâchant la grande bouffée de fumée qu'il retenait. Avec satisfaction, il contempla le nuage grisâtre venir entourer le visage du biochimiste tout en lui disant : « Je mettrai dans mon rapport que vous êtes plus qu'enjoué de travailler sur un projet tel que celui-ci. Au revoir, monsieur Tod. » Il finit par se retourner et se dirigea vers la porte tandis que le scientifique lâchait un hoquet.

♦ ♦ ♦

---

[1] Citation de Gilbert Keith Chesterton, écrivain anglais du 20e siècle

3 mois plus tard. Jour 1 de l'infection.

L'arme était enfin prête. À l'extrémité de la pièce, un groupe de biologistes et de chimistes avaient finalement terminé ce poison qui allait créer une armée encore plus destructrice que toutes celles qui avaient foulé le pied sur cette Terre maudite. Une armée de soldats invincibles qui auraient la force de cinq titans, le rêve de tous généraux militaire.

Ils s'avancèrent, abreuvés par cette illusion d'une renommée qui dépasserait celle de Dieu. Le flacon contenant le sédatif dans les mains de leurs chefs, le monde semblait à leur pied. Ils s'approchèrent vers une sorte de podium installé dans le milieu du laboratoire. Tout autour d'eux, d'autres scientifiques acclamaient leur réussite. Le champagne arrivait. Les appareils photo se sortaient. Les rires et les exclamations avaient pris la place du silence et du sérieux. Des hommes de science, des docteurs et chercheurs de tous les domaines venant de partout sur le globe avec qui ils avaient travaillé pendant si longtemps se réjouissaient en parfaite synchronie de ce triomphe qui leur apporterait gloire et richesse. Ils souriaient tous tant.

Opret Tod était sur la plateforme, attendant qu'on lui remette la fameuse drogue pour commencer à faire son discours. Il se préparait déjà mentalement à faire la fête toute la nuit. Pourtant…

Le biologiste qui tenait le flacon s'avança. *La renommée. L'argent. Les femmes.* Tout était désormais à sa portée. Il ne pouvait s'empêcher de fixer la petite fiole dans sa main.

Les sourires étaient larges. La joie se faisait sentir. Elle parfumait l'air d'une odeur de jeunesse éternelle. Ils semblaient presque capables de gouter le divin élixir qui coulait du Saint Graal tant ils avaient l'impression d'êtres invincibles, immortels.

Les scientifiques étaient malheureusement prisonniers de leur monde de fantasmes et de réussites. Ils ne pouvaient voir les autres univers qui s'entrechoquaient. Les chocs.

Les chercheurs firent le dernier pas les séparant du docteur Tod. Il ne remarqua même pas les soldats qui venaient regarder le spectacle. Eux aussi ils souriaient.

Le diable entra dans la place.

Le biologiste s'approcha d'Opret Tod et lui remit la fiole. Il se retourna en prenant bien soin de le prendre dans ses bras tant la joie l'envahissait. Pourtant, le biochimiste sentait une part de gloire lui échapper. Il redescendit les marches, s'éloignant de plus en plus de son idéal. Un froid semblait l'infester en sentant qu'il se séparait du flacon.

Opret Tod alla tirer de ses poches un petit bout de papier avec un texte qu'il avait peaufiné encore et encore et qu'il avait barbouillé et rebarbouillé encore et encore. Il leva la tête. Sans le vouloir, ses yeux croisèrent le fer avec ceux d'Azraël Sensenmann.

Il ne vit que le mouvement des lèvres.

Puis vinrent le froncement des sourcils, l'abaissement du menton et les creux qui se formaient dans les joues pour créer ce sourire diabolique, maléfique.

Sans même entendre ce que le Colonel-terreur disait, il comprit l'ordre d'exécution.

Les balles explosèrent dans toutes les directions. La gloire et les idéaux éclatèrent dans tous les sens pour ensuite venir se déverser avec le sang au sol. Le divin nectar coulait avant même d'avoir été goûté.

Opret Tod regarda tous ses collègues mourir, tués par les projectiles de la trahison; mort innocemment.

Ce devrait être proscrit, comme dernier acte, d'afficher une expression de peur et de douleur si atroce.

Il conclut après une seconde que ces foutus États-Unis voulaient leur silence, tuer leur savoir, et qu'ils n'étaient pas prêts à payer pour.

Il restait tout seul, debout parmi ces amas de corps morts et criblés.

L'idée de faire la fête toute la nuit était partie bien plus vite qu'elle était arrivée.

Il vit le colonel s'avancer. Il aurait aimé lui dire quelque chose. Le supplier, mendier pour sa vie, mais la peur empêchait tout mot de sortir hors de sa bouche.

Il dégaina son arme.

Opret Tod eut une moue effrayée à la vue du revolver noir. Azraël dit en un souffle : « Au revoir, monsieur Tod. » Il n'eut à faire feu qu'une fois. La mort attrapa le pauvre scientifique.

Il tomba.

Penchant vers l'avant, vers la scène.

Dans sa chute, il entraîna la fiole contenant la toxine avec lui...

En une fraction de seconde, tous les visages devinrent livides et une expression de paniques et d'effroi transforma leur sourire d'automate. Les corps se raidirent tandis que tous les yeux se braquèrent sur la burette qui virevolta dans les airs.

Tandis que le dernier cadavre s'effondrait au sol, l'éprouvette alla s'écraser par terre, quelques pieds plus loin. Le verre se brisa en plusieurs morceaux, laissant s'échapper son contenu.

Trois secondes interminables passèrent sans que personne ne bouge, sans que personne ne respire. Un champ de statue de marbre.

Passé ces trois secondes, plusieurs commencèrent à se jeter de courts coups d'œil inquiet. Pensant être soulagés, ils se permirent de lâcher de longs soupirs… Pourtant, trois secondes furent justes assez pour que le virus se répande à travers la pièce.

La Terreur et la Crainte envahirent le laboratoire et, en peu de temps, elles saccagèrent toute la pièce. Les balles explosèrent dans tous les sens. Les projectiles percèrent les réserves de toxines laissant le tout se mélanger pour en créer une seule; dévastatrice et incontrôlable.

Le poison de la peur; cette nouvelle drogue; arriva aux autres étages de la base militaire et infecta tout le personnel.

Personne ne fut épargné.

Ni ici.

Ni ailleurs…

Chapitre 2 : Cène

Tu marches dans les couloirs de l'école. Tu es fort. Plus fort que jamais. Tes yeux décortiquent chaque centimètre à la recherche de celle que tu veux, que tu désires, celle que ton cœur demande : ta flamme. *Ember*. Tu traverses tous les corridors qui semblent fondre sous ton regard. Les murs deviennent coulées et glissent jusqu'à tes pieds. Quand d'autres étudiants croisent ton chemin, leur visage a l'air d'être suinté ou alors ils sont tout simplement flous.

Ils sont vagues, car ils viennent des limbes de ta mémoire. Ils sont des fantômes.

Toi, tu es un Dieu dans un cauchemar où tout est possible.

Tu t'avances dans la cafétéria. Tout autour de toi, l'enceinte, le sol, le plafond, les spectres, les tables ne sont que déformations de ta perception. Que des amas de formes troubles et irréelles. Ces polymorphes ressortent, changent leur morphologie, entrent en eux-mêmes pour prendre une nouvelle structure tout en fonction de l'angle d'où tu les perçois. Des couleurs altèrent les remparts fantastiques que l'homme a nommés murs et qui te séparent de l'horreur de la vie extérieure.

Tes yeux se posent sur les ombres. Tu les fixes sans les voir véritablement.

Tu t'en fiches tout simplement. Tu détournes ton regard. Tu es préoccupé par quelque chose de bien plus important.

Ember. C'est ça que tu veux. Ember. Tu en es certain! Rien d'autre. Tu ne tiens pas compte du reste. C'est ta raison de vivre. Celle à laquelle tu t'accroches pour ne pas mourir, pour ne pas quitter cette utopie. Tu la vois; assise en face d'un double de toi-même; un miroir sombre de qui tu es.

Tu commences à t'approcher. Du bout de l'allée, tu sens que tes muscles sont durs. Tu es le prisonnier du sol visqueux et caoutchouteux. Tu ressens les vagues du plancher sous chacun de tes pas, comme si il y avait un courant d'eau invisible à tes pieds. Le tout est accompagné d'une étrange odeur nauséabonde. Ton corps s'alourdit du poids des regards des personnages sans visage.

Tu n'oses pas les fixer à mesure que tu avances dans ce chemin entre les tables. Dans ton for intérieur, tu as peur de devenir comme eux. Devenir un fantôme, une ombre dans ce reflet irréel de la vie.

À mesure que tu te rapproches, l'odeur se transforme en une brise aux arômes de vanille. Le sol se change peu à peu en un doux coussin de roses tandis que la distance qui te sépare de ta belle s'amoindrit. L'allée s'illumine à chaque pas que tu fais. C'est comme si chaque enjambée que tu fais t'amenait un peu plus vers le paradis.

Dans un geste calme, ta main va se déposer sur son épaule dénudée. Un frisson d'effroi t'aurait normalement fait tressaillir. Mais pas aujourd'hui. Tu ressens plutôt une décharge électrique qui part du bout de tes ongles et va se propager jusqu'à ton menton. Un tremblement de passion. Une surcharge.

Ce courant est accompagné par une vivifiante chaleur qui te rassure.

D'une quelconque façon, tu sais que, ce que tu t'apprêtes à faire, tu vas le réussir. Tu as complètement oublié la peur qui t'aurait fait normalement t'effondrer. Maintenant, tu es serein. La confiance t'habite et ton corps dégage une agréable tiédeur qui t'apaise. C'est un sentiment nouveau que tu sembles avoir vu nulle part ailleurs que dans les annonces de détergents à lessives.

Tu te baisses vers elle. Tu ouvres la bouche. Ce qui en sort est un mini concerto de notes qui va s'échouer entre ses cheveux et qui trace son chemin jusqu'à son oreille. Ce concerto scande ton nom.

Tu la vois relever la tête tranquillement. Les poils de son cou s'hérissent lentement, propulsés par le courant froid projeté hors de tes lèvres.

Elle entrebâille la bouche. Un susurrement s'en échappe. Elle ne pouvait contenir ce murmure d'extase.

Tu la regardes qui s'effondre sous le son de ta voix suave et assurée. Tu aperçois, du coin de l'œil, un long frisson venir lui sillonner l'échine tandis que tu continus de lui chuchoter de douces paroles au creux de son tympan.

De l'autre côté de la table, ton double; son petit ami ne prend pas très bien de voir sa conquête se faire charmer par un quelconque rival. D'un bond, il se lève pour s'approcher de toi, le gars-qui-ose-faire-des-avances-à-sa-petite-amie. Tous les visages tordus sursautent ensemble, comme unis par leur lien fantôme.

Tout ça te rappelle étrangement une vieille chorégraphie de danse entr'aperçue la nuit passée à la télé, avant de te coucher. *Micheal Jackson...* Il te pousse violemment tandis que tu lui renvoies ton sourire moqueur.

Il commence à essayer de te marteler la figure à grands coups de poing. Pourtant, tu les évites. Avec aise et grâce, presque flottant sur le sol, les coups n'arrivent même pas à effleurer ton corps. Autour de vous, les murs de la cafétéria se transforment en grandes parois de rocs noirs. Le plancher n'est maintenant plus qu'une infecte poussière collante. Les fantômes tout autour valsent seuls, tournant comme des hélicoptères, le rythme des mains de ton rival volant vers toi sans jamais te toucher donnant le tempo parfait. Et, dès qu'ils font un faux pas, un d'eux s'évanouit dans l'air en un nuage de cendres.

Finalement, dès qu'il montre un petit signe de faiblesse, tu le frappes.

Il tombe et disparaît, avalé par le sol qui devient un abysse noir sans fond.

Tes yeux, tels des fauves, font le tour de la pièce. Tu dévisages tous les visages flous qui te fixent de leur air (que tu te plais à te dire) impressionné. Tu te retournes vers Ember. Elle te regarde comme on admire son champion. D'un geste presque caricaturé, elle vient coller ses paumes ensemble avant de les déposer contre sa tempe tout en inclinant sa tête de biais. La princesse s'émerveille devant son prince charmant. De la fierté, de l'amour et un certain enthousiasme rayonnent dans ses yeux.

Tu ne parles pas. Les mots sont inutiles en ce moment pour décrire ce que tu vis. Tu laisses tomber tes pupilles dans les siennes qui brillent de mille feux. En un instant, un éclair s'échange entre vous deux. Elle est amoureuse elle aussi.

Au même moment, tous les fantômes se désagrègent et se transformèrent en une fine poussière d'or qui se répand partout. Tout autour, les murs s'écrasent tout en suivant un chant nuptial. Un nuage de sable vous enveloppe. Dès qu'il retombe, vous n'êtes plus dans une école. Le décor est remplacé par une plage aux couleurs multicolores et oniriques.

Tu t'approches d'elle. Tes mains agrippent sa taille. Tes doigts vont caresser son visage. Elle sourit. Elle dit quelque chose. Étrangement, aucun son ne sort de sa bouche. Tu souris pourtant toi aussi. Vos lèvres se touchent.

De magnifiques oiseaux rouges sifflent dans ce jardin le *bel canto* classique de plus tôt. Lent. Harmonieux. Tendre. Passionné. Le chant tout comme le baiser. C'est un hymne à l'amour.

Autour de vous, des fleurs poussent, dictées par le gazouillement des oiseaux. Au loin, un soleil doré réchauffe votre peau laissée à nu tandis que de fines orchidées et rosacées viennent enlacer vos jambes, créant un agréable chatouillis.

Tu te sépares un instant de ses lèvres. L'extase de ce baiser est pour toi tellement merveilleux que tu ne peux le supporter qu'en petites doses aphrodisiaques. Le sentiment de flotter, de divaguer dans un doux hydrolat de roses t'enivre et te fait le plus grand bien. Tu as l'impression de grandir, de devenir meilleur. Une marée verte coule jusqu'à vos pieds et entoure vos deux corps. Une lumière diffuse vient faire en sorte que l'eau se reflète dans le firmament comme une aurore boréale.

Tu n'as jamais été aussi confortable. Tu l'embrasses à nouveau. Avec passion. Avec fougue. Avec le plus dévoué des amours.

Puis quelque chose attire ton regard. Quelque chose que tu ne t'attendais pas à voir : le visage fin et beau d'Ember s'est métamorphosé. Il a pris la forme ovale et grossière de ton rival qui rit présentement à chaudes larmes.

Tout autour, le jardin se détruit et se transforme en un cimetière qui évoque en toi l'enfer nordique. Une rivière de lave coule follement à tes pieds, emportant les corps gelés des fantômes défunts. Des pierres tombales se lèvent du sol par elles-mêmes. Elles se hissent, deviennent géantes, démesurées. Les fleurs meurent autour de toi glacées ou carbonisées. Au loin, le chant des oiseaux s'est défiguré pour évoluer en un orchestre de corbeaux rugissant au même rythme ce son barbare et odieux.

Tu es effrayé. La tiédeur est désormais un froid digne du royaume de la déesse Hel.

En arrière-plan, il y a ce cri perpétuel venant des rapaces. *Hiack! Hiack!*

Tu regardes vers Hel qui lâche un hurlement de rage. *Hiap! Hiap!*

Un cri qui semble tout droit sorti d'un film d'horreur. *Hip! Hip!*

La bouche de Hel se déforme peu à peu pour devenir une grande gueule qui t'enveloppe. *Bip! Bip!*

Il n'y a plus rien que les ténèbres.

Bip! Bip!

Et d'un coup elle te fait tomber dans l'obscurité.

Bip! Bip!

Tu tombes et tu tombes toujours sans jamais t'arrêter.

Bip! Bip!

Et quand tu arrives au sol, tu t'enfonces dans une marre de corps qui, comme toi, ont été enlevés par leurs ascendants…

Bip! Bip!

◆ ◆ ◆

Il ouvrit les yeux et tout ce qu'il vit fut une lumière encastrée dans le plafond. *Un rêve! Ce n'était qu'un rêve!* Il avait beau se sentir soulagé, il ne savait pas comment interpréter ce cauchemar. Il baignait dans sa sueur. Le bruit agaçant de son réveil-matin lui criait de se lever. Il était donc l'heure de partir pour l'école… pour une dernière journée. *Ensuite au revoir maison, je m'en vais à la fac!*

Il finit par sortir du lit, à se rendre à la salle de bain et à prendre sa douche. Dix minutes plus tard, il en ressortait frais. En quittant la toilette il se cogna le gros orteil sur sa batterie de mauvaise qualité et de loin dépassée qui traînait dans un coin de sa chambre. Seul un juron jaillit. Il se retourna et replaça les couvertures sur son matelas prestement, donnant ainsi une touche de propreté apaisante à la pièce telle que son père le demandait. Il contourna son mobilier, ferma son ordinateur personnel – laissé ouvert toute la nuit pour que le piratage des discographies d'un groupe d'Hard Rock californien – *Atreyu* – et d'un duo pop du début des années 60 – *Simon And Garfunkel* – se termine. *Atreyu* et *Simon and Garfunkel* réunis dans une même bibliothèque musicale. Étrange mix qu'il se plaisait à entendre. Avec cette sensation de jeunesse de l'âme, il entama le premier titre téléchargé. "*Living on the edge*". Je croyais que c'était une chanson d'*Aerosmith*, se dit-il. Il fut heureux d'apprendre qu'*Atreyu* avait repris le vieux succès – à leur manière très rock, bien évidemment.

"There's somethin' wrong with the world today
I don't know what it is
Something's wrong with our eyes

We're seeing things in a different way
And God knows it ain't His
It sure ain't no surprise"

Il passa devant son mur d'affiches de films qui visitaient autant les vieux classiques d'horreur des années 50 à 80 que les groupes de rock-punk-hardcore de la décennie, tout en étant mélangés avec les dessins étranges d'un graphiste excentrique californien et des portraits de batteurs populaires; tout y était pour donner à sa chambre l'ambiance rock et "*trash*" qu'il avait toujours voulu avoir. Petit coup d'œil dans le miroir avant d'aller s'habiller comme à l'habitude avec un t-shirt de musique et des bermudas déjà sales. Face à lui, dans cette glace embuée, il y vit le reflet d'un jeune homme de dix-sept ans. Avec ses longs cheveux sombres et ses yeux d'un marron foncé, il avait tout l'air de l'adolescent punk typique de la région.

Il s'appelait Marc Kyrric. Sa vie changerait bientôt à jamais.

Quand il finit par descendre pour déjeuner, il se rendit compte qu'il était seul ce matin, encore une fois. Son père n'était sûrement pas revenu du travail et son frère, *bah!* il ne voulait même pas savoir où il avait passé la nuit. Il dépassa un vieux portrait de famille où il se vit avec son père, son frère et sa mère. Ils semblaient tellement petits, tellement innocents. Ils n'étaient que des enfants. Il jeta un faible sourire nostalgique en regardant une des dernières photographies de sa mère avant d'aller se préparer des toasts.

Après son bref repas, il prit son skateboard, aplatit sa casquette chanceuse sur sa tête et partit vers l'école. Il dévala la rue sur laquelle sa maison trônait pour se rendre au minuscule centre-ville de Mead's Cliff, passant devant la vieille usine de coton – désormais abandonnée – dont tout ce qui restait était la courte référence dans un article jauni qui expliquait la cause de la fermeture de plusieurs manufactures dans la région, prisonnier entre deux couches de vers. *Le patrimoine merdique de Mead's Cliff, Nevada.*

Mead's Cliff était une erreur. C'était ce qu'il avait toujours pensé. Un trou perdu au milieu de nulle part. *Une ville mise au placard, mais tout de même habitée.* Un paradoxe en soi. Des anciennes demeures de mineurs et de fabricants de textiles qui étaient devenues, au fil des ans, des maisons pour les banlieusards moins nantis et les ouvriers solitaires. Cet endroit était, en quelque sorte, une tanière de rats qui avait survécu parce que les rats n'avaient pas assez de colonnes pour quitter sa quiétude qui plaisait à certains. *Certain, mais pas à moi.*

Marc décampa sur Liberty Street, la rue principale, qui descendait en aval vers les rues secondaires, en bas de la pente. Cette légère colline donnait à la petite municipalité l'impression d'avoir été créée par un ivrogne. La ville semblait toute croche, toute distordue. Une autre erreur.

Il zigzagua entre les voitures qui partaient, pour la plupart, travailler à l'usine d'énergie solaire Nevada Solar One, non loin de l'autoroute. Il dévala jusqu'à l'intersection, franchissant la boucherie du village qui servait également de boulangerie ainsi que d'épicerie. Il dépassa le magasin d'alcool et de tabac du vieux Foniás, le vieux *Dinner* de Miss Grets, saluant au passage les quelques passants qu'il avait appris à connaître au cours des dernières années.

Marc atteignit le cœur même de Mead's Cliff quand il arriva au carrefour qui alignait horizontalement et verticalement les deux plus grandes artères de la ville. D'un côté, la rue horizontale l'envoyait vers l'église, le cimetière pratiquement en ruine ainsi qu'un bureau de poste désuet et laissé pour compte. Puis, vers sa droite, elle emmenait Marc vers l'unique station-service dans des miles à la ronde ainsi que vers une petite rue remplie de maisons bancales. Marc tourna à droite et s'incrusta entre les piétons de cette rue à maisonnettes pour aller chercher son ami qui y habitait. Bref coup d'œil sur l'affiche rectangulaire qui annonçait le nom de l'avenue. *Dante.*

Sur cette rue, parmi toutes les maisons dégradées par les années, deux sortaient du lot à cause de leur côté complètement détérioré.

Celle dite hantée.

Et sa maison à elle.

À peine avait-il eu le temps de déposer son regard sur ce taudis qu'il sentit la présence de Freddy qui venait le rejoindre. Une poignée de main, un résumé des blagues qu'ils avaient entendues la veille à la télé ainsi que deux ou trois idées pour leur band et ils furent rapidement partis. Ils embarquèrent sur leur skateboard et ils revinrent sur leur pas, se dirigeant vers l'école secondaire qu'était la leur et qui faisait face à Holy Road, la rue de la vieille église.

Bref coup d'œil vers ce trou où elle habitait avant de rouler vers leur classe de science d'un pas anormalement joyeux.

Aujourd'hui était un jour important. Aujourd'hui, ils devaient passer leur dernier examen de l'année et du secondaire et, qui dit dernier examen dit également premier party de l'été!

◆◆◆

Il rebroussa ses longs cheveux tombants et continua de regarder le numéro sept de son examen. Pour passer le temps sur ce problème infaisable, il fit tournoyer son crayon mâchouillé entre ses doigts. Il remit une mèche gênante derrière son oreille, accrochant au passage son perçage. *J'emmerde Mendeleïev!* Il gribouilla quelque chose à côté de sa caricature de vieux barbus qu'il avait faite dans son test avant de passer à la question suivante. Il tenta tant bien que mal de résoudre ce tableau sur la classification des éléments quand il fut heurté par quelque chose.

On lui avait envoyé une boulette de papier qu'il déchiffonna. *Et merde! Quoi encore?* À l'intérieur, le mot idiot était marqué en grosses lettres. Il se retourna pour voir qui avait eu le culot de lui lancer ça. Sans même avoir à se tourner, il reconnut facilement le rire de deux garçons de sa taille qui se moquaient de lui dans un coin. L'un était un grand brun avec une coupe digne d'un militaire et l'autre était blond aux yeux bleus comme la mer. Le blond était Chuck, son éternel rival qui fréquentait la plus belle fille de l'école : Ember. Il laissa pousser un soupir d'exaspération avant de tourner la tête.

Mais son regard fut tout de suite ramené vers Chuck quand il vit une fille lui passer un petit billet replié en quatre. Marc ne put s'empêcher d'épier la scène du coin de l'œil.

Chuck ouvrit le message.

Un sourire malin se dessina sur son visage. Il refila à son ami Jude pour partager sa moquerie.

Jude sourit à son tour.

Marc reniflait déjà les ennuis

Chuck se pencha vers la jeune aux cheveux foncés et murmura tout juste assez fort pour que Marc entende. « Écoute, je veux pas te sembler méchant, mais… » Dès cet instant, Marc sut

24

que Chuck mentait et que cette pauvre fille était sur le point d'éclater en sanglots. « ...s'il ne restait que nous deux sur terre, bah, l'humanité cesserait d'exister! »

Marc se retourna vers la fille. Elle ne semblait pas s'être préparée à cette réponse-gifle. Ses yeux devinrent rouges. Elle se mordit les lèvres. Elle balaya la pièce nerveusement. Elle avait l'air d'être sur le point d'éclater en sanglots. Mais elle n'en fit rien. Elle se réfugia entre ses bras et cacha son visage des rires de Chuck et de Jude qui se moquaient méchamment.

Marc soupira. Chuck était un véritable trou du cul.

Il détourna la tête et fit passer son regard sur chaque personne qui charriait cette platitude qui émanait de ces murs laids. Marc dévisagea tous les membres de son groupe de musique : Freddy, son éternel ami et le chanteur désigné. Ensemble, lui et Marc avaient fait les quatre cents coups. Pour eux, c'était à la vie, à la mort. Ils étaient aussi inséparables que Chuck et Jude qui riaient encore.

Dans un coin, il y avait Kurt, le bassiste du band, son examen soigneusement mal placé sur son bureau, fort probablement bâclé de A à Z. Marc l'aimait bien pour son attitude rebelle et quelques peu excentrique. À une autre extrémité de la pièce, Jimmy, le plus grand musicien que Marc connaisse, se cachait, sous ses cheveux longs qui auraient rendu Bob Marley jaloux, pour écouter de la musique. Se cacher quand on a tant de talent, se dit Marc, c'est triste. Ce type était un véritable génie qui partait pour le MIT après l'été. Malheureusement, son génie était obscurci par une timidité maladive. Il avait au moins comblé sa lacune pour les mots par son talent avec une guitare. C'était peut-être la seule occasion où son bégaiement et son quasi-mutisme ne se manifestait pas.

Tout à l'avant, le professeur Starcheskiï contemplait le vide devant lui, l'air absent, son regard fixant peut-être bien un point invisible tandis que son stagiaire, Matthew; ou "grizzly" comme les étudiants se plaisaient à l'appeler à cause de son incroyable pilosité; observait à travers un prisme les rayons du soleil qui parvenaient par la fenêtre avec l'espoir idiot de recréer l'arc-en-ciel de *Dark Side of The Moon*.

Marc retourna à son problème, résolvant aisément la question, comme si cette petite distraction lui avait permis de mieux se concentrer. Avant que les vingt minutes qui restaient au cours ne se terminent, Marc finit son examen de sciences.

Ensuite arriva le moment tant entendu de la journée. Les élèves patientaient, bien droits, leurs yeux rivés sur la porte avec la même ardeur que celle de l'enfant pendant le réveillon de Noël qui fait les cent pas jusqu'au douzième coup de minuit annonçant la venue du grand barbu. Dès qu'un son retentit, tous se levèrent et se précipitèrent en dehors de la classe. C'était le cri strident et désagréable d'une longue bataille qui s'achevait. Le hurlement de cette désastreuse trompette qui semblait prédire le jugement dernier et qui rugissait presque chaque jour depuis qu'ils étaient adolescents. Dehors, tout le monde courait loin des salles de cours créant une affreuse cacophonie de criailleries, de rires, de jurons et de bavardages tous plus bruyant que le précédent. Pour les plus jeunes, ce n'était qu'une bataille de plus qu'ils gagnaient en attendant de terminer la guerre. Pourtant, elle demeurait pour eux un dur affrontement qui allait recommencer dans quelques mois.

Pour les finissants, c'était le cor annonçant une nouvelle ère qui approchait; une ère de nouveauté et de liberté, de démesure et de départ. Mais, pour Marc, liberté ne rimait pas nécessairement avec joie à outrance. Il resta calme et posé et n'alla pas rejoindre ses amis en se précipitant dans tous les sens comme quelques-uns plus excités.

Il prit son temps, comme à l'habitude, ne se souciant pas des gens qui se bousculaient pour passer. Il préféra mettre ses écouteurs pour s'évanouir dans un monde de musique. Un étrange sentiment d'évasion accompagnait chacune des paroles qui semblaient avoir été désignées tout particulièrement pour lui et pour ce moment précis. Il leva avec plaisir le volume tandis que Dave Grohl et les *Foo Fighters* chantaient un de leur succès : *Wheels*.

> *"I know what you're thinkin'*
> *We were goin' down*
> *I can feel the sinkin'*
> *But then I came around*
>
> *And everyone I've loved before*
> *Flashed before my eyes*
> *And nothin' mattered anymore*
> *I looked into the sky*

Well I wanted something better man
I wished for something new
And I wanted something beautiful
And wish for something true
Been lookin' for a reason man
Something to lose

When the wheels come down (When the wheels come down)
When the wheels touch ground (When the wheels touch ground)
And you feel like it's all over
There's another round for you
When the wheels come down (When the wheels come down)

Know your head is spinnin'
Broken hearts will mend
This is our beginning
Comin to an end"

Des plus jeunes le bousculèrent un peu sans se soucier de lui et sans s'excuser. L'ivresse de la bataille enfin gagnée, pensa-t-il tandis qu'il se faisait accroché une nouvelle fois. Cette fois par contre, c'était une fille qui vint lui donner un violent coup d'épaule. Une pluie de bouquins tomba au sol. Entre deux sacres, elle, elle eut l'amabilité de se retourner et de se confondre en tendres justifications et divers pardons. Marc découvrit alors des mots doux, désolés, remplis de joie et d'une amusante panique. Il se pencha après elle pour l'aider à ramasser ses livres.

Tandis qu'il mettait sa main sur un exemplaire de Mrs. Dalloway, Marc contempla la silhouette fine. Des cheveux longs, parfaitement peignés, descendant en une cascade de feu qui allaient cacher une partie de son visage. Le simple fait que quelques mèches se rabattaient contre ses joues semblait livrer une aura de mystère à la belle.

Ses yeux verts s'échouèrent dans ceux de Marc. Deux petits émeraudes qui s'agençaient parfaitement aux flammes orangées de sa chevelure qui venaient créer un agréable contraste pour l'œil. Ces yeux ressemblaient à deux trésors depuis des siècles disparus, mais toujours ô combien convoités; à un Eldorado mythique enfermé dans de candides prunelles.

Sans dire un mot, elle s'excusait avec son regard empreint d'amour et de légèreté. Pendant un court instant, il lui fut permis d'atteindre le nirvana.

Ces taches de rousseur, éparpillées pêle-mêle sur ce visage élancé lui donnait l'impression que ce visage blême était le résultat d'une œuvre d'art. Sans le vouloir, il la dévisagea de haut en bas. Une poitrine parfaitement bombée. Une taille magnifique; ni trop grosse ni trop maigre. Des fesses – qu'il avait admirées pendant des heures de cours complètes – fermes, rondes et petites. Des cuisses sveltes, recouvertes d'un pantalon griffé. Les pieds subtilement difformes – seul défaut sur sa personne – concluaient et étaient rehaussés d'un tatouage; un croissant de lune.

Ember.

– Merci Marc, c'est gentil de ta part. Excuse-moi encore, je t'avais pas vue. J'étais avec Virginia. dit-elle en agitant en l'air son bouquin. « Est-ce que ça va? Ça s'est bien passé l'exam' de science. »

Il sourit et essaya d'entamer une conversation (intéressante, dans le meilleur des cas) tant bien que mal, mais les mots se tordirent sur sa langue créant une phrase étrangement montée : « Non-merci… euh! … ça va… ouais! Euh, ça va! Toi? »

– Oui merci Marc. Excuse-moi encore, je t'avais pas vu…

– Ah, c'est… c'est rien t'inquiète.

– Dis, tu viens ce soir?

Marc la regarda, perplexe et incrédule. « Ouais. Ouais. »

– Cool! Le plus magnifique des sourire s'afficha devant lui.

– Qu'est-ce qu'y'a ce soir au juste? dit Marc s'avouant perdu.

– C'est la fête de fin d'année! dit-elle enjouée, entre deux rires. « J'en suis l'organisatrice. Tous les finissants sont supposés y être. Y va aussi y avoir le groupe de musique du frère à Amy qui va jouer sur scène et puis… et puis c'est ma fête aussi. »

Marc la regarda. *Son anniversaire!* Il l'avait complètement oubliée celle-là!

– Oui. Oui. J'présume que j'vais y être, bien sûr. Est-ce que… Est-ce qu'y faut être habillé chic ou je peux venir comme…

Mais avant qu'il puisse terminer sa phrase, quelqu'un vint s'interposer entre eux deux. C'était Chuck. Il s'avança vers elle et la saisit par la taille. Il l'approcha de force vers lui et, avec fougue, il l'embrassa passionnément, faisant comme si Marc n'était rien d'autre que l'ombre de son égo.

Chuck alla caresser le corps d'Ember qui, visiblement, était gênée. Elle passa ses bras autour de son cou avant de se séparer de lui. Pourtant, Chuck la retira vers elle avant même qu'elle n'ait le temps de bouger. Il la baisa à nouveau, avec encore plus d'entrain.

Marc restait là, à admirer la scène, impuissant, ne pouvant que fulminer sur place à la vue de la fille qu'il aimait qui embrassait le garçon qu'il détestait.

Après leur baiser, Chuck se retourna vers Marc. Affrontement du regard. Ton hautain qui lui crache cette question amère : « Qu'est-ce que tu fou ici? » Marc ne put s'empêcher de lâcher un petit rire bête.

— Je pensais que tu savais qu'on allait à la même école après toutes ces années. Peut-être que c'est ton imbécilité chronique qui t'affecte à la fin. dit-il tout en contemplant du coin de l'œil Ember qui semblait de plus en plus mal à l'aise.

— Tu veux qu'on règle ça plus tard?

— T'aurais honte, Chuck... Et tu le sais! Ton non pas de défi. Marc avait usé d'un ton certain, plein de confiance. Chuck sourit, sachant très bien qu'il n'avait aucune chance de gagner contre Marc. L'expérience lui avait appris.

— D'accord, c'est assez les garçons, je crois que j'en ai assez entendu. coupa sec Ember.

— Moi aussi. dit Marc les quittant.

Tandis qu'il partait, par contre, il entendit son rival dire : « J'espère que t'as hâte à ce soir, au party, pour ta fête, bébé. »

— Oh oui! Est-ce que tout va être prêt?

— Oui. Il ne reste plus que les banderoles à afficher dans l'école et puis…

Mais Marc n'entendit pas la suite de la conversation. Il était désormais trop loin et le bruit étouffant des jeunes qui criaient leur victoire autour de lui l'empêcha de comprendre quoi que ce soit.

Par contre, il savait que ce soir il allait y avoir une fête. *Ici. À l'école.* Il savait qu'il irait à ce party, peu importe ce qu'il devait faire pour y rentrer.

Il devait revoir Ember!

◆◆◆

Il ouvrit son casier. L'odeur de ses bas qui traînaient dans un espace disparu lui monta aux narines. Il jeta pêle-mêle ses manuels et ses feuilles froissées dans son sac en pensant qu'il les ferait probablement brûler au cours de l'été. Il s'empara de sa boîte à lunch et, cette fois en sifflotant l'air de "*Knockin' on heaven's door*", partit rejoindre ses amis où ils mangeaient, comme à l'habitude, sur la première table de la cafétéria, à côté des quelques marginaux qui écoutaient du gros métal assourdissant. Comme tous les jours, la "caf", comme elle était appelée, était pleine à craquer.

Toutes les tables étaient occupées, laissant simplement quelques bancs vides pour délimiter les gangs qui dînaient ensemble, qui jasaient et qui riaient à tue-tête. Sur un côté de la grande salle, une scène servait pour les pratiques d'arts dramatiques et de danses et, comme lors de chaque midi, devant la scène, une foule de jeunes faisaient la queue pour aller acheter leur lunch à Oliver, le chef de la cantine, tandis qu'ils discutaient avec les personnes qui se tenaient à côté d'eux.

Marc s'assit et écouta pendant un instant les ragots habituels qui se racontaient.

-Non, c'est pas ça! La 6e sur la première corde puis trois fois la 6e sur la troisième avant de faire deux fois la 5e sur la troisième encore. Et tu me laisses résonner la dernière note, compris? C'est ça! dit Kurt à Jimmy, appuyé à côté de Marc, qui, guitare sur ses genoux, jouait quelques airs. Il ne manquait qu'un peu (beaucoup) de drogues dures et quelques cigarettes entre leurs lèvres et on aurait presque pu se croire à une séance de répète des Rolling Stones!

En face de Jimmy, Kurt dictait les accords et parfois essayait de les chanter tout en se passant sans cesse les mains dans ses longs cheveux frisés ou en prenant le temps de remonter ses grosses lunettes sur son nez. Encore une fois, Kurt semblait presque sur le point de faire une crise d'hystérie. C'était souvent comme ça quand ils étaient en pleines répétitions improvisées comme en ce moment.

– Putain, où est Freddy quand on a besoin de lui pour les paroles!? Et Marc fais nous le tempo. C'est du 80 BPM en 4/4 et tu y vas en augmentant.

– Il est parti acheter son lunch. Laisse-lui cinq minutes, voyons! répliqua Marc alors que Jimmy jouait les notes à l'infini.

– Ouais, c'est bon, c'est bon! Et merde Jimmy je t'ai pas dit de t'arrêter! Et calme toi un peu, bon sang, t'en met partout! hurla Kurt. « Tu mangeras plus tard, merde! »

– Mais j'ai faim moi!

– Plus tard que j'ai dit. Kurt frappa violemment sur le sandwich dans la main de Jimmy qui alla s'écraser dans une explosion de mayonnaise et de cornichon sur la table. Marc les regarda. Jimmy vira rapidement au cramoisi avant de recommencer à jouer. Avec un léger problème de confiance en soi et son refus de sortir sans une brigade d'ami, Jimmy avait accumulé avec le temps un ventre bien bedonnant. Les jeux vidéo n'avaient certainement pas aidé. Malgré le fait que Marc et les autres étaient ses amis, ils se faisaient toujours un malin plaisir à lui rappeler son excès de poids.

– 'Cuse moi. dit-il mal à l'aise en prenant une serviette dans son sac pour nettoyer la table. Après, il se remit vigoureusement à la tâche de finir son sandwich mayo-poulet-cornichon devant les yeux ébahis (et dégouté) de tout le monde qui le voyait engouffrer avec une sauvagerie animale le peu qui restait.

– Putain. Ça me répugne. murmura Janis à la gauche de Marc.

– Dis-toi qu'après il veut pas qu'on le traite de gros!

– Y sais pas qu'il va exploser à manger comme ça? continua-t-elle tout en allant piquer quelques feuilles dans sa salade. Elle, contrairement à Jimmy, dégustait chaque bouchée telle une épicurienne tout en étant appuyée sur l'épaule de John, son petit ami; un véritable colosse qui, malgré ses six pieds de taille et sa carrure de quart-arrière, avait une peur bleue des insectes comme s'ils auraient été la peste incarnée.

– Vous me faites une place? dit une voix nasillarde, presque au bord des larmes.

Plus un mot. Tout le monde se retourna. Un squelette se tenait pratiquement devant eux. Ils le regardèrent. Il était blême. Il semblait avoir pleuré.

Une exclamation de joie et de rire retentit brusquement hors de sa bouche.

– Je rigole. Hahaha! Comment ça va vous autres? Comment ça s'est passé l'exam? demanda Bob – de son vrai prénom Robert – en allant donner une tape dans le dos de Kurt. « Allez fais-moi une place ma grosse. » dit-il à Jimmy qui le dévisagea, outré.

– Une blague.

– Va chier quand même.

– J't'adore Jimmy! conclut Bob en s'assoyant à côté de ses amis.

Bob était de ce genre de garçon; ce genre qu'on aimait bien de temps en temps, mais qu'on ne pouvait se résoudre à détester. Un copain de beuverie plus que d'autres choses.

– Alors n'oubliez pas de voter pour moi pour le bal! J'ai pas eu la présidence cette année, mais je veux quand même être élu roi du bal.

Tout le monde lui répondit par des *oui, oui* désintéressé par ce qu'il disait. Marc le dévisagea en ricanant. Marc le sentait, ce gars-là était destiné à quelque chose de grand. Robert était le stéréotype même du futur président; un charme certain, une intelligence stupéfiante et, dans quelques années, un diplôme en droit de Cambridge ou Standford.

– Yo les mecs. dit quelqu'un sur un ton las.

Cette fois par contre, ce n'était pas un squelette, mais bien quelqu'un bien en chair. Jim. Le parfait opposé de Bob. Un gars bizarre, qui était, 99.9 % du temps, accroché à un joint roulé on ne sait trop entre quelle puff. *Lui, il ira jamais loin dans vie!* Il avait des cheveux totalement infects. Habituellement noirs, ils passaient régulièrement au brun pour une raison qui était inconnue à l'homme. Il s'assit et sortit de son sac d'épicerie un minuscule sandwich dont le pain avait d'étranges reflets verdâtres.

– Hey, les gars, vous y allez, vous, au party de fin d'année, ce soir? dit Marc en s'imposant enfin dans le groupe.

– Non. dit Jim sur un ton las.

Tous attendirent une quelconque explication à sa réponse, mais ils durent se contenter du silence que projetait le regard vitreux, mi-absent, mi-présent, de Jim tandis qu'il prenait une bouchée de son dîner qui dégoulinait sur la table une substance qui, peut-être un jour, s'était apparentée au poulet.

– Ok… Bah, vient pas Jim! Écoutez les gars, pourquoi on fait pas les choses différemment cette fois, hein? C'est la graduation, bon sang!

– Ouais, moi, j'y vais avec mes amies. dit Janis en se relevant de l'épaule de John.

– T'oublis qu'on a une répète ce soir! dit Kurt.

– Non, du tout! Écoutez, on va à la répète chez Freddy, on prend un peu d'alcool dans la réserve de nos parents et dans ce qui nous reste des derniers partys et puis on vient rejoindre tout le monde ici. Ça peut juste être mieux que de se saouler la gueule dans le sous-sol de Fred en attendant que sa mère nous foutre à la porte, non? Allez, les gars! Ça va être LE temps de faire la fête comme des fous avec tout le monde! Merde, les gars! Penser y deux secondes... après ça c'est fini, plus rien, niet, nada!

Tous les regards se retournèrent, songeurs, vers lui, se demandant s'ils devaient venir, si tout ça en valait la peine. Les déboires dans le sous-sol de Freddy étaient toujours très plaisant et ils avaient le mérite d'être privé.

– Il va y avoir de l'alcool gratuit. mentit Marc.

Les yeux s'ouvrirent à l'unisson avec les sourires. Tandis que tous continuaient à se demander si le jeu en valait la chandelle, Jimmy, le *de facto* chef de bande, dit : « Écoute, je vais prendre une chance et je vais venir avec toi... mais si j'apprends qu'il n'y a pas de fête ou sinon que c'est vraiment de la merde et qu'on a manqué une soirée qu'on aurait pu passer dans le sous-sol chez Freddy... je te jure que mon pied va donner un sale coup à ton cul et que tu vas être obligés de nous payer la tournée... quand t'auras l'âge... encore. »

Comme Kurt avait accepté d'y aller, Jimmy se dit qu'il serait bon de venir. Après tout, son choix se limitait à une autre soirée de jeux vidéo ou une virée dans le vrai monde. *Cruel dilemme.* Jim ajouta qu'il essaierait de passer à la seule condition qu'il se trouvait assez d'argent pour s'acheter un peu de mari et du haschich. À la fin, seulement John ne put venir, prétextant qu'il travaillait de soir au marché, mais il promit à Janis qu'il irait tout de même faire un tour.

Leur nouvel engouement leur avait fait hausser le ton et leur excitation s'était partagée aux autres tables. Ce qu'ils ne savaient pas non plus c'était que cet engouement deviendrait une plaie qui les entraînerait jusqu'à leur perte.

Chapitre 3 : Pourrait-il y avoir des survivants ?

Tandis qu'il grillait une cigarette bas de gamme pour éteindre ses problèmes d'anxiété, il sentit une drôle odeur de soufre en s'engouffrant dans la bretelle de sortie de la 95 pour prendre la 165. La 165 était un de ces chemins typiques de la campagne sud du Nevada : bosseuse à souhait et accompagnée de cette impression digne des films d'Hollywood qui laissaient entendre que cette route s'aventurait dans le néant le plus parfait et vous amenait à des milles et des milles; comme si elle continuait à l'infinie. Elle menait en fait à une ville non loin, Mead's Cliff; une minuscule banlieue presque à la frontière entre le Nevada et l'Arizona. Automatiquement, sans même avoir une explication rationnelle, il repensa à ce *Dinner* en ville. D'un tempérament sympathique, il y trouvait tous les gens fort aimables. Ce petit coin de pays lui semblait plus chaleureux que Vegas. Les femmes trentenaires, dans la même tranche d'âge que lui, y étaient belles et gentilles. Même la bouffe paraissait meilleure à son palais que ceux des autres *Dinners* de la région. Il bifurqua sur la route tout en tournant la roulette du volume pour y mettre la radio qui entamait "*If you want blood you've got it*", d'*AC/DC*. Sur ses cuisses, il tapait du bout de ses doigts au rythme de la musique. Il en avait oublié sa cigarette et son anxiété.

> *"If you want blood, you got it*
> *If you want blood, you got it*
> *Blood on the streets*
> *Blood on the rocks*
> *Blood in the gutter*
> *Every last drop*
> *You want blood, you got it*
>
> *Yes you have*

It's animal
Livin' in a human zoo
Animal
The shit that they toss to you
Feeling like a Christian
Locked in a cage
Thrown to the lions
On a second's rage"

Il connaissait par cœur le chemin menant à la base militaire où il travaillait en tant que chercheur pour l'équipe appelée "Les Souris". Il se retourna et fouilla sur la banquette arrière de sa Jeep pour y prendre son sarrau de scientifique dans son sac de sport tout en laissant ses genoux orienter le véhicule en ligne droite. *Welche wohl die verdammte laborkittel werden?* [Où peut bien être ce satané sarrau?] Il tapota violemment sur le sac. *Damn!* [Et merde!] se dit-il en sentant le tout tomber entre les deux bancs. Coup d'œil derrière. Il vit la manche impeccablement blanche sortir hors de la poche centrale.

Il étira le bras et fit glisser sa main dans l'ouverture de la fermeture éclair.

BANG!

Il sursauta.

Coups de volant.

Dérapages.

Son pied qui frappe la pédale du frein.

Nouveau dérapage.

Ses doigts agrippent le frein à main et le tirent de toutes ses forces.

Crissement des quatre pneus.

Nuage de poussière qui enveloppe l'horizon.

Immobilité.

Quasi arrêt cardiaque.

Il regarda dans son rétroviseur. Sueurs sur son front. Un gros caillou en dehors de la route.

Une roue de son Jeep l'avait forcément cogné.

Il fixa le néant.

Les mains étaient ancrées dans le cuir du volant. Son sarrau était entouré autour de ses poignets.

Le scientifique respirait à grande allure sa clope entre ses dents. L'anxiété était de retour. Sur son bec, il n'y avait plus que le filtre à moitié embrasé qui restait.

Il était devenu une statue vivante que par la peur.

Il semblait sentir les pulsations de son cœur battre dans sa gorge; jusqu'à ses molaires écrasées les unes contre les autres.

L'horizon au loin essayait de lui redonner son calme, mais l'air était bien trop hostile pour que cela réussisse. Il jeta au sol sa vieille cigarette. Il arracha son paquet de sa poche pour s'en allumer une nouvelle qu'il grilla avec hâte.

Entre deux bouffées, l'étrange puanteur revint l'asphyxier. Il finit par se ressaisir et il reprit sa course, espérant déserter l'anxiété et l'odeur derrière.

Pourtant ses mains tremblaient toujours.

Elles ne lui répondaient plus.

Sans savoir pourquoi, à mesure qu'il avançait dans ce néant nommé désert, ce ranci se faisait de plus en plus forte. Ça ne pouvait certainement pas être son Jeep qui produisait ce remugle de pestilence agaçant, car il sortait tout juste du garage.

Ce n'était sûrement pas non plus le parfum naturel du désert.

Il alla caresser ses aisselles et porta ses doigts à son nez. Non, ce n'était pas lui non plus.

Il regarda sa cigarette. Étrangement, le souvenir de sa mère lui revint : grasse, la tête s'extirpant péniblement hors d'un trou dans une longue nappe fleurie qu'elle se plaisait à qualifier de "robe" et qui laissait, à la vue de tous, son énorme visage bouffi qui permettait d'imaginer les pires horreurs à la moindre pensée de ce qui se cachait sous le vêtement. Il la revoyait, l'index levé, lui répétant sans cesse : « Aufhören zu rauchen! Das ist nicht gut für sie. » [Arrête de fumer! Ce n'est pas bon pour toi.] Il jeta son reste de clope par la fenêtre même si elle était à moitié terminée. *Ok mom.* [D'accord maman.]

Le chercheur prit une grande inspiration avec dégoût et essaya tant bien que mal d'oublier l'odeur néfaste et cette triste image de sa mère.

Après quelques minutes, la puanteur se dissipa graduellement au point de devenir inexistante. Peut-être ce n'était que lui qui s'y était habitué, pensa-t-il, mais l'important était qu'il ne la sentait plus. Même l'anxiété semblait avoir déserté son esprit.

Ce fut alors une petite lueur orangée qui attira son attention. Sûrement une personne de l'équipe du jour qui partait tandis que lui, de l'équipe de nuit, venait le remplacer.

Mais un sentiment étrange l'envahit quand il crut voir que la lumière ondulait. Elle lui donnait l'impression de valser dans l'air, tel un spectre, disparaissant l'espace d'un court moment pour réapparaitre tout de suite après, gagnant en force et plus brillante que jamais. *Aber was zum teufel machen die da?* [Bon sang, mais qu'est-ce qu'ils font?]

Curieux comme à l'habitude, le scientifique enfonça la pédale d'accélérateur. Il s'approcha de plus en plus vite de l'équipe de jour qui, forcément trop heureuse d'avoir enfin une période de répit, devait déconner avec leurs voitures. À moins de 150 mètres de l'entrée de la base, il vit que cette anomalie était pourtant une énorme flamme qui ravageait une petite cabane. Au-dessus de la bâtisse, une longue et épaisse fumée noire sortait et allait disparaître dans le noir de la nuit. *Damit war der geruch gerade jetzt...* [C'était donc ça l'odeur tout à l'heure…]

La petite bâtisse, pas plus grosse qu'un chalet de chasse, crachait des flammes par son unique porte. Le scientifique reconnut l'entrée de la base.

L'anxiété le reprit soudainement. Plus vive que jamais. Elle montait chaque centimètre de son échine comme une caresse froide qui plantait ses longues griffes de glace dans la chair du chercheur qui restait bouche bée devant l'horreur du feu. *Eine zigarette! Schnell, eine zigarette!* [Une cigarette! Vite une cigarette!]

Des dizaines et des dizaines de choses traversèrent son esprit et le heurtèrent de plein fouet. Qu'était-il arrivé à son travail? *Eine zigarette! Eine zigarette! Schnell, eine zigarette!* [Une cigarette! Une cigarette! Vite une cigarette!] Où étaient ses recherches sur le produit biochimique "nouvelle ère"? *Go! Leuchtet! Go!* [Allez! Allume-toi! Allez!] Et les sujets, où sont-ils? Comment vont-ils? *Ah ja! Es ist so gut.* [Ah oui! C'est si bon.] Comment était-il concevable que ce long jet de fumée qui s'introduisait et descendait tout en valsant dans sa gorge soit si délicieux? Où étaient toutes les avancées technologiques qu'il avait accomplies? *Mehr. Mehr. Noch zu saugen. Mehr.* [Encore. Encore. Aspirer encore. Plus.] Où étaient tous les autres à cette heure?

Le tout vint le frapper avec ce sentiment de panique effroyable.

Anxiété quand tu nous tiens…

Mais après avoir pensé à son travail, de nouvelles questions lui pénétrèrent l'esprit avec la puissance d'un marteau-piqueur.

Pourquoi? *Was ist passier?* [Qu'est-ce qui s'est passé?] Y avait-il des blessés? Des morts? Y avait-il des survivants? Est-ce que les laboratoires, empilés dans les sous-sols, avaient été ravagés? *Muss ich spare den rest der daten?* [Est-ce que je peux sauver ce qui reste des données?] *Neue Ära0018???*

Le scientifique enleva hâtivement la clé du contact de sa Jeep et se précipita vers la petite porte. Personne. Il ressortit. L'invincible poison d'angoisse lui coulait dans la gorge et détruisait chaque muscle de son organisme. Dehors les cheminées qui servaient à la ventilation de la base crachaient de longs jets brûlants qui rappelaient la chevelure du diable en personne. Il retourna à l'intérieur et vit le feu qui décimait petit à petit le salon.

Au centre des flammes, l'entrée en titane. Aussi blanche qu'à son habitude.

Il s'avança vers elle et dit son nom.

Que le silence, accompagné par les crépitations du bois qui devenait cendres.

-CHARON NOX!

Silence. Toux causée par la fumée. Mais est-ce que c'était vraiment la fumée et non pas en fait la peur et l'effroi qui l'étranglaient? Il s'approcha de l'ancienne télévision et dévia tout de suite vers la table dans un coin de la pièce. Il saisit une des chaises restantes.

En un geste brusque, il cassa l'écran-télé couvert de suie. Un clavier ainsi qu'une sorte de petit haut-parleur étaient dissimulés à l'intérieur.

Partout autour de lui, les flammes lui dansaient près des pieds dans une étrange valse, envoûtante, mais meurtrière.

Le scientifique composa son code à la hâte. Il était si nerveux que l'ampli distordit un message d'erreur.

Le feu s'avança

Sur son front, la sueur perlait. Ses jambes avaient peine à le soutenir.

Il recomposa son code et pressa le bouton "enter". Sonnerie dans le chaos.

À peine la porte commença à ouvrir que le mélange du feu et d'oxygène provoqua une détonation assourdissante. Une boule orange sortit hors de l'antre. Elle se déploya comme une longue langue et l'enveloppa.

Effrayé, il se protégea le visage avec ses bras. Qu'un hurlement hors de sa gorge.

Le brasier s'en allait le dévorer, mais, au moment où il l'avalait, il disparut. Il se dissipa dans la bouche qui menait à la base militaire, comme repoussé par son cri.

Le chercheur regarda l'entrée.

La peur se cachait dans ces couloirs, c'était certain.

La mort aussi peut-être.

Herr beschütze mich! [Seigneur protégez-moi!]

Premier pas titubé à l'intérieur du bâtiment. Charon se protégeait la bouche et les yeux de la fumée avec la manche de sa veste.

Il s'arrêta à la première marche. Il regarda vers le sous-sol le plus bas. Au pied du tout dernier escalier, un fond uniforme, orange. Une mer de flammes.

Il ravala sa salive bruyamment.

Son pied s'écrasa sur le rebord de fer. Un croassement, un crissement aussi terrible que celui d'ongles contre de l'ardoise.

Un spasme parcourut son échine. Dans cette chaleur étouffante, un "frisson" de peur paraît ridicule.

Son autre pied sur la deuxième marche. Nouveau grincement. Il testa l'escalier qui semblait pourtant solide. Doute. Il continuerait sa descente. *Für diejenigen, die in Gefahr sein könnte...* [Pour ceux qui sont peut-être en danger…]

Il s'enfonça maladroitement sous terre.

Dans sa descente aux enfers, rien d'autre que ce son digne d'un métronome; ce tempo donné par les battements de son cœur qui frappait ses tempes et le claquement de son dentier l'accompagnait. Pendant un temps qui lui sembla trop long, il avança, bravant cet empire des ténèbres. Partout, dans cette cage d'escalier, l'épaisse fumée lui bloquait la vue. Par contre, arrivé au premier des neuf sous-sols, il discerna un à un chaque partie du corridor maintenant tapissé d'un rouge carmin.

Le nuage de cendres s'était dissipé. *Vermutlich in den lüftungskanälen angesaugt.* [Sans doute avalée par les conduits d'aération.] Il ne restait que les détails qui constituaient cette scène qui rappelait celle des vieux films de guerres.

L'air était sec, dur, étouffant. Elle pesait avec le poids des cadavres et avec la chaleur des flammes. Charon était désormais immergé dans l'éventail de ses pires peurs.

En une plongée qui lui figeait le sang, il regardait des débris de toutes sortes joncher le plancher couvert d'immondes et atroces lambeaux de chair humaine. Des corps y étaient couchés. Comme des dormeurs. Raidis par la mort; carbonisés par les flammes; Charon savait que ces dépouilles ne se réveilleraient jamais. Il ne put contenir cette montée de bile.

Autour de lui, des lumières étaient tombées et pendaient entre ciel et terre; entre le feu qui valsait et cette pluie qui sortait hors des gicleurs qui s'affolaient.

Tout autour, des panneaux de métal, qui servaient habituellement à isoler les murs, avaient fondu sous la chaleur du brasier. Les parois du plafond, trouées, laissaient échapper la fumée et l'emmenaient dans les conduits d'aération. Des quantités incommensurables de cendres avaient recouvert le sol et donnaient un aspect lugubre au lieu.

Tout était noir. Sombre. Comme la nuit. Sous chaque pas qu'il faisait, Charon allait soulever un nuage noir qui engloutissait son pied comme une aura obscure.

Mais le pire était, aussi sinistre et étrange que ce soit, les impacts de balles. De rapides battements d'anxiété se firent à mesure qu'il contemplait chaque rond noirci. Dans les murs. Dans les dalles du plancher. Dans les corps carbonisés. Les projectiles semblaient avoir perforé tout de tous les bords et de tous les côtés comme si ils avaient été propulsés par l'hystérie la plus démente.

Un nouveau frisson.

Toutes, sans exception, convergeaient vers le prochain sous-sol. Il scruta l'entrée au loin. La peur s'y cachait.

Il pouvait sentir sur lui son regard.

Mais, en ce moment, c'était cette dure et amère salive qui descendait; plus douloureuse qu'une pierre; dans sa gorge nouée qu'il sentait. Chacun de ses pas allait cogner contre des douilles éparpillées par terre. Le scientifique tourna la tête. De longues comètes de sang recouvraient les murs.

Charon s'avança lentement dans l'enfer, dévisageant les corps inertes qui jonchaient le sol et qui dégageaient cette fétide odeur de mort. *Dies ist umso schrecklicher als je zuvor.* [C'est encore plus horrible que ceux de tout à l'heure.]

Une image surgit dans son esprit en ce moment précis. Étrange contraste absurde avec le moment présent. Il se revoyait, écrasé comme un moustique mort dans son divan de chambre d'hôtel merdique, devant une télé qui faisait jouer des soaps tout aussi merdiques. Ô combien il s'ennuyait à cet instant de ces feuilletons télévisés pourris jusqu'à la moelle qu'il regardait pour laisser s'écouler le temps! Il chassa rapidement ce souvenir, ce défilement de sa vie.

Sans savoir pourquoi, il sentit qu'il s'avançait vers sa fin. Peut-être que ce n'était que ce sentiment d'être épié par ce "Horla" qui le terrorisait.

Pourtant, il continuait, un pas après l'autre.

Für sie. Für diejenigen, die noch am leben sind. [Pour eux. Ceux qui peuvent être encore en vie.]

Il devait se prouver que son courage était plus fort que sa timidité maladive; plus fort que ses phobies et, surtout, plus fort que lui-même. Il devait prouver par-dessus tout qu'il n'était pas un lâche. Il devait lui prouver à cette *bruja*[2] qu'elle avait eu tort de le laisser, prouver que cette chère Predatel Nitsa avait eu tort de le quitter! Il devait se prouver que son exil hors de l'Allemagne avait finalement servi à quelque chose, prouver que sa nouvelle vie en Amérique, dans ce pays où tout était possible, était la naissance d'un nouveau lui-même, d'un homme meilleur, d'un plus grand homme! Il devait se le prouver!

Sie hat das bessere von mir hatte... [Sinon elle aura eu raison de moi encore une fois…]

Un lourd grincement surgit au loin. Il sursauta. Il aurait presque dit que c'était le grondement du ventre d'un dragon. Par précaution, il se retourna vers le cadavre d'un militaire non loin de lui.

Nouveau vrombissement.

Charon courut jusqu'au chevet du mort. Il avait arrêté de respirer. Il se pencha et saisit le fusil sur la dépouille. Tout en déposant ses mains sur l'imposante arme automatique, il dévisagea avec horreur le soldat au costume déchiré, où tout ce qui restait était des haillons couverts de sang et un squelette noirci. Il ferma les yeux devant une telle atrocité.

---

[2] N.D.A. Sorcière en espagnol

C'était le mot "corps" au pied de la lettre. Une pure définition du terme.

Il secoua la tête, dégoûté.

Le goût amer de la bile lui remonta dans la gorge. Il raffermit sa poigne sur l'arme en crispant ses doigts sur les extrémités. *Was für ein seltsames gefühl, klebrig. Als kleber in der sonne erwärmt!* [Quelle étrange sensation, gluante et collante. Comme une colle chauffée au soleil!]

Il tira lentement, espérant que le corps mort n'imposerait aucune résistance. Il se trompait.

Les doigts secs restèrent coincés autour de la crosse et du chargeur. Seigneur, pensa Charon avec dégoût. Ils craquelèrent quand il força de plus belle sur l'arme. Bruit infâme. Finalement, il réussit à retirer l'arme. Coulis de bile sur ses lèvres à la vue de trois doigts toujours accrochés.

Il recommença sa course à petits pas malhabiles, fuyant le cadavre.

Les couloirs semblaient tellement différents comparativement aux autres nuits…

Wo sind die Ausrufe der Freude? Witze die Kaffeemaschine zu erzählen? [Où sont les exclamations de joies? Les blagues dites autour de la machine à café?]

À chaque pas qu'il faisait, il espérait étouffer le bruit des flammes de ses cris. Il priait mentalement pour que ces cris de désespoir aillent rejoindre ceux d'un autre.

Pourtant, à chaque fois, la seule réponse qu'il recevait était l'écho de sa propre voix accompagnée du crépitement constant du feu en arrière-plan qui luttait avec l'eau. Le silence. Toujours. Le silence infini de la mort.

C'était tellement sinistre, pensa-t-il.

Ayant fait le tour du premier sous-sol et n'ayant trouvé que des cadavres tout brûlés, Charon s'approcha vers l'ascenseur. *Schlechte idee!* [Mauvaise idée!] se dit-il à la vue des flammes qui ravageaient l'intérieur de la cage d'ascenseur.

Il tourna la tête et regarda la porte de secours.

Il poussa la poignée.

Un vieil escalier de fer forgé qui descendait sur plusieurs étages. Une odeur horrible de fumée. Il retint sa respiration en mettant son pied sur la première marche. Craquements étranges.

Longues coulisses de peurs liquides le long de sa cuisse. Le tout restait stable. *Forsetzen.* [Continuer.]

À peine s'approchait-il qu'il la vit. Cette marque gigantesque sur le mur du fond, ruisselante par l'eau, baignée par l'orange des flammes.

La trace était assez profonde pour avoir traversé le métal épais.

Elle n'avait laissé que quatre grandes lignes qui lui rappelaient étrangement Freddy Krueger. Il déglutit une nouvelle fois avec difficulté. Il continua à avancer malgré la peur bleue qu'il avait eue en regardant ce film. *Fick dich Predatel dass sie mir gezwungen diese elenden Horrorfilmen zu hören!* [Je t'emmerde Predatel de m'avoir fait écouter ces damnés films d'horreur!]

À chaque marche qu'il franchissait vers le second sous-sol, la chaleur du feu s'intensifiait. Pourtant, la pluie ne cessait pas de s'abattre et elle venait tomber encore et encore sur son crâne légèrement dégarni. Autour de lui, de longs jets de fumées noires l'entouraient, l'étouffaient, lui bouchaient la vue. Rendu sur le seuil de ce nouvel étage, il se rendit compte que l'air était devenu horriblement sec; aride; par l'absence d'eau qui aurait dû s'écouler du plafond.

Warum die sprinkler nicht funktionieren? [Pourquoi les gicleurs ne fonctionnent-ils pas?]

Si la pluie avait disparu, le brasier, lui, était par contre bien présent. Tout le couloir était plongé dans l'obscurité et il y avait, contrairement à l'étage du haut, une épaisse couche de fumée qui venait rendre la vision pénible. Plus une lumière ne fonctionnait. Ce n'était désormais rien d'autre que la projection du feu contre les murs qui n'étaient plus que flammes.

Maintenant, c'était véritablement l'enfer.

Et le diable l'attendait forcément au détour d'un coin...

Il s'en allait faire un pas quand il aperçut l'horreur à son état pur. Le corridor n'était que sang. Le sol, lui aussi, n'était plus qu'une marre d'hémoglobine et de cendre. Tout autour de Charon Nox n'était plus qu'un tapis collant voulant gober ses pieds dans l'aura noire et rouge.

On n'y discernait plus le plancher. Tout n'était que corps décapités ou squelettes calcinés où les membres figés dans leurs expressions de torpeur laissaient voir un ancien souffle de vie dorénavant disparue, arraché pendant un instant de souffrance terrible.

L'odeur de la mort emplissait chaque bouffée d'air que Charon devait prendre bien malgré lui.

Il appela une fois de plus dans l'espoir d'avoir une réponse. Il cria avec l'énergie du désespoir avant que ses paroles se fassent avaler par l'immensité noire du couloir. Encore une fois; le silence.

Rien d'autre mis à part l'écho de sa voix et le crépitement insatiable du feu.

Il fut tenté de rebrousser chemin.

Aber es wäre gewonnen haben. So nicht! [Mais elle aurait gagné. Alors non!]

Premier pas dans le couloir.

Au travers des flammes, sans même savoir pourquoi ni comment, il sentit un long courant froid, presque glacial, qui venait jusqu'à lui et semblait pénétrer ses entrailles. Il avait l'impression d'être observé. *Von wem? Von wo?* [Par qui? De où?]

Il mit un pied en avant de l'autre avec le sentiment qu'il s'enfonçait véritablement dans le royaume de Satan. Puis, il se résigna.

Il fut figé.

La peur; la vraie, sanglante et inhumaine peur l'avait envahie.

Un corps calciné. Un visage prisonnier de cette expression d'horreur. Deux orbites vides semblaient le fixer. Couché sur le dos, le squelette brulé avait un bras tendu vers l'avant tandis que sa bouche grande ouverte hurlait muettement à l'aide.

Il reconnut d'abord quelques traits familiers. Puis il vit le nom sur le sarrau. Le scientifique ne put retenir une larme le long de son œil en regardant le cadavre détruit. *Un ami.*

Herr Gott! Haben sie alle weg sind? [Seigneur Dieu! Est-ce que tous y sont donc passés?]

Il s'apprêtait à faire le tour de l'étage quand un bruit retentit. Le cliquetis du métal contre le métal résonna dans sa tête comme si cela aurait été une explosion atomique.

Le son avait à peine été audible, mais il était certain de ne pas l'avoir imaginé. *Wo ist er?* [D'où venait-il?]

Cela avait sonné comme si un morceau de métal était tombé sur le sol au loin.

Mais est-ce que ce n'était pas plus le son d'ongles qu'on écrase contre un tableau et qu'on laissait descendre lentement?

Il ne savait plus.

Gibt es etwas, was ich wissen? [Est-ce qu'il y avait au moins une chose que je sais?]

Wie um zu überleben? [Comment survivre?]

Encore là, il doutait de son génie et ne savait pas vraiment comment s'en tirer.

Il se retourna aussi vite qu'il le pouvait. 360°. 720°. Toujours rien. Que le feu; partout, valsant, dansant, crépitant, chantant, hurlant. Au nord, au sud, à l'est, à l'ouest. Impossible de s'enfuir. Aucune porte de sortie. Rien. Que le feu. Que la cendre. Que le sang. Que les corps qui criaient. Il tournait.

Il tenait le fusil bien serré dans ses mains moites et tremblantes comme si c'était le seul espoir qui restait en ce monde. Peut-être que c'était bien vrai.

Il passait les lieux au crible encore une fois en faisant appel à tous ses sens. De gauche à droite, en haut comme en bas. Il balayait du regard les corridors pour trouver ce quelque chose encore en vie, cet espoir auquel s'accrocher, cette source du petit bruit.

À chaque fois qu'il se retournait, tout semblait lui avoir échappé.

Un détail ici et là avait disparu ou apparaissait.

Tout n'était qu'illusion.

Il ne voyait rien.

Pourtant, il ne pouvait se le nier, il y avait quelque chose.

Il avait l'impression d'être épié. Le fait qu'il ne savait pas par qui... ou par quoi... menait sa peur sur une barre jamais atteinte sur l'échelle humaine.

Il poursuivit sa recherche, préférant fuir ce sentiment qui le traquait malgré tout.

Son arme était levée.

Il tourna le coin et s'enfonça dans un autre couloir qui faisait le tour de l'étage.

Il s'arrêtait devant chaque porte. D'un coup de crosse, il venait les ouvrir, une par une, ne les touchant jamais lui-même. L'idée de toucher aux poignées que ces cadavres avaient touchées, un jour dans leur vie, lui était insoutenable.

À chaque fois qu'il pénétrait dans un nouveau gîte de la terreur, il poussait un cri désespéré, espérant à chaque fois avoir une réponse. Mais c'était toujours le même spectacle horrible de dépouilles figées qui lui répondaient d'un long chant muet.

Il s'en allait entrer dans une salle quand il bloqua.

Ce n'était plus de la peur qu'il ressentait.

C'était pire. Il souffrait de l'anxiété.

Il avait entendu un bruit. Ce bruit.

Une explosion. Dans son cœur. Dans sa tête. Dans le couloir. Partout.

Tout d'abord, tous ses muscles se raidirent. Il lui sembla qu'un immense froid parmi les flammes s'incrusta en lui, traversant ses côtes et lui déchirant un passage jusqu'à sa gorge. Il crut que c'était le froid Sibérien qui revenait le hanter, qui l'avait pourchassé pour l'achever. Il sentit ce froid aller se loger dans son âme et la détruisant du même coup.

Dans son esprit, le vide se créait tout autour de lui. Les murs lui donnaient l'impression de tomber. Ils se dissipaient sous la cendre qui engloutissait tout. Dans leur chute, ils écrasaient l'espoir. Ils faisaient remonter l'aura noire qui enveloppait Charon.

Il resta figé, pris dans le marbre, comme une statue, tremblant comme une feuille morte. Tous les poils de ses bras et de son dos se hérissèrent. Il frissonnait, complètement immobile. Seules ses pupilles s'agitaient au même rythme que ses genoux qui tressaillaient. Son cœur semblait avoir arrêté de battre. Il ne respirait plus.

Tout ce qui persistait était cet immense battement qui résonnait dans ses tempes. Il sentit ses lèvres s'assécher. Amer goût de désert.

À nouveau, le bruit retentit.

Son cœur explosa dans sa cage thoracique. Il ne put retenir ce cri de peur.

Le crépitement des flammes n'existait plus. Il n'y avait plus que cet écho qui se percuterait dans son esprit jusqu'à la toute dernière seconde de sa vie. Le son d'une douille qui tombait au sol lui confirma qu'il n'avait rien halluciné. Il crut qu'il mourrait à mesure qu'il l'entendait, avec cette troublante précision, rouler contre le parquet. Rouler encore et encore…

Il se retourna. Rien d'autre que ses propres traces dans la cendre et dans le sang. Il se précipita dans le couloir.

La détonation avait mis en branle chaque muscle de son corps, du plus petit au plus gros. Contrairement à un vieil engin qu'on démarre lentement et qu'on fait avancer progressivement, de plus en plus vite, telle une locomotive, Charon avait la sensation d'être un ensemble de machineries; dont chaque engrenage, chaque piston grouillaient sous la tonne de rouille qu'il charriait dû à une trop longue inutilisation; qui s'enclenchait pour une dernière fois; brusquement ce coup-ci, à pleine vitesse; avant d'être lancé vers sa fin, lente et pénible.

Dans sa tête, le POW se répétait toujours. Dès qu'il déposa le pied dans le corridor principal, il s'arrêta. Au bout du couloir, caché derrière les flammes et les débris, se dessinait une mince ligne noire dans les airs.

Charon était figé de stupéfaction.

Ein hauch von hoffnung? [Un trait d'espoir?]

Était-ce la preuve qu'il n'avait pas descendu, affronté les enfers, bravé le diable pour rien?

Il regarda de loin ce trait squelettique qui s'étendait vers le ciel, vers Dieu. Il s'approcha tranquillement au début, croyant que cette chose pourrait n'être en fait qu'un cadavre brûlé, figé dans l'expression de douleur courante de la mort. Pourtant, quand il découvrit que la mince ligne noire était le bras d'un soldat blessé, les rouages de son cerveau s'activèrent à nouveau et il accourut au chevet de l'homme, mal en point, mais qui s'accrochait toujours à la vie.

-Est-ce que ça va? dit-il avec son fort accent russe.

Le mourant tourna la tête et le dévisagea. Question stupide, pensa le scientifique. Le militaire à moitié carbonisé finit par fermer les yeux. *Nein! Nicht jetzt! Nicht jetzt, dass ich jemanden lebend gefunden! Er hat kein Recht zu sterben.* [Non! Pas maintenant! Pas maintenant que je viens de trouver quelqu'un de vivant! Il n'a pas le droit de mourir.]

Finalement, le blessé rouvrit les yeux.

Il était vivant.

Charon laissa s'échapper un long souffle de soulagement. Le militaire finit par prononcer quelques faibles paroles : « Non… j'ai… ai extrêmement mal… tout mon côté droit… sens plus… mes côtes. »

Charon constata que, en effet, ses côtes avaient été gravement lacérées plusieurs fois. En se penchant, il pouvait voir les ossements de la cage thoracique recouverts d'une étrange pâte rosée qu'il devina être de la chair.

Grincement des dents.

Le pantalon était complètement déchiqueté. Par des coups violents. Des coups qui semblaient avoir atteint la cuisse.

Charon ne préféra pas s'y aventurer.

Tandis qu'il dévisageait le corps, il remarqua que la jambe du pauvre homme n'avait pas été blessée par des balles ou par une arme blanche.

Il trouva à la place, dans un repli de la plaïe, un gros morceau dur comme de la pierre. Cette chose ressemblait à une griffe. Ou sinon à un de ces primitifs couteaux de silex.

Sur les joues du soldat, le scientifique vit de longues balafres de sang séché.

Elles laissaient l'impression d'avoir été causées par le mystérieux objet.

Le tout donnait au défiguré un air bien plus que misérable.

Charon continuait à essayer de sauver le malheureux rescapé quand il sentit quelque chose lui descendre le long de la bouche. Il alla porter ses doigts contre le liquide qui semblait lui cuire à même la peau.

Du sang, épais et gluant.

Charon dévisagea le mourant quasi catatonique qui agitait sa main ensanglantée en tentant vainement d'agripper l'air.

– Des cris... horribles... stridents... venant... venant des sous-sols... Des attaques de... de... de monstres... Ils ont tué tout le monde... tout le monde... tout le mon..., balbutia le soldat de mi-voix en regardant le vide, essouflé.

– Écouté, il faut vous sortir de là...

Mais tout d'un coup, comme par un éclair de génie, le scientifique comprit ce qui s'était passé. Il y avait eu un accident avec le sérum Nouvelle-Ère. Un cobaye avait probablement mal réagi avec la toxine... Si cette chose était aussi puissante qu'il l'avait tant espéré... *Guter Gott!* [Bon Dieu!]

Il ne leur restait presque aucune chance de survivre.

Leur seule option serait...

– FUUUUYYYYYEEEEZZZZZ! cria à tue-tête le soldat en allant violemment saisir le visage du scientifique.

Le chimiste le fixa, effrayé.

Ce qu'il crut voir alors dépassa tout ce qu'il pensait possible. C'était pire que tous les cadavres autour de lui.

En un instant, son existence défila. Les flammes autour de lui, tous les feuilletons télés ennuyeux à mourir. Il se souvint de son exil hors de Berlin. Il entendait encore les hurlements venant de sa vie commune avec son ex-femme. Le désespoir des longues nuits à *l'Hochschule für Technik und Wirtschaft von Berlin*[3]. Les hivers froids d'où il avait grandi. Une vision de sa mère et de ses affreuses robes… *Pathetic Existenz!*

Le militaire fixa le scientifique. Entre eux deux, leurs cris s'échangeaient. Des cris étranges, qui mêlaient d'un côté leurs tourments et, de l'autre, la rage.

Tandis qu'il plongeait ses yeux dans ceux de son sauveur, le soldat commença à convulser. Entre deux instants de lumières, Charon se secoua dans tous les sens. Le blessé agrippa la tête du scientifique et, tout en lui enfonçant ses ongles dans le crâne, il l'obligea à admirer la scène comme si il désirait lui montrer le résultat de sa "création", Charon fut forcé à regarder les iris bruns devenir incolores. Ils révulsèrent.

Le mourant, en pleine crise de spasmes, se contorsionna devant le pauvre homme terrifié. Leurs beuglements de souffrance s'enchevêtrèrent ensemble, créant un son unique.

Pourtant, le pire n'était même pas près d'arriver.

Charon ouvrit les yeux; autant à cause qu'il était surpris par la douleur que parce qu'il voulait voir; mais la plus grande partie de ce qui se passait quelques centimètres devant lui fut perdue dans la noirceur.

Il n'en resta que la stupéfaction; saisie sur le fait lors d'une vision d'une microseconde où elle côtoyait la peur. Beaucoup de peur.

La langue se crispa, prise de convulsions, tandis que des rugissements à glacer le sang s'échappaient. Ses yeux commencèrent à bouger étrangement. Comme si ils essayaient de s'extirper hors de leur orbite. À ce moment, le soldat se déchira la voix de plus belle. De douleur. Un bruit accompagna son hurlement. Quelque chose qui s'apparentait à celui d'un squelette qui éclate, explosant de l'intérieur en milliards de morceaux. Le cri se perpétuait et laissait planer l'idée de la plus terrible des tortures du monde.

Charon regarda le visage qui semblait s'étirer. Le corridor retomba dans l'obscurité la seconde d'après. L'homme en face de lui lui avait donné l'impression de se tordre sous le son de ses

---

[3] Université des sciences appliquées de Berlin

propres gémissements. Ses pieds créaient une étrange cacophonie à force de marteler le sol comme s'ils étaient ravagés par une armée de fourmis qui dévoraient sa chair. Hurlements. Le cœur de Charon se figea en entendant un craquement horrible. Cri. Nouveau craquement qui rappelait celui d'un os qui se broie. Le cri continuait, s'amplifiait avec la douleur. La cage thoracique se gonfla. Pénombre. Le soldat hurlait toujours. Éclair de clarté. Les épaules avaient l'air de se disloquer. Noirceur totale. La lumière des flammes produisait un effet stroboscopique. Des yeux effrayants. Terrorisés. Retour à la noirceur.

Grincement pénible pour les oreilles. Charon pensa tout de suite au bruit de doigts grattant l'ardoise d'un tableau. Le pauvre militaire poussa alors un sifflement qui glaça le sang de Charon. Il attira son sauveur vers lui et lui enfonça ses ongles dans le crâne. Le scientifique se tortilla encore une fois en tentant tant bien que mal de se libérer de l'emprise de ce diable.

Rien n'y faisait.

Ses bras s'élançaient dans toutes les directions. Ils tabassaient le visage du soldat qui ne semblait rien ressentir et, à chaque coup, quand Charon touchait les joues du blessé, il y avait quelque chose de dur et âpre.

Puis, en une fraction de seconde, il sentit les ongles de ce démon lui descendre du haut de la tête à la base du cou.

Un cri. Celui de Charon qui explosait de douleur en sentant sa chair se déchirer, en sentant les griffes de cet homme plonger au plus creux de son crâne. Il se redressa d'un coup quand les ongles firent le chemin inverse dans son myloglosse[4] en grattant cette partie solide qui devait surement être son squelette. Nouveau cri.

Il dut, pour se défaire de cette bête, se tordre dans toutes les directions tel un véritable monstre. Il cria, hurla, donna des coups sur les deux bras qui le retenaient prisonnier, se défonça les poumons, mais rien n'y faisait.

Finalement, un coup chanceux. Le soldat lâcha son emprise de sur lui.

Brusque lumière.

Mais ce n'était plus un soldat qui est devant lui…

C'était… autre chose.

---

[4] N.D.A. Muscle du Cou

Charon, effrayé, se lança vers l'arrière pour s'écraser à peine un mètre plus loin sur un cadavre calciné.

L'homme était disparu dans l'obscurité. Il n'était plus là.

Charon n'eut même pas le temps de penser qu'il sentit quelque chose lui empoigner le pied. Avant de comprendre ce qui se passait, il glissait contre le sol sale, l'aura noire l'enveloppant complètement.

Il était revenu au chevet de cette chose.

L'éclat des flammes revint à la charge.

Ses yeux étaient capables de ne voir rien d'autre que cette grande gueule prête à gober son pied. Pénombre la plus totale. Il fit de même. Il ouvrit sa gueule aussi grande qu'il le put.

Ils échangèrent un cri, l'ultime alliance entre la peur et la mort. Le tout était rauque, nasillard, brutal, animal et descendait tout droit du chaos. C'était le plus primal des cris.

Instinctivement, il releva son pied.

Il alla frapper quelque chose.

Il se retourna et s'arqua comme un fœtus avant d'étendre ses bras jusqu'à son arme.

Il creva le placenta.

Une vague de douce chaleur le posséda quand il déposa ses doigts sur la crosse.

Il hurlait. Premier signe de vie qu'il laissait sortir. Peut-être n'était-ce que le sang, toujours chaud et gluant, mais le scientifique cru que c'était l'apaisante présence de l'automatique dans le creux de sa main qui lui fit cet effet.

Il fit ses premiers pas. Il cracha une salve de balles et poussa un nouveau hurlement. Il était désormais un homme. Il se détachait du cordon ombilical qu'il avait porté tout le long de son existence. Cette fois, ce n'était plus de la peur, c'était de la force, de la rage, une force herculéenne que projetait ce cri.

Lumière stroboscopique causée par l'explosion des douilles. Rien d'autre que l'horreur de comètes d'hémoglobines qui déferlaient dans tous les sens et allaient s'écraser sur les murs.

L'adrénaline faisait pomper son cœur à une telle vitesse que le muscle était prêt à sortir hors de la cage thoracique. Tout n'était maintenant que silence. Il regarda le corps sans vie qu'il venait de fusiller.

Gott, Maria, Joseph! Ich habe jemanden getötet! [Seigneur, Marie, Joseph! J'ai tué quelqu'un!]

La peur et la panique l'envahirent tel un poison. Les idées et les pensées se bousculèrent dans sa tête comme des révolutionnaires dans une folle manifestation. S*chnelle, eine Lösung! Eine Lösung, schnell!* [Vite, une solution! Une solution, vite!]

Il tâta de ses doigts tremblants la poche arrière de son pantalon et en sortit une petite boîte en carton.

Dans un geste mou, il alla porter la cigarette à son bec et s'empara de son briquet.

Sa main tressaillait tant qu'il sentit un poil de sa barbe de deux jours brûler.

Odeur nauséabonde émanant de son corps.

Damn! [Et merde!]

La peur l'empêchait de s'allumer une cigarette convenablement.

Ein alternativer! Schnell! [Une alternative! Vite!]

Il se pencha vers le plancher et approcha le bout de sa cigarette d'une flamme au ras du sol. *Hoffentlich funktioniert es.* [Espérons que ça marche.]

Il inspira à grande bouffée la fumée grise. Vague de soulagement. Le bonheur pénétrait sa gorge pour en faire jouir chaque centimètre carré.

Joie pure, parfaite, merveilleuse, apaisante.

Il se releva, son arme dans une main, sa clope dans l'autre.

John McClane n'aurait pas fait mieux. *"Yippie-Kay-yee, pauvre con."*

Brève lumière reproduisant son ombre au plancher, imposante, forte.

Charon admira le corps qui s'effondrait devant lui et relâchait son dernier souffle de vie. Cette chose lui semblait pourtant si humaine. Comment se pouvait-il que cet... homme ressemble à... ça? Tant de questions restaient sans réponse.

Puis, tout d'un coup, un cri. Effroyable. Déchirant.

Immédiatement, Charon regarda le cadavre criblé de balles devant lui.

Le mort était immobile.

Un autre cri venant des tréfonds de l'installation militaire.

Sa cigarette lui donna l'impression de se geler à même ses lèvres.

C'était un cri pratiquement identique à celui que le soldat avait lancé avant de l'attaquer.

Un mégot inerte tomba au sol.

Charon ferma les yeux dans l'espoir de se réveiller.

Combien de temps était-il demeuré ainsi, à espérer se retrouver face au décor de sa chambre d'hôtel? Il n'aurait su le dire.

Nouveau hurlement. Plus fort. Plus près. Rauque, nasillard, animal, brutal.

Il n'était plus seul. Charon était frigorifié. Il entendit, au loin, des pas qui couraient en sa direction. Tout ça ne lui augurait rien de bon. Il serra dans sa main son arme, mais resta figé.

Le scientifique ne sentait plus autour de lui la chaleur provenant des feux brûlants. Il ne sentait plus les longues sueurs froides qui lui descendaient le long de l'échine, caressant chaque parcelle de peau qu'il avait. Il ne ressentait plus les vêtements, couverts de suie, qui s'étaient collés à sa chair avec chaque niveau qu'il avait franchi, à chaque marche qu'il avait faite depuis qu'il était entré. Il ne sentait que son corps qui tremblait de peur.

Le temps aussi semblait s'être effacé.

Les minutes, les secondes, les heures avaient laissé place à l'instinct de survie, au souffle effréné de cette course et à la mort qui voulait s'accrocher à tout prix à son sarrau pour le dévorer.

Dans ce monde matériel, tout ce qui demeurait était l'écho immatériel de ce cri et le roulement des pas qui jouaient en arrière-trame comme si une fanfare le poursuivait.

Qu'est-ce qu'il y avait derrière lui, quelques étages plus bas, entre les murs, le fixant? Il ne le savait pas. Mais il savait qu'il était sur le point de le découvrir.

Tout ce qui lui restait était la peur. Une peur effroyable. Une peur de mourir. Une peur de voir. Une peur de comprendre ce qu'étaient ces choses qui arrivaient. La peur de la découverte. Une peur qui le rongeait à chaque seconde qu'il passait à attendre à la place de partir en courant. C'était LA véritable peur!

Charon se retourna et ne perdit plus une seconde à évaluer le temps que cela lui prendrait pour se rendre à l'escalier. Désormais, c'était la loi de la jungle. Première et dernière loi. Unique loi.

Ses mouvements incontrôlés le faisaient avancer. C'était tout ce qui comptait. Les flammes qui l'effleuraient ne méritaient pas son attention. Les corps d'hommes et de femmes décédés, éventrés, meurtris, horribles et laids ne la méritaient pas non plus sauf quand il trébuchait dans leurs visages aux expressions de terreurs figées qui l'accusaient d'être en vie tandis qu'eux souffraient dans le Shéol.

Un deuxième cri retentit. Celui-ci fut si puissant que, sans même avoir à se tourner, il sut immédiatement que ces choses étaient arrivées au même étage que lui et qu'ils le voyaient fuir.

Pour eux, il n'était rien d'autre qu'un poulet qui se sauvait loin de la fourchette.

Charon ne voulait pas se retourner, mais une impulsion de curiosité le saisit. Un regard de deux petites secondes.

Rien de plus. Rien de moins.

Il ne vit rien. Les formes étaient cachées dans la pénombre du corridor.

Mais ce fut deux petites secondes qui lui coutèrent un faux pas.

Charon trébucha et roula sur le sol couvert de sang et de cendres jusqu'à ce qu'un corps freine sa chute. Il se releva, s'appuyant sur les intestins qui pendaient hors du ventre, et continua sa ruée, suivi de son propre hurlement effrayé.

Au loin – tellement loin –, l'escalier pour monter au premier étage l'attendait. Derrière lui – tellement près de lui –, le bruit des pas qui se bousculaient pour l'atteindre en premier.

Il saisit l'arme automatique qu'il trimbalait et se tourna pour faire face aux ténèbres.

Sans savoir ce qu'il faisait, il fit feu. Il tira une dizaine de balles derrière lui avant que le son du chargeur vide ne vienne résonner dans sa tête. Une fontaine de sang éclaboussa les murs et Charon entendit quelques cris de douleurs talonnés par des rugissements qui laissaient présager que sa course n'était toujours pas finie.

Il se retourna, laissa tomber le fusil à ses pieds et prit ses jambes à son cou à nouveau.

Il monta l'escalier à toute vitesse. Il grimpa les marches quatre à quatre. Un déluge s'affaissait maintenant sur ses épaules, déferlant des gicleurs au plafond. Il s'accrocha à la rampe comme il s'accrochait à sa vie. Une légère brise venant du rez-de-chaussée lui donna une vague lueur d'espoir.

Au loin, les marches qui le mèneraient dehors l'attendaient. Au-dessus de lui, la pluie des sprinklers s'abattait, invincible, incontrôlable, aussi terrible que ces grognements derrière Charon. À chaque pas, l'escalier disparaissait. À chaque pas, l'escalier s'éloignait. Tout autour, les flammes valsaient, espérant l'étreindre avec un baiser mortel et brulant. À chaque pas, l'escalier était avalé par la fumée. À chaque pas, l'escalier se sauvait loin de lui et le faisait paniquer encore plus.

Il avait fait à peine cinq mètres que, à nouveau, un puissant cri retentit. Cette fois, il ne ferait pas la même erreur. Aucun besoin de se retourner pour regarder si ces choses étaient proches de lui ou non.

Il le savait.

Elles l'étaient.

Et là, tel un miracle parmi tant de chaos et de malheurs, Charon aperçut ce petit interrupteur. Comme on lui avait indiqué, il y a bien longtemps, il était censé activer une verrière anti-flammes. Course nourrie d'espoir.

Dès qu'il eut appuyé sur le bouton rouge, une énorme vitre de plexiglas sortit du plafond et alla se placer entre lui et ses poursuivants.

Il était sauf. La chaleur redevint supportable. L'air semblait désormais plus frais. Le torrent de pluie n'était plus qu'une fine bruine douce balayant sa jeune barbe. Le doux crépitement des flammes sonnait maintenant comme une berceuse à ses oreilles. Plus de tambours qui chantaient la mort. Que le calme de sa respiration.

Devant lui, un spectacle inimaginable défilait. Une armée d'hommes tous quasiment identiques à leurs voisins. Leurs yeux ne voyaient que sa chair. C'était clair dans leur regard. Ils haletaient. Ils respiraient l'énergie brute et la puissance. Leurs bras musclés pendaient le long de leur corps et ils avaient l'air d'être recouverts de… de… *Nein! Das ist unmöglich!* [Non! C'est impossible!]

Il les regarda. Sans pouvoir contenir ce qu'il qualifierait de fascination. Il regarda ce résultat impressionnant; résultat final de l'équation de tous ses durs labeurs. Il regarda leur visage tapissé de longues gouttelettes de sang; couverts de sueur; leurs cheveux épars qui leur descendaient parfois jusqu'au menton, parfois jusqu'au haut des oreilles, mais toujours aussi noirs que la cendre sur le scientifique. Il examina leurs fières allures de guerriers, leurs muscles ronds et fermes, leurs jambes légèrement penchées vers l'avant et qui revenaient vers l'arrière juste après leurs genoux. Charon remarqua leurs mâchoires proéminentes et leurs doigts longs aux ongles effilés.

Il avait réussi! C'était vraiment des supersoldats!

Une de ces choses s'avança et fit face à Charon.

Leur créateur se figea. *Dare they herausforderung derjenige, der sie geschaffen ? Their gott.* [Osent-ils défier celui qui les a créés? Leur dieu.] Il le dévisagea, une touche de mépris avec un soupçon de défiance dans ses yeux. Cet "homme" – si il pouvait véritablement le qualifier ainsi – resta de marbre.

Échange envenimé de regard entre cette étrangeté de l'autre côté de la glace et l'homme; entre Dieu et sa création. Charon Nox leva le menton en signe de supériorité.

Le monstre cogna d'un seul coup, brusque et puissant, dans la vitre. Elle frémit. Charon sursauta. Il était à nouveau horrifié, mais il cherchait tout de même à reprendre le calme qui lui échappait de plus en plus et qui glissait derrière le plexiglas, désormais dévoré par l'aura menaçante de ces "monstres".

La bête, son poing toujours appuyé contre la verrière, s'approcha, se colla presque. Son souffle traça un long jet de buée. Le scientifique ravala sa salive bruyamment tandis que cette chose reculait sa tête et allait la fracasser contre le verre. Choc sourd qui fit onduler l'épaisse vitre et provoqua une vague d'eau qui s'écrasa dans les flammes.

Tout en le fixant dans les yeux, le monstre gonfla son torse et lâcha un grincement abominable qui gela le sang de Charon. Les autres créatures imitèrent leur congénère et laissèrent sortir un hurlement effroyable avant de toutes se ruer vers la grande vitrine.

Comme si ce cri les avait ralliés dans leur furie, ils martelèrent le plexiglas de leurs poings. Après seulement quelques coups, la vitre commença à craquer en millier de lignes fines.

La chaleur remonta. Elle dépassait le comble du supportable.

L'air redevint sec, aride et austère.

Les gicleurs pleuraient des dagues glacées qui le transperçaient.

Le crépitement des flammes se transforma à nouveau en une insatiable crépitation avide de vie, entrecoupé uniquement par le silence des damnés qui avaient succombé à son joug.

Le calme qu'avait repris Charon s'évanouit aussitôt. Il recommença tout de suite sa course, se dirigeant vers la sortie aussi vite que possible. Il grimpa les marches quatre à quatre et il se retrouva dans le même petit salon miteux par lequel il était arrivé.

Il aurait presque cru qu'il n'était qu'entré et sortit; que tout ce qu'il avait vécu n'était que le résultat de son imagination envenimée par sa vie solitaire, tous ses comics books et ses films de science-fiction. Il mit le pied dehors et, sans s'en rendre compte, il venait de faire la plus grande erreur de sa vie et, peut-être, la pire erreur de toute l'humanité…

Face à lui, sa Jeep et des dizaines et des dizaines de kilomètres carrés de sable. Il sauta dans son véhicule, entra nerveusement la clé dans le contact pour faire rugir le moteur et, dès qu'un son sortit, il appuya sur l'accélérateur.

Il lança un regard furtif dans son rétroviseur et vit la maison qui s'écroulait sur elle-même dans un torrent de braises et de flammes. Soulagement plus qu'apaisant. C'était le poids de la peur qui partait.

Il continua sa route jusqu'à ce qu'un long cri rauque et bestial déchire le silence de la nuit en deux. Charon se retourna et fixa les ruines tandis que les monstres s'extirpaient en masse hors des débris tels des revenants frayant leur chemin hors de terre.

Charon ne vit jamais le rocher que sa roue alla cogner. La Jeep dérapa dans le sable et culbuta avant de s'effondrer.

Le bruit alerta les créatures.

Charon Nox était encore en vie, mais c'était à peine s'il s'y accrochait. Son visage était pratiquement incrusté dans le volant de cuir. Son nez était fracturé. Ses lèvres étaient entrecoupées à plusieurs endroits.

Il ressentait chacun de ses muscles qui s'étaient crispés sur eux-mêmes. Son bras était cassé. Il sentait, avec une inexplicable précision, l'os de son épaule qui lui ressortait hors de l'omoplate et son œil crevé par la clé de contact.

Ses cinq sens lui revinrent d'un seul coup quand le levier de vitesse s'enfonça dans ses côtes. Un long cri. Pénible. Terrible. Expression pure de la douleur. Puis vint la caresse d'une fine brise d'été qui venait lui balayer la joue tandis que son autre joue était écrasée contre quelque chose d'extrêmement dur et de rugueux. Inconfortable texture de cuir déchiré et amer goût de sang. Il essaya de se retourner sur lui-même, mais rien ne bougeait, comme s'il était paralysé.

Soudainement, il percevait encore mieux qu'avant l'étrange brise, reniflant un subtil effluve qui faisait jubiler ses narines et qui semblait arriver de loin. Tout ça lui rappelait bizarrement l'odeur d'un steak texan sur le grill. Il parvint à tourner la tête et vit un cerisier planté là, en plein milieu du désert, et il y distingua chaque feuille avec toutes leurs nervures.

Il cligna des yeux. Le cerisier était en flammes. Il cligna de nouveau des yeux. Il était dans le désert. Il n'y avait rien. Il était seul.

Que le vide et ce long coulis d'hémoglobine sur son menton.

Il s'apprêtait à mourir sur le siège de sa Jeep quand une main attrapa son collet et l'arracha au véhicule.

Ces choses, peu importe ce qu'ils étaient, n'eurent aucun mal à le dépecer et à le dévorer vivant.

Et, entre deux cris de douleurs, Charon Nox réalisa l'erreur qu'il avait faite. Il venait d'ouvrir une toute nouvelle boîte de Pandore.

Une porte qui séparait ces bêtes du monde extérieur avait été laissée grande ouverte à son insu.

Un tout nouveau fléau sur Terre venait d'être relâché.
Il s'arrêta de crier. Il ne méritait que cette souffrance. Il mourut en se sentant coupable, car il était maintenant le bourreau des hommes.

Chapitre 4 : Que la fête commence !

Ville de Mead's Cliff
7 :33 pm

L'air était frais en ce début de soirée d'été.

Mais le soleil descendant plombait toujours sur sa tête et il était tout couvert de sueur à cause du solo de batterie qu'il avait improvisé sur le classique de *Queen* : *We Will Rock You*, avant de se préparer à partir.

Toute la bande suivait derrière. Jimmy, Kurt, Bert, Jim, John et Freddy. À grands pas, menés par l'excitation de cette fin de journée, ils quittaient le sous-sol de Freddy et se dirigeaient tous vers l'école où, selon eux, ils allaient vivre la plus belle nuit de leur existence. Du moins… Marc l'espérait. Sinon c'était son cul qui en mangerait les conséquences. Et son portefeuille.

Chacun décampait à toute vitesse sur la rue principale habillé avec ce qu'ils considéraient leurs plus chics habits… ce qui se résumait donc à des t-shirts de groupes rock, des shorts ou encore une paire de jeans défraîchie et délavée.

Marc ne faisait pas exception à la règle avec un chandail d'un *band* qui avait fait fureur dans les années précédant sa naissance – *Nirvana* –, sa casquette fétiche et ses bermudas préférés. Pour l'occasion, il avait en plus fait l'effort surhumain de peigner ses cheveux pour qu'ils copient la coiffure de sa regrettée idole, Kurt Cobain.

La clique dévala l'avenue sur leur skateboard avant de tourner le coin et arriver face à la plus grande bâtisse de la ville. Située loin des maisons, l'école ne risquait pas de déranger un des voisins. Les fenêtres avaient même toutes été placardées de l'intérieur pour cacher le fait qu'une fête se tenait dans la place. Pourtant, à une dizaine de mètres des portes, on pouvait entendre les *boums-boums* des basses qui jouaient à tue-tête.

Le party avait l'air d'être commencé depuis un petit moment et il semblait aller bon train.

Ils entrèrent comme à leur habitude par l'entrée principale. Par-delà les rangers de casiers devant eux, ils pouvaient contempler la cafétéria, emménagée pour l'occasion en une piste de danse. Dans la pièce, il devait y avoir environ une trentaine de jeunes qui se secouait les fesses au rythme de la musique. Au fond, près des distributeurs automatiques, une table avait été recouverte de toutes sortes de nourritures et de sucreries : croustilles, coca, gâteaux, etc. Marc n'eut même pas le temps de tourner la tête que déjà ses amis disparaissaient en salivant.

Sur la scène, un groupe jouait des morceaux de tubes populaires. Ceux sur le parterre avaient l'air de s'amuser vraiment. Il semblait que tout le monde profitait de la fête sauf ceux qui venaient d'arriver et qui étaient pris de court par la quantité inimaginable de choses à faire en cette trop courte soirée. Chacun, un par un, se hâta pour aller se fondre dans la mêlée.

Marc fit un premier pas dans les lieux et il remarqua qu'il n'y avait pas que des finissants de son âge, mais également quelques enseignants, forcément présent pour s'assurer que la fête ne vire pas en une véritable catastrophe. Il y vit le professeur d'éducation physique, Bobby Childheart, accompagné du professeur de science et de chimie, l'étrange professeur Starcheskiĭ qui discutait avec une personne dissimulée par un rideau et qui gonflait quelques ballons. Parmi la foule, plusieurs jeunes qui n'étaient pas en terminal et qui étaient venus avec l'envie probable d'enfin faire le party dans cette ville monotone. Cette école s'était présentée comme l'unique alternative.

Marc s'en allait se retourner vers Freddy, mais, dès qu'il tourna la tête, il se rendit compte qu'il était seul sur le seuil de la porte. Il n'avait même pas eu le temps de s'aventurer dans la place que déjà il était délaissé par ses amis qui semblaient s'être égarés dans leurs coins.

John et Jimmy avaient tous deux accouru à la table où avaient été installés les snacks et ils étaient prêts à la dévaster dès qu'Oliver s'en irait à la cuisine. Jim était surement parti sur le toit fumer un joint alors que, Jimmy, Kurt, Janis et Freddy étaient près de la piste de danse.

Et Marc, lui, les regardait de loin, ne pouvant s'empêcher de fixer leur sourire.

Sans savoir pourquoi, il détestait ce party. Il regrettait de les avoir emmenés maintenant qu'ils s'amusaient plus que lui. Dans sa tête, ils auraient passé toute la soirée ensemble. Marc se rendait compte du coup qu'il n'avait d'autres véritables amis que ceux-ci.

Et ils l'avaient laissé là.

Il tourna la tête et contempla le ciel, la ville, les lampadaires. Le feu de circulation. *Rouge.*

Entre la tristesse d'une chambre à coucher et celle d'une fête qui avait tout l'air de le rejeter, laquelle Marc devait-il choisir? Il tourna la tête et contempla la scène; ce chanteur qui lui sonnait faux; ces garçons et ces filles qui dansaient en se parlant de télé-réalités tout aussi dégradantes qu'idiotes; ce décor laid de cafétéria, décor qu'il avait déjà trop vu. Mais soudainement, quelque chose attira son attention : une longue banderole multicolore. « Bonne fête! » Un visage apparut dans son esprit.

Il alla rejoindre ses amis, alla discuter avec eux. Une énergie nouvelle le revigorait. Un visage; un sourire; le hantait désormais et permettait à cet enthousiasme de s'afficher.

Mais sa joie ne fut pas éternelle.

Elle disparut peu à peu à mesure que ses amis le délaissaient pour la compagnie féminine qui se déhanchait telles des aguicheuses sous le son d'un des classiques d'AC/DC: *"She shook me all night long"* et *"School's Out"* d'Alice Cooper remixés pour l'occasion pour plaire aux amateurs de boîtes de nuits.

"Working double time
On the seduction line
She was one of a kind, she's just mine all mine
Wanted no applause
Just another course
Made a meal out of me and came back for more
Had to cool me down
To take another round
Now I'm back in the ring to take another swing

'Cause the walls were shaking
The earth was quaking
My mind was aching
And we were making it and you

Shook me all night long
Yeah you shook me all night long"

À la toute fin, Marc était seul avec Janis. Pendant un refrain, John vint la chercher pour lui dire adieu, car il devait partir. Elle ne revint pas vers lui.

Esseulé, appuyé contre le mur du fond, Marc avalait ces paroles de chansons avec difficulté. Cette histoire parlant d'une folle nuit d'amour déferlait dans son esprit accompagné d'images tandis que lui était planté là, triste et solitaire. *Mais où il est mon Barney Stinson quand j'ai besoin de lui?*

Il regardait d'ensemble la foule qui dansait quand un visage attira son attention. Elle lui souriait gentiment. Dans son sourire, un quelque chose de gêné. Ce sourire maladroit n'était rien de moins qu'une invitation à danser. Marc observa la fille. Elle passa sa main à travers ses cheveux tandis qu'elle tournait sa cheville d'un côté puis de l'autre dans un signe de malaise. Ses beaux yeux glacés poussèrent l'invitation non plus à une simple danse, mais bien jusqu'à une nuit à deux et, qui sait, plus peut-être.

Elle s'appelait Kristen. C'était elle qui avait été rejetée par Chuck ce matin durant l'examen. Elle alla repousser avec ses longs doigts squelettiques une de ses mèches d'ébène derrière son oreille. Elle leva le talon une nouvelle fois en un témoignage de sa gêne aberrante. Elle sourit à Marc. Ses dents légèrement rabattues vers l'intérieur apparurent quand elle se mordilla les lèvres. Marc pouvait voir les petites boursouflures sur ses gencives. Deuxième sourire avant de s'approcher.

À mi-chemin, elle s'arrêta. Marc s'était retourné. Elle ouvrit la bouche en signe de stupéfaction. Marc fit quelques pas en s'éloignant d'elle et en feignant de prendre son cellulaire pour recevoir un appel. Elle dévisagea Marc avec une pointe de surprise et de tristesse avant de s'enfuir à son tour.

Il accourut vers les toilettes et s'enferma dans une cabine. À côté, quelqu'un était en train de vomir. Un 26 oz de Vodka traînait par terre entre les deux cabinets. *Mais quel con que je fais! J'avais une chance avec elle et je l'ai détruite parce qu'elle est moyennement laide. Putain... J'ai vraiment besoin de leçon de dragues...*

Marc s'extirpa la tête par la porte. Il espérait seulement qu'elle ne l'attendrait pas à la sortie. Il se pencha, pris une rasade dans la bouteille avant de se tirer hors de là. Tout autour de lui, le même spectacle désolant de tout à l'heure. Il s'avança, alla se perdre dans la mêlée en priant pour ne pas tomber sur Kristen.

Tout autour de lui, les garçons dansaient, sensuellement, plus que collé contre ces filles qui se dandinaient les fesses de gauche à droite. Ce spectacle le dégoutait. Ce manque total de pudeur… *Est-ce que c'est à ça qu'en est rendu l'amour? Son sens en fait-il encore un, bon sang!?* Le monde semblait en être arrivé à ce point. Entre deux gorgées de Vodka, les jeunes trouvaient la définition de l'amour dans ces paroles d'Électro-Hip-Hop qui hurlait "*Shake that booty in da Club!*" en boucle que eux se plaisaient à répéter avec ferveur.

Où est-ce que je suis moi là-dedans? Il sortit son Mp3 et regarda les derniers titres joués : *Across the Universe, The Beattles; Wonderwall, Oasis; Thank You* de *Led Zeppelin;* et ça continuait ainsi avec *The Doors, Queen, Jimi Hendrix, Pink Floyd*, et cetera. *"Images of broken light, which dance before me like a million eyes..."* Contrairement aux autres, l'amour, la vraie, il l'avait appris aux côtés de son père, dans la voiture. *And all the roads that lead you there are winding. And all the lights that light the way are blinding.* Toute son enfance, elle lui avait été inculquée par la Pop britannique des années passées. *"Little drops of rain whisper of the pain, tears of loves lost in the days gone by."* Et ses amis qui s'entretenaient là-bas avec les plus belles d'entre elles alors que lui était là, cloitré au beau milieu de la foule, seul au monde à dévisager de loin la vie qui suivait son cours, lui donnaient la réponse qu'il n'arrivait pas à déchiffrer. Il n'était pas à sa place parmi ceux qui ne connaissaient pas l'amour telle qu'il la percevait.

Est-ce qu'elles savent au moins que je suis là? Que j'existe et que je vendrais mon âme pour les aimer, une par une, toute la nuit durant?

Quand il repensait qu'il venait tout juste de laisser passer Kristen, il se trouvait tellement stupide. Du coin de l'œil, il la voyait qui discutait déjà avec quelqu'un. Puis le gars s'approcha d'elle, lui murmura cette phrase qui les faisaient toutes tomber folle dingue et l'embrassa dans le cou, Marc détourna le regard. *Je me torture moi-même en étant ici!*

Et puis, sans prévenir, il y eut cette boule qui grossit en lui. Une lente agonie qui le brûlait à petits feux tandis que sa peine augmentait à chaque fois qu'un danseur lui lançait un clin d'œil qui allait effleurer sa peau. Chaque coup d'œil, il en avait l'impression, le moquait, riait de sa solitude, de son rejet. Un poison amer de jalousie. Il sentit tous les yeux se retourner vers lui. Ils détruisaient le peu qui lui restait d'estime.

Un arrière-parfum d'alcool arrosait l'air. Ses lèvres s'asséchaient alors qu'il se concentrait pour ne pas éclater en sanglots ou venir frapper le premier gars qui passait devant lui avec une jolie fille.

Mais elles sont toutes belles. Comment ne pas résister à l'envie d'en cogner un et de prendre sa place. Juste pour une nuit. Juste pour une heure s'il le faut! Juste le temps d'une caresse.

Tout le monde dansait autour de lui avec des sourires moqueurs et des regards dédaigneux. Les filles murmuraient des insultes à son sujet. Leur corps parfait, sculpté dans le même moule que les déesses antiques, se trémoussait avec une lascivité qui faisait palpiter en Marc les plus fous désirs.

Les minutes s'écoulèrent et, seul, Marc préféra fuir la foule pour aller errer dans les couloirs vides de l'école. Parfois, il croisait quelques étudiants avec qui il discutait pendant un instant, mais leur compagnie le lassait trop vite et il repartait avec sa planche.

Quand l'envie le prenait, il faisait quelques figures, mais sa solidarité le rendait triste. Il préférait de loin s'écraser dans son coin et écouter de la musique. Sans cesse, le souvenir de Kristen le torturait.

Je suis qu'un con…

– Il ne faudrait pas… que… quelqu'un nous surprenne ici, dit une voix.

Marc s'arrêta. Troisième étage, local d'anglais 5B. Deux personnes chuchotaient. Silencieusement, il s'approcha. Marc reconnut instantanément la voix macho de Chuck ainsi que la petite voix beaucoup plus timide d'Alexandra.

– Qui veux-tu… qui nous trouve ici? Oh… comme tu goûtes bon! … de toute façon…, tout le monde est… en train de… fêter en bas.

– Chuck… si Ember l'apprenait? Elle est bel et bien ta petite amie, non?

En entendant ce nom, Chuck se tut. Il n'y avait plus un son. Marc cessa de respirer. Les gloussements d'Alexandra s'arrêtèrent.

Chuck prit une courte pause avant de lui répondre : « Plus pour très très longtemps. »

Marc ne put s'empêcher de jeter un coup d'œil. Il vit Chuck coucher Alexandra sur un bureau et lui caresser les cuisses avant de la couvrir de baisers. Marc épia leur moment jusqu'à ce le chandail d'Alexandra commence à se soulever.

Il reprit sa course en skateboard, enjoué par cette nouvelle. *Les gars doivent apprendre ça!* Un sourire malin était maintenant ancré à ses lèvres par la ferme intention de réduire son éternel rival à rien de moins que ce qu'il était déjà : un trou de cul de la pire espèce.

Marc descendit les marches et se dirigea à toute vitesse vers la piste de danse pour aller y retrouver ses amis. Au loin, le genre de musique avait complètement changé. Désormais, il n'y avait qu'un chanteur sur scène, seul derrière son micro avec une guitare acoustique qui semblait chanter une chanson de son cru. Il n'était pas bien grand, mais il avait une voix splendide qui s'harmonisait parfaitement au style étrange de la mélodie. Dans le fond, sur un écran géant, il y était écrit "*Once in a great while*" et les paroles défilaient à leur rythme comme sur un karaoké.

> *"We could bail out either side, or take a rest*
> *Find me in the corner with your nervous laugh*
> *In my hesitation don't you pass*
> *I might be the only fool who cares*
>
> *But don't you feel like you're under this wave of staggering charm?*
>
> *One was set to carry you, and never came*
> *I was laying hungry but surprised to be*
> *But I sure love the way that you lingered here*
>
> *Once in a great while I could be so bright*
> *And more than I can say it just feels awfully right*
> *And borrowing every angle 'till it's centered in 'I'*
>
> *Don't be so bashful*
> *It's me in the shadows*
> *And I'm laying, groaning*
> *Until you find a way back to me*
> *Until you find a way to soothe me*
>
> *Well tell me, it's starlight*
> *It's stars in your eyes*
> *ooh..."*

Il allait leur annoncer ce qu'il avait entendu quand une salve d'applaudissements retentit derrière lui. Ember venait d'arriver.

Elle était encore plus belle que ce matin. Si les filles, Marc les avait vues plus tôt façonnées dans le même moule que les déesses, Ember devait soit être le moule, soit quelque chose de mieux. Elle s'avançait, marchant comme une amazone revenant de guerre; triomphante, forte, invincible et redoutable; toute souriante; arborant un jeans griffé qui était la marque de ses combats terribles et de l'envie des hommes qui la précédait. Marc la précédait.

Ses cheveux roux, aussi splendidement coiffés, lui donnaient l'air d'une précieuse bourgeoise. Marc y vit en elle presque une reine… Une reine dont le roi était infidèle. Ô combien il ferait serment d'allégeance à cette majesté bien trop magnifique pour un simple mortel tel que lui!

Elle se promenait à son aise parmi les élèves, les saluant ou allant jusqu'à en enlacer quelques-uns, échangeant quelques baisers discrets avec ses amis plus intimes. Passant à travers la dense foule, Ember envoya plusieurs signes de la main. Elle s'arrêta un instant, laissant à Marc le loisir de la contempler. Elle fit ce petit geste, cette douce vague avec ses doigts vers lui, qui le figea. Il sourit maladroitement, créant ce rictus étrange sur son visage.

Elle se retourna et s'avança vers la scène, prenant le microphone que le chanteur lui tendait et commença un discours.

« Merci à tous d'être venus en si grand nombre à cette magnifique soirée de graduation. » Un « Bonne fête, Ember » retentit dans le fin fond de la cafétéria. « Je vous remercie tous d'être ici et j'espère honnêtement que vous appréciez tous les divertissements que le comité et moi avons pu vous procurer. »

Une nouvelle volée d'applaudissements suivis, accompagnée de plusieurs « On t'aime Ember! Bonne fête! On t'aime! »

« Ha! ha! ha! Merci, merci, tout le monde! J'espère tous que vous avez faim et que vous mangerez à votre faim, car, malgré l'heure tardive, j'ai cru entendre dire que Chuck avait été cherché de la pizza. Allez Chuck, viens sur scène me voir au moins! » dit-elle tout sourire.

Mais Chuck ne montra pas même le bout de son nez. Il n'y avait probablement qu'une seule personne parmi la foule qui savait pourquoi.

« Bon… eh! eh! … À le connaître, il doit probablement être déjà en train de manger. Ayez du plaisir, bonne fin de soirée tout le monde! » dit-elle en cachant habilement son malaise. Elle descendit de la scène, laissant aux musiciens la place qui leur revenait.

Une dernière salve d'applaudissements suivit tandis qu'Ember allait se mêler à ses amis qui continuaient de lui souhaiter "bonne fête". La musique reprit à l'instant où une dizaine de boîtes de pizza entrèrent dans la pièce et parfuma l'air d'une odeur de viandes exquises.

Chacun mangea jusqu'à l'abus avant de retourner s'amuser avec les autres. Les verres de rhum et les shooters de vodka commencèrent à apparaître plus régulièrement. Le volume se fit de plus en plus fort et de plus en plus rock'n'roll. La fête se déroulait comme sur des roulettes et la musique était formidable. Vers neuf heures dans la soirée, le groupe prit une pause, invitant d'apprentis musiciens à venir s'essayer.

Plusieurs jeunes firent la queue pour aller se défouler sur scène malgré, pour plusieurs, leur flagrant manque de talents. Les premiers à monter furent une bande de finissants qui interprétèrent une chanson extrêmement populaire qui ne cessait de jouer à la radio ces temps-ci. Marc les applaudit, mais n'avait pas vraiment apprécié. Pourtant, ils furent reçus par une acclamation monstre simplement parce que ce qu'ils avaient fait était très *pop*.

Malheureusement, plus personne n'osa rivaliser contre ce petit quintette après cette prestation de peur d'être ridiculisé devant la vaste foule. Quelques-uns accoururent pour s'installer derrière la batterie que Marc examinait de loin. Il les regarda frapper n'importe comment sur les tambours créant à chaque fois des rythmes cacophoniques et discordants.

Marc la regardait, un verre de rhum'n'coke en main quand une idée vint titiller son esprit. Pendant un instant, il aurait presque pu se croire sadomasochiste tant c'était stupide et voué à l'échec. Il contempla avec dégout ses souliers, quasiment honteux d'avoir eu une telle idée folle. *Et puis merde, tant qu'à être à une fête merdique, qu'elle soit merdique jusqu'au bout!*

Il monta sa boisson à ses lèvres et le cala cul sec avant de se retourner vers Jimmy, Kurt et Freddy qui prenaient tranquillement une gorgée dans quelque chose trouvée ici et là, et leur fit un sourire malicieux. Il s'approcha du verre de Kurt qui trainait sur le rebord de la fenêtre et fini le peu qui restait.

– Hey, mais qu'est-ce que tu fais.

– Oh! Arrête de te plaindre tout le temps, Kurt. Alors les gars… ça vous excite pas vous? dit Marc en continuant son sourire malin. Il hocha d'un coup de tête vers la scène, les invitants à l'idée qu'il venait d'avoir. Kurt le regarda avec de gros yeux surpris, Freddy lui remit son sourire ayant, bien sûr, accepté l'idée tandis que Jimmy secouait la tête de gauche à droite tout en répétant : « Non! Pas question. Oooh! Non! »

– Freddy, toi t'es partant?

– Ça c'est sûr. Jusqu'en enfer, bébé!

– Et toi Kurt?

– Je ne sais pas… C'est pas vraiment mon truc la guitare devant public.

– Allez, les gars! Merde! Jimmy, je t'ai entendu des milliers de fois jouer de la guitare et tu joues comme un dieu. Ces gars-là à côté de toi, c'est de la petite merde! Allez, putain, ça va être drôle. Qu'est-ce que t'as à perdre de toute façon? Écoutez les gars, c'est notre dernier party avec ces gus, qu'est-ce qu'on n'a à foutre de ce qu'ils vont penser de nous, hein? Après ce soir on risque de plus les revoir de toute façon… et puis, après cet été, c'est nous qui risquons de plus se revoir. Qui sait qu'est-ce qui va nous arriver à la fac?

– Bon d'accord! Pourquoi pas après tout? dit-il avant de caler son verre cul sec.

– Kurt? dirent les trois garçons en même temps.

Freddy, Jimmy et Marc dévisagèrent chacun leur copain en le fixant dans le blanc des yeux, tout en lui souriant du même sourire malin. Kurt était pris dans une impasse. Il ne voulait pas que ses amis aient une dent contre ou qu'ils se moquent de lui et il ne désirait certainement pas non plus qu'ils lui fassent la grosse tête pendant toutes les vacances.

– OK. dit-il comme signe de capitulation. Il eut cette étrange impression de sentir sa gorge se serrer alors qu'il prononçait cet unique mot; cette simple syllabe. « Quelle chanson est-ce qu'on joue? »

Marc n'avait pas songé à ça. Selon lui, dès qu'ils auraient été sur scène ils auraient été acclamés et cela aurait été aussi facile que ça. Ou sinon, ils auraient tous eu un éclair de génie et son "band" aurait eu, lui aussi, la même idée que lui, en même temps, comme lié par un accord télépathique.

– Alors, quelle chanson est-ce qu'on joue les gars? Redemanda Kurt.

– Pourquoi pas une de nos compos qu'on a écrite? On ne les a jamais faites devant public. proposa Freddy.

– Il y avait peut-être une raison à ce qu'elles ne soient pas joué devant public, tu sais, Fred. dit Jimmy râleur. « Et si on faisait un bon vieux classique du métal, c'est tout ce qu'il faut pour faire lever un party dément, non?

– Selon toi, oui, mais je crois pas que ça va être l'avis de tous ceux qui sont là et qui vont nous regarder. dit Marc.

Tous acquiescèrent à la remarque qu'il venait de faire et, finalement, ils montèrent sur scène avec en tête de faire une de leurs compositions. Jimmy se dirigea vers la guitare électrique sur le côté droit de la scène tandis que Kurt allait vers la basse, à l'opposé gauche. Freddy prit le micro qu'il régla à sa hauteur et Marc s'en alla au fond, vers l'énorme batterie, bien plus grosse que celle qu'il avait chez lui et de bien meilleures qualités. Il prit un certain temps avant de s'asseoir sur le trône qui servait d'épicentre, ne pouvant s'empêcher de contempler le majestueux engin.

Il semblait hypnotisé par chaque rouage de la grosse caisse, de la pédale quasiment neuve, contrairement à celle, vieille et poussiéreuse, qui traînait chez lui; des tambours, du plus petit au plus gros et par la multitude de cymbales qu'il, il le sentait, frapperait avec cette joie incontrôlable qui le saisissait chaque fois qu'il avait la chance de jouer.

-Bonjour, tout le monde! dit Freddy au micro alors que Marc s'assoyait. « Nous sommes *Martyrs of Rock*. » Sur cette brève introduction, Jimmy entama l'introduction avec un riff puissant, accrocheur et rapide. Après les 10 premières secondes, ils pouvaient déjà voir, sur le plancher, les spectateurs qui hochaient de la tête et les acclamaient. Chacun jouait avec rythme et plaisirs, formant une espèce de lien avec ces instruments qui n'étaient pas les leurs. Ces instruments leur paraissaient magiques sous leurs doigts étrangers. Jamais dans leurs pratiques ils n'avaient joué dans une union aussi profonde, jamais la synchronisation n'avait été aussi parfaite.

Le groupe s'amusait énormément et leurs plaisirs s'étaient reflétés dans le public qui semblait apprécier leur performance scénique quelque peu improvisée et de dernières minutes. Vers la fin de leur prestation, Jimmy faisait aller sa tête d'avant vers l'arrière au rythme de la chanson tandis que Kurt martelait sa basse de coups sur les cordes pour donner ce son particulier à la chanson et sautait contre les murs de la salle de spectacle. Devant eux, un océan de spectateurs chantait le refrain en même temps que Freddy qu'y si donnait à fond, faisant tournoyer le micro dans les airs, sautant d'ampli en ampli tout en racontant l'histoire d'un homme, parti par une nuit d'été, et qui avait trouvé l'amour dans les yeux d'une prostituée. À la toute fin, le groupe reçut une ovation extraordinaire à laquelle ils ne s'attendaient pas, certains hurlaient pour demander un rappel.

Le groupe se rassembla au milieu de la scène, se serrant les uns contre les autres pour saluer la foule en se penchant de haut en bas. Ils profitèrent surtout de cette occasion pour discuter entre eux.

– Ils veulent une autre petite chanson, qu'est-ce qu'on leur fait? On fait une autre de nos chansons? Laquelle? demanda Freddy à bout de souffle, tout énervé par cette soudaine popularité.

– Moi, je suis d'accord pour faire une de nos chansons encore. dit Jimmy.

– Tiens! Si ce n'est pas monsieur qui disait il y a pas plus de cinq minutes : « Non, non, je ne veux pas jouer une de nos chansons, je suis trop bon pour jouer en public, non, non, non, je veux pas! » dit Marc en imitant la panique.

– Ouais c'est vrai, qu'est-ce qui t'a fait changer d'avis? dit Kurt

– C'est… C'est le sourire que m'a lancé Courtney pendant que je jouais tout à l'heure… Ça m'a en quelque sorte convaincu.

– Et toi Kurt? Je présume que tu as changé d'avis aussi? demanda Freddy en ricanant.

– Ouais c'est ça foutez-vous de ma gueule les comiques!

– Bon alors encore une de nos chansons? demanda Marc enthousiaste.

– Oui. dirent-ils tous à l'unisson

Chacun retourna à leurs postes, Jimmy reprit la guitare qu'il avait délicatement déposée sur le sol et l'accorda en faisant de minuscules solos sur chaque corde. Kurt alla reprendre la basse qu'il avait mise sur son support et, pour faire le con, fit assemblant de la marteler au sol, soulevant quelques rires, mais surtout la colère de son propriétaire qui monta d'un bond sur scène pour avertir Kurt de ne pas égratigner son joyau. Freddy reprit le micro et Marc reprit une nouvelle paire de baguettes, car celles qu'il avait utilisées avaient brisé à la fin de la chanson précédente. Il se rassit confortablement sur le tabouret et commença l'introduction de leur chanson en martelant les tambours tout en suivant Kurt à la basse jusqu'à ce que Jimmy et Freddy embarquent, jouant de leurs instruments respectifs.

La foule s'emballa une fois de plus sous le son distinctif de leur chanson de dernières minutes, par les mélodies qui formaient la base de la chanson qui parlait des difficultés de la vie et que, peu importe ce qui arrivait, il fallait les surmonter, pour le meilleur et pour le pire.

La foule était en délire une fois de plus et la soirée était encore jeune, pensa Marc tout en performant maladroitement une passe sur les tambours, pensant à toutes les filles qui criaient telles de vraies fanatiques. *Finalement, j'ai bien fait de rester.*

◆◆◆

Il était presque dix heures quand ils finirent de jouer et descendirent de la scène. Ils avaient joué toutes les chansons de leurs répertoires et, à chaque fois, une ovation cacophonique suivait, accompagnée d'un torrent d'applaudissements. Le groupe embauché pour la soirée reprit finalement leur place sur la scène, après près d'une heure de pause, reprenant la place qui leur revenait de droit. Dès qu'ils reprirent possession de leurs instruments, l'ambiance changea son ambiance de folies rock'n'roll pour une ambiance bien plus décontractée.

En descendant de scène et en cédant la place à l'autre groupe, les quatre amis furent accueillis par un déluge. Venant de toutes les directions, ils reçurent plusieurs tapes dans le dos, des applaudissements à n'en plus finir et des remerciements en quantités industrielles. Pendant un moment, Marc se demanda pourquoi il se faisait acclamer. Est-ce que c'était véritablement parce qu'il venait de jouer quelques chansons qu'ils avaient répétées dans un sous-sol pendant presque un an? Cela lui semblait tellement banal. Passer de la mère de Kurt qui leur disait que « c'était bien. » à cette foule qui hurlait. Pourtant, il ne pouvait se le nier. Les garçons donnaient des poignées de main et des tapes dans le dos dans toutes les directions. Les filles, quant à elles, regardaient le groupe défilé tel de vraies vedettes, leur lançant des regards quasi fanatiques.

En cette douce soirée, Marc jouissait finalement de la popularité qui lui avait toujours échappé, aujourd'hui était son heure de gloire, l'instant fatidique dont il avait tant rêvé. En ce moment, il avait l'impression que rien, ni personne ne pouvait lui résister, il avait ce sentiment d'invincibilité que plusieurs passaient leurs vies à chercher. Au loin, derrière lui, le band reprenait un des classiques d'Aerosmith: "*I don't want to miss a thing.*"

Il était un tout nouveau Marc Kyrric à mesure qu'il avançait à travers cette foule. Il était invincible sous les salves d'applaudissements qui lui donnaient sa force. Il se sentait comme un gladiateur revenant du Colisée, acclamé par contre par des tapes dans le dos et par des tonnes de filles qui venaient glisser indiscrètement des numéros de téléphone dans les rebords de son caleçon.

Pourtant, même le plus puissant des hommes peut chuter, peut redevenir faible et, plus il est puissant, plus il est haut sur l'échelle humaine, plus la chute sera dure et amère. Cette leçon, il la comprit quand il se heurta à quelque chose qu'il n'avait pas prévu dans son élan de gloire et de fierté. "*I could stay awake just to hear you breathing.* " Ce corps parfait qui avait réussi tant bien que mal à se frayer un chemin à travers la foule. "*Watch you smile while you are sleeping, Far away and dreaming.*" Une tête enrobée d'une merveilleuse cascade de feu – qui n'était plus aussi bien peignée qu'il y a quelques heures, à l'heure qu'elle était arrivée, mais qui avait été légèrement mise en broussaille due à l'excitation de la fête – se tenait devant lui, lui souriait. "*I could spend my life in this sweet surrender. I could stay lost in this moment forever. Well, every moment spent with you, Is a moment I treasure.*" Au milieu de tout cela, deux yeux verts lui lançaient ce tendre regard. C'était comme si il revoyait une amie de longue date qu'il retrouvait par hasard et qui lui disait qu'elle était contente de le revoir, lui annonçant justement qu'elle pensait à lui. "*I don't wanna close my eyes. I don't wanna fall asleep, 'Cause I'd miss you, babe And I don't wanna miss a thing.*" À l'intérieur de ces deux émeraudes, il y avait ce petit quelque chose; d'indescriptible; une sorte de flamme qui ondulait gentiment et qui donnait à tout homme l'envie d'en tomber amoureux. "*'Cause even when I dream of you, The sweetest dream will never do, I'd still miss you, babe And I don't wanna miss a thing*

– Wow! Marc, c'était super tout à l'heure sur scène. Je ne te connaissais pas si talentueux. Ça fait longtemps que tu joues de la musique?

Au plus profond de lui, Marc ne souhaitait qu'une seule chose en ce moment : ne pas passer pour le plus grand des idiots. Il voulait l'inverse : passer pour un gars cool, un peu comme Chuck, pour enfin avoir sa chance de l'impressionner!

Tout ce qu'il réussit à faire fut de rester planté là, droit comme un "I", à la dévisager tandis qu'il pensait à quoi dire, ouvrant de temps en temps la bouche pour faire parvenir de l'air à ses poumons et pour laisser sortir quelques mots qu'il retenait au dernier moment. À ce moment précis, Marc ressemblait bien plus à un poisson agonisant hors de l'eau qu'à un être humain "normal". À force de la regarder comme ça, Ember commença à se sentir mal à l'aise. L'affection dans son regard s'évanouit pour laisser place à une perplexité dérangeante.

Marc eut l'air d'un véritable crétin.

– Ah! … eeeh, c'est que tu me connais mal… Si tu me connaissais mieux, tu apprendrais que je suis très talentueux…

Il ne lui donna pas le temps d'ajouter quoi que ce soit que déjà il s'était enfui vers les autres. Aucun « au revoir » ou une quelconque excuse. Il s'était tout simplement sauvé. Il avait enfin la chance de bavarder avec elle et il avait tout foutu en l'air comme un con. *Merde ça veut carrément rien dire ce que je lui ai dit en plus. Putain que j'suis con. Con. Con! CON! ARGH!*

Arrivé près de ses amis, tout ce que Marc voyait le faisait regretter la compagnie d'Ember. Elle voulait lui parler et, lui, il l'avait laissée seule tel le moins que rien qu'il était. Kurt flirtait avec Delilah, une blonde qui, selon la rumeur, avait le quotient intellectuel d'une cruche d'eau vide. Kurt, par contre, profitait au maximum que Delilah soit accrochée à son cou et qu'elle soit un peu sotte, car il réussissait à lui faire avaler tout plein d'idioties dans le genre que son grand-père avait marché sur la lune et que son père, qui séjournait supposément en Italie en ce moment, était en train d'essayer de convaincre un multimilliardaire de lui céder son entreprise d'ordinateur qui s'appelait Microsoft. Elle, elle gobait tout comme une mouche en le regardant et en faisant cligner de temps en temps ses longs cils.

Jimmy, lui, jasait avec Courtney, un de ses collègues en classe de chimie. Freddy, de son côté, discutait avec Amy, une finissante comme eux, sur laquelle il avait secrètement le béguin depuis sa plus tendre enfance. Extrêmement sociable, Amy était une belle brune qui pourrait presque rivaliser en popularité avec Ember. Pourtant, les deux filles n'auraient su se déclarer la guerre, car elles étaient toutes deux les meilleures amies du monde et rien sur Terre ne pouvait les séparer. Ni les querelles et surtout pas les garçons!

Marc s'approcha d'une table. Trois verres traînaient. Peu importe ce que c'était, Marc les prit et les avala cul sec. *Punition pour avoir été si con!* Le premier lui brûla la gorge. Les deux autres étaient de l'eau. Douce déception. Devant lui, le même spectacle de gens jeunes et amoureux qui lui blessait le cœur.

Il se retourna pour regarder le groupe qui commençait *"Babe I'm Gonna Leave You"* de *Led Zeppellin,* mais à peine s'était-il détourné de son calvaire que deux filles le rejoignirent. La première était un peu plus jeune que lui. Sa chevelure d'un mauve électrique et son style vestimentaire punk rappelaient à Marc une période de sa vie ou eux deux avaient été très proches, où leurs fabulations rythmaient sous le son déchirant de The Exploited, Anti-Flag et The Misfits. Cette époque, pas si lointaine, où il avait succombé à ces yeux extrêmement pâles, quasiment blancs qui l'avaient fait chavirer. Elle s'appelait Ellen. Elle était l'ex petite copine de Marc. Et elle venait d'une époque que Marc préférait oublier.

La seconde était beaucoup plus jolie, même si Marc ne la connaissait pas, il l'avait bien croisé plusieurs fois dans l'école, mais ne lui avait jamais parlé auparavant. Elle devait surement être une année ou deux plus jeunes que lui. Étrangement, elle fit une très forte impression sur lui… et dans son pantalon. Son visage, entouré par cette myriade de cheveux foncés, attira son regard tout de suite alors que les prunelles amandes de la fille le fixaient avec cet air (très) suggestif. Tandis qu'elles s'avançaient, elle alla mordre, avec une lenteur digne des pauses érotiques, un recoin de sa bouche. Il vit ses dents s'enfoncer dans sa lèvre pulpeuse et il ne put contenir cette image dans son esprit de lui en train de l'embrasser. Et puis il y avait ces seins! Marc en resta frappé. Premier contact démentiel et puissant. Il ne pouvait s'empêcher de les contempler. Il dut se forcer pour remonter ses yeux vers sa figure angélique qui dissimulait ce petit quelque chose de maléfique et de pervers enfoui non loin dans ses iris. Mais Marc avait beau faire tous les efforts que son corps lui permettait, ses yeux revenaient toujours à sa poitrine parfaite enveloppée comme un présent devant lui.

– C'était plutôt impressionnant tout à l'heure, Marc. Tu m'avais pas dit que tu étais si doué du temps qu'on sortait ensemble. En faites, je me rappelle même pas que tu jouais de la batterie. dit Ellen en lançant un regard moqueur à la fille qui se tenait à côté d'elle, s'assurant de bien lui faire comprendre qu'ils étaient déjà sortis ensemble. Pour toute réponse, elle reçut un clin d'oeil mauvais.

– J'ai commencé à pratiquer tout de suite après notre rupture qui s'était terminée en bain de sang. répliqua sèchement Marc. « J'ai surtout joué pour oublier! Pour t'oublier en majeure partie. »

Il vit son expression de satisfaction s'effondrer pour devenir une moue rancunière. C'était la même expression qu'elle lui avait faite quand il l'avait surprise au lit avec Chuck, il n'y a pas plus d'un an de cela. Il se rappelait la crise dans laquelle il avait éclaté, la réprimande qu'elle avait osé lui faire parce qu'il les avait pris dans ce flagrant délit. Il revoyait, en cet instant précis, les traits qu'il avait vus quand il avait sauté sur Chuck pour le tabasser car il avait décidé de se mêler de la querelle. Il se souvenait de la bataille, les deux garçons qui avaient terminé leur bagarre à la pharmacie, le nez et la gueule en sang, jurant une fois de plus devant le seigneur, qu'ils auraient la peau de l'autre. Marc avait toujours en mémoire la réaction des filles le lundi suivant; leur regard voulant presque cracher un venin sur son être pathétique qui avait daigné attaquer l'être de grandeur qu'était Chuck. C'était définitivement une époque qu'il désirait oublier.

– Tu as raison Marc. C'est mieux d'avoir du meilleur stock. Plus frais. Plus d'expérience, dit l'autre, laissant enfin sortir un mot tandis que Ellen repartait, les épaules levées, en furie. Il ne put s'empêcher de fixer ses lèvres pulpeuses à mesure qu'elles bougeaient dans un mouvement fluide.

Marc secoua la tête tout en fronçant les sourcils avant de lui dire abruptement : « Excuse-moi, mais on s'connaît?! » Il avait usé d'un ton involontairement grossier et sec. Il s'en voulut.

Elle ne parut pas en être offensée.

– Tut, tut, tut. dit-elle tout en posant son index sur les lèvres de Marc. « Suis-moi maintenant! » Elle lui prit la main et l'entraîna dans l'école.

Chapitre 5 : Une visite inattendue

Quelque part dans le Nevada
10 :40 pm

Courir. Ils couraient déjà depuis tellement longtemps. *Exté-nués*. Ils étaient tous à bout de souffle. *La chair*. Une envie – unique et ultime envie – les rongeait : la faim.

Et ils avaient faim. Très faim.

Leurs muscles endoloris n'avaient de cesse de s'enfoncer dans le sable chaud. Ils devaient manger! Les quelques camionneurs qu'ils avaient croisés n'avaient pas réussi à tarir leur appétit.

Tout d'un coup, celui à l'avant de la meute s'arrêta... Il leva son bras orné de ce gros poing à peine discernable dans la nuit… Il avait remarqué quelque chose. Au loin, un halo doré brillait comme une étoile indiquant le chemin.

De la chair fraîche… en abondance…

Les autres sentirent l'odeur à leur tour. Ils remuèrent leurs narines avec un enthousiasme dévorant. Certains allèrent fouetter l'air avec leur langue tellement ils étaient rongés par cette envie de se rassasier. Le chef de meute reprit sa course en direction de cette odeur…

Leur soif de sang leur tracerait la route. La chasse pouvait commencer.

◆ ◆ ◆

Elle le tira par la main tel un petit enfant jusqu'au deuxième étage. Contrairement à il y a quelques heures, le calme dont Marc avait pu profiter plus tôt s'était évanoui. En ce moment précis, à travers tout le couloir, on entendait les cris étouffés des élèves qui clamaient leurs excitations et leurs plaisirs désinvoltes…

À travers les fenêtres des portes, on pouvait y voir de jeunes couples qui s'en donnaient à cœur joie. Quelques-uns étaient en couple dans les locaux, d'autres en trio. Dans certaines pièces, la pudeur juvénile permettait aux jeunes d'être quatre ou même cinq, voire six. Parfois, tous ces corps étaient réunis dans une même enjambée et la pièce se remplissait de la chaleur torride d'une partouze. Certains étaient des couples déjà formés, mais, malgré tout, il y avait également des jeunes qui n'étaient là que pour une baise; pour rien de moins qu'une aventure d'un soir et qui, dès le lendemain, auraient vite fait d'oublier cette histoire d'une nuit. Tout ce qui en resterait serait de futurs clins d'œil quand ils se croiseraient au supermarché. Pour eux, cette soirée n'était qu'une nuit de débauches sexuelles, une tentative de perdre leur virginité ou, tout simplement, une nuit pour le plaisir de la chair.

Mais Marc ne savait pas dans laquelle de ces catégories il se trouvait. Il se tenait toujours derrière la belle inconnue qui le tirait comme un gamin, cherchant une pièce libre, loin des indiscrétions des autres étudiants qui baisaient sauvagement. Finalement, après ce qui lui sembla être une éternité, elle lui ouvrit la porte du local de chimie. C'était une vaste pièce comme toutes les autres, mais qui, contrairement aux classes, n'avait aucun bureau. À la place, il n'y avait que de longues tables pour deux élèves.

La fille sauta tout d'abord sur le comptoir et s'installa sous un des éviers qui longeaient le mur. Elle lui lança un regard aguicheur avant de tourner tranquillement le robinet d'eau froide. Marc ne pouvait s'empêcher de fixer l'eau qui coulait lentement sur sa camisole blanche.

Le sang dans ses veines bouillait à la vue de cette fille au look pervers. Les petits poils pâles sur ses bras qui se soulevaient à cause de sa chair de poule, les mamelons qui devenaient durs, la camisole qui se collait à la peau et devenait petit à petit transparente; tout ça donnait à son pénis l'envie de prendre de plus en plus de place dans son pantalon.

– Ça t'excite?

– Je mentirais si je disais que non. dit Marc abruptement. En fait, il aurait voulu hurler, crier sur tous les toits que ce qu'elle faisait devant lui l'excitait à mort. Dans un geste nerveux typique d'un batteur, il vint tapoter contre sa cuisse avec rapidité, comptant les noires, les croches et les doubles croches dans sa tête. *1, i, é, a, 2, i, é, a, 3, i, é, a, 4, i, é, a, 1, i, é, a...*

Elle se releva. Rictus pervers. Elle laissa sa main glisser le long de son visage. Sa paume frotta contre sa lèvre. Regard teinté des plus grandes débauches. Ses doigts suivirent la courbe de son cou, suivant lentement le long trajet d'une goutte d'eau. Ses ongles caressèrent le haut de ses seins avant d'aller se perdre dans le décolleté de sa camisole qu'elle fit descendre jusqu'à ce que Marc voie sa brassière trempée. Autre sourire tandis qu'elle levait un sourcil aguicheur et que sa langue allait lécher l'extrémité d'une canine. Marc sentit en lui cette pulsation érectile germer encore plus. Elle s'approcha d'une table et poussa les chaises, créant au passage un boucan incommensurable.

– Oups.

Rire coquin. Marc se força à sourire. La nervosité l'assassinait comme un poison. Elle s'installa sur la table en une pause sexy et elle fit de petits gestes du doigt, invitant Marc à la rejoindre.

– J'te connais toujours pas.

– Ne t'en fais donc pas! Tu vas bientôt me connaître aussi profondément que mon ex. dit-elle tout en gloussant tandis qu'elle retirait sa camisole. Sous son soutien-gorge, Marc voyait clairement ses mamelons tout aussi érigés que son sexe dans son pantalon qui avait pris de toutes nouvelles proportions.

Marc n'était pas satisfait par cette réponse idiote. Il ne connaissait pas cette fille, pas même son nom. Il ne bougea pas et resta là à la regarder faire ses pauses de pétasse toute trempée qui, malgré tous les efforts que Marc faisait pour se contenir, lui faisaient un effet monstre.

Elle finit par se lever et s'approcher de lui. Lentement, elle alla entourer ses bras autour de son cou comme un nœud coulant. Sur sa peau, Marc sentait les gouttelettes d'eau passer à travers son chandail. Il les sentait glisser tranquillement le long de son ventre et de ses côtes.

Elle le fixa droit dans les yeux. Ses deux prunelles amandes lui suggéraient les plus grandes folies. Ses longs doigts effilés allèrent se nouer dans ses cheveux. Le contact glacé de l'eau qui venait frapper son corps d'adolescent en chaleur créait un contraste désagréable.

– Mon nom c'est Nikki... Ça va, t'es content? Si tu te décides pas, je me gênerai pas et j'vais aller voir ailleurs, merde!

Marc resta de glace, pétrifié par ses deux yeux bruns qui le dévoraient du regard. Elle s'approcha. Lentement, sa bouche se déposa contre son oreille. Marc ne sentait rien d'autre que le contact de ses lèvres contre son Hélix[5] tandis qu'elle susurrait : « Je vais te faire tout ce que ta copine de tout à l'heure n'aura jamais voulu te faire. »

---

[5] *N.D.A.* Partie supérieure de l'oreille.

Pendant un instant, il aurait désiré lutter contre lui-même, contre cette envie de la chair, mais rien n'y faisait. Il n'était toujours pas satisfait par cette réponse idiote, mais, cette fois, il ne résista pas plus longtemps au plaisir du sexe qui l'appelait assidûment. Il s'avança, tentant tant bien que mal de cacher son air presque paniqué. Ses mains la saisirent automatiquement dans une prise digne d'une valse avant de la tirer vers lui.

Ses lèvres allèrent se poser contre celles de Nikki, si tel était vraiment son nom. Il sentait ses doux cheveux balayer sa joue. Puis il laissa ses lèvres descendre le long de son corps. Il embrassa le menton, puis le cou puis ses épaules nues. Elle lui agrippa le derrière de la tête tandis qu'elle poussait un gémissement d'excitation. Marc refit le trajet inverse. Ses baisers se frayèrent à nouveau un chemin jusqu'à ses lèvres. D'une main, elle lui grafigna les côtes. Il fit faufiler lentement ses doigts contre son dos nu, laissant ses ongles caresser chaque parcelle de chair qu'il pouvait atteindre. Il aimait le contact de l'extrémité de ses doigts qui se perdait sur le corps de Nikki, effleurant avec une tendresse érotique chaque muscle, chaque courbe, chaque contour de sa peau qu'il se plaisait à venir coller contre lui. Ses paumes descendirent sur les hanches bien sveltes qu'il saisit avec la même force que Nikki. Marc ramena sa main à l'avant du pantalon. Habilement, il déboutonna le jeans avant d'y faire pénétrer ses doigts qui glissèrent jusqu'à ce qu'ils empoignent les fesses vigoureusement.

Il sentit soudainement quelque chose franchir férocement ses lèvres, cherchant désespérément quelque chose dans sa bouche. La langue de Marc alla se frotter à cet intrus qui s'était infiltré en lui. Humide, un arrière-goût chaud et caramélisé de rhum bas de gamme. Marc enleva alors ses mains de sur les fesses de Nikki et les porta au soutien-gorge qu'il dégrafa avec aise.

Ce fut à ce moment précis, au moment où le "clic" de l'agrafe tombait, qu'il eut une drôle d'impression. C'était comme si on le rongeait tout d'un coup de l'intérieur. L'odeur agréable de plus tôt était devenue un mélange infect d'essence et de chien mouillé. Ça empestait. Le goût de bleuet sur les lèvres de Nikki s'était transformé en une saveur aussi sûre que le citron et aussi amère que la rhubarbe. Il était nerveux. Mais ce n'était pas le même genre de stress qu'il avait déjà éprouvé. Loin de ce qu'il ressentait cinq minutes avant un exposé oral ou avant un contrôle de trigonométrie.

C'était nouveau... et très inconfortable.

C'était comme s'il sentait ses côtes venir se faire piétiner des millions de fois par une créature gigantesque.

Puis son sentiment se changea en une tout autre chose. De la honte. Il trouvait honteux qu'il se retrouve ainsi; à embrasser une fille que la seule chose qu'il connaissait d'elle était la grosseur de son soutien-gorge! Il trouvait honteux que cette fille se tienne là devant lui, à moitié nue, comme si elle n'avait aucune pudeur. Mais le pire, pensa-t-il, c'était de réaliser qu'il s'était fait si facilement manipuler. Il trouvait honteux que cette fille ait pu déjouer tous les principes qu'il avait, seulement pour une foutue histoire de cul.

Il la regarda un instant, secoua la tête et lui dit : « Écoute, je ne suis pas le gars pour ça. »

Elle ouvrit la bouche, essayant de faire sortir au moins un mot, mais aucun son ne sortit. Seulement quelques onomatopées et quelques syllabes sans queue ni tête furent articulées. Marc s'était retourné et s'apprêtait déjà à partir quand elle commença à lui crier des tonnes d'insanités.

– Marc Kyrric, tu n'es qu'un putain de con! Tu m'entends! Un foutu trou de cul! Personne ne veut de toi! T'es personne et je me demande bien si t'es pas un de ces pédés de merde, sale enculé! hurla-t-elle avant de venir mettre la cerise sur le gâteau; elle cracha vers Marc, mais son crachat manqua de loin sa cible et la plus grande partie s'étala sur son propre menton. D'un geste brusque, elle essuya son menton tandis que Marc laissait échapper un rire amusé.

– J'ai de la difficulté à te suivre, tu sais. Tu dis que je suis un pédé et que personne ne veut de moi alors qu'il n'y a pas une petite minute, j'étais là, à dégrafer ta brassière tandis que, toi, tu étais en train de m'embrasser comme une folle en chaleur. Et là, tu me traites de pédé!? Il y a quelque chose qui va pas quelque part, tu trouves pas? Je suis sûr que c'est le neurone qui te reste qui te fait défaut. répliqua Marc sur un ton moqueur ne se gênant pas pour rire d'elle et allant presque à se rappeler Chuck dans sa manière d'agir.

Pour toute réponse, Nikki se leva et vint cogner Marc en plein ventre. Elle sortit en fulminant. Marc quitta peu de temps après. Le souffle toujours coupé, il se dirigea devant une bande de garçons qui étaient tout simplement figés sur place, leur bouche pendant pratiquement jusqu'au sol. Ils avaient probablement vu Nikki, seins à l'air, qui essayait de rattacher son soutien-gorge.

Il redescendit au rez-de-chaussée et se rendit à la cafétéria sans vraiment savoir quoi faire. Ses amis étaient là où il les avait laissés, en train de discuter avec des filles, mais Marc ne voulait plus de compagnie pour le moment, ou, du moins, il ne désirait pas être entouré par des gens qui baignaient dans le bonheur. Il chercha pour quelques bières qu'il prit avec lui.

Il retourna parcourir les corridors de l'école avec l'espoir de trouver une salle de classe vide, sans couple s'amusant à faire une petite partie de jambe en l'air. Il termina sa quête au local de musique. Le bleu/mauve apaisant des murs s'harmonisait parfaitement au silence qui régnait dans la pièce bercée par la lumière des lampadaires de la ville. Dans un coin, des guitares et des basses avaient minutieusement été rangées. Dans un autre, une magnifique batterie se reposait de tout martèlement et, étalé tout le tour de la pièce, de vieux saxophones rongés par le temps, un piano en ruine, des flûtes au bec surutilisées et des tamtams patientaient, attendant l'heure où d'apprentis musiciens deviendraient des soi-disant maestros. Marc prit soin de refermer la porte derrière lui avant de flâner plusieurs minutes, jouant au passage de quelques-uns des instruments, laissant tomber ses doigts sur les touches du piano, sur une basse et sur la batterie. Il finit par ouvrir la fenêtre et sortir sur le toit. L'air frais et le doux vent lui firent du bien. Ils semblaient capables de balayer ses troubles et ses malheurs.

Il s'installa tant bien que mal sur le sol couvert de roche, sirotant une des bières qu'il avait "empruntées". Au loin, il voyait la rue principale, Liberty Street. Mead's Cliff était, dans son cœur, la petite ville où cela faisait trop longtemps qu'il y habitait. Rêver de grandeur était son passe-temps préféré quand il n'y avait rien à foutre. *Surement comme la plupart des gens qui vivent dans ce trou perdu.* Il regarda les commerces commencer à fermer en cette heure tardive, laissant seulement le minuscule (et inutile) poste de police, la caserne de pompier et, à l'entrée de la ville, une station-service que presque personne ne visitait, éclairer les allées de leurs lumières. Légèrement à l'écart de tout, dominant les rues du haut de la colline à côté de la mairie, Marc pouvait voir sa maison de style victorienne qui semblait tellement plus grosse que les autres. À la base de cette même colline, il pouvait discerner la maison d'Ember; bien plus petite que la sienne et d'un style beaucoup plus ancien. Quand il la comparait aux autres maisons, Marc sentait toujours une pointe de tristesse à voir la toiture délabrée, les portes sur le point de fendre en deux ou la peinture prête à s'enlever au moindre coup de vent. Elle lui rappelait sans cesse la maison de Jenny dans le film Forest Gump. *Comment une personne comme elle, aussi magnifique, pouvait vivre dans un tel trou à rat?*

Il allait se prendre une deuxième bière quand, derrière lui, dans le local, il entendit une simple mélodie jouée au piano. Il reconnut instantanément la balade "*Home*" d'un groupe de rock américain, les *Foo Fighters,* un groupe qu'il appréciait particulièrement. Il ne savait pas pourquoi, mais, juste avant de rentrer sa tête, il s'arrêta, hésitant, et ce ne fut que quand il entendit clairement une voix féminine commencer à chanter les paroles qu'il se décida.

> *"Stand in the mirror you look the same*
> *Just looking for shelter from the cold and the pain*
> *Some want to cover, safe from the rain*
> *And all I want is to be home"*

Il fit pénétrer sa tête dans l'embouchure de la fenêtre entrouverte et vit, assis sur le petit tabouret du professeur, une jeune fille qui jouait, dos à lui, laissant glisser lentement ses doigts sur les notes du piano.

– On dirait que je ne suis pas le seul à avoir des talents cachés. dit Marc en la fixant tandis qu'elle était prise d'un violent sursaut. Elle se retourna. Une main sur le cœur alors que l'autre allait replacer une mèche orangée.

– Oh mon dieu, tu ne sais pas à quel point tu m'as fait peur. Qu'est-ce que tu fais ici? Je croyais que t'étais reparti chez toi. dit-elle encore surprise.

– Nah, j'essaye d'échapper à la célébrité.

– Alors on est deux.

– Je plaisantais.

– Pas moi. dit-elle d'un ton qui avait une légère touche de tristesse.

Marc la dévisagea un instant, tentant désespérément de déchiffrer le mystère féminin qu'était Ember. Le seul mot qui réussit à sortir de sa bouche fut : « Pourquoi? »

– Pourquoi quoi? Pourquoi fuir la "célébrité" comme je le fais? Bah, c'est difficile à expliquer. Tu peux pas comprendre à moins d'avoir vécu ce que j'ai vécu. J'ai… comment dire… j'ai été élevée dans un foutu cyclone infernal toute ma vie. Et quand je deviens le centre d'attention de quelque chose ça… ça me fait tout drôle… j'ai l'impression de devenir quelqu'un que je suis pas et que je veux pas devenir…

Elle poussa un long soupir pendant lequel elle remit une mèche de cheveux derrière son oreille.

– Pour faire ça simple, mon père est un vrai trou de cul qui boit comme un trou et ma mère est danseuse dans un bar de Vegas… Et quand j'ai de l'attention…, j'ai l'impression que je deviens eux… des putains bêtes de cirque! Quand j'ai de l'attention, j'ai peur de me transformer en une copie… tout aussi plate et pathétique. Elle prit une pause pendant laquelle ses yeux allèrent fixer le vide. Marc se permit, une fois de plus, de contempler à quel point elle était magnifique, même triste. « Un jour, ma mère est revenue du boulot et elle nous a dit qu'elle partait avec le gérant de son club… que ça faisait 5 ans qu'elle trompait mon père et qu'elle avait décidée de tout abandonner pour partir avec ce pauvre type et tout et tout parce que, selon elle, lui, il l'aimait pour vrai… Ça a été une grosse claque en pleine figure pour une petite fille de huit ans comme moi… Pendant un temps, j'alternais entre chez ma mère et chez mon père… C'était pas trop dur. Mon père faisait le détour et allait me déposer à l'école à Boulder City avant d'aller travailler au Solar One… ma mère allait me porter en bus et… bah, j'faisais le reste de l'arrêt jusqu'à l'école à pied. Après quelques années, j'me suis écœuré de ma mère et de mon beau-père. J'ai jamais su pourquoi, mais j'ai toujours cru qu'il voulait me faire danser… haha… Des fois, il me donnait tellement d'attention, j'avais peur… peur qu'il me transforme en une traînée comme ma mère. Et quand j'ai vu de quoi leur relation avait vraiment l'air, quand j'ai vu ma mère pleurée dans un coin d'un bar parce que son mari se tapait une pute à l'étage au-dessus, j'ai compris que je voulais pas ça… J'suis partie vivre chez mon père… Au moins chez lui c'est moins compliqué. Surtout depuis qu'on a emménagé ici. Quand je reviens de l'école, il se lève, il fait à souper et part travailler. Le matin, il me réveille en arrivant à la maison, saoul. C'est toujours la même chose… à la longue on s'habitue. Bon c'est sûr que dit comme ça, ça pas l'air d'être l'idéale, mais c'est mieux que mon beau-père hypercontrôlant, entouré par la drogue, le sexe, la boisson et plein d'autres histoires louches… Mais bon… J'ai jamais voulu devenir comme ma mère; le centre d'attention de personne. » Une pointe de tristesse accompagna sa voix. « Ça devient assez triste par moment d'être entouré par tout ça, mais j'me console en me disant que c'est mieux que bien d'autres choses. Parfois, quand je repense à ma mère, à mon beau-père et à mon père, je… j'trouve ça pathétique. Mais au bout du compte, qu'est-ce que ça change… c'est surement pas moi qui vais changer leur monde… Des fois, je me pose les mêmes questions vis-à-vis de mes amies et… j'crois que c'est ça qui me met un peu en marge de tout le monde. »

Marc resta un moment à la regarder, ébahi par cette confession étonnante. Un flash surgit dans son esprit. Cela avait été un instant très bref dans sa vie, mais il se souvenait que quelqu'un avait un jour traité Ember de bâtarde ou de salope ou de quelque chose du genre. Il se souvenait qu'Ember avait cogné la fille qui lui avait dit ça. Il sortit hors de ses souvenirs pour murmurer un : « Tu dois te sentir seule des fois? »

– Oui… Plus que n'importe qui l'imagine.

– Si tu veux, tu pourrais rester ici… euhm… je veux dire… ben… avec moi. J'ai plein de trucs à boire et… euh… le ciel est magnifique ce soir. On y voit tout plein d'étoiles et la lune est vraiment belle. bégaya Marc.

Elle le dévisagea. Non pas méchamment, mais avec cette expression qui laissait entrevoir qu'elle avait anticipé cette question. C'était comme si elle appréciait le moment, cette question qu'il venait de lui poser. Après quelques secondes, elle dit : « Tant que c'est pas du whiskey. L'odeur me ferait trop penser à mon père. »

Elle se leva et s'approcha de lui. Un sourire était pendu à ses lèvres comme la plus belle des parures. Il se plut à lui prendre la main pour la hisser jusqu'à la fenêtre. Dehors, un vent léger, doux, venait caresser leurs cheveux tandis qu'ils agrippaient chacun une bière au clair de lune.

Comme il l'avait dit, la lune était pleine et magnifique tandis que le ciel était rempli de milliers de points qui éclairaient la nuit de plusieurs couleurs, faisant scintiller le firmament de mille et un feux. Ils s'appuyèrent à la façade de l'école, côtes à côtes, savourant leur bière calmement en parlant de tout et de rien, comme deux très bons amis qui se retrouvent après une éternité pour discuter. Puis, après plusieurs minutes pendant lequel c'était entremêlé fou rire, blagues et confessions, Ember demanda à Marc : « C'est étrange, je me retrouve ici, à boire de la bière – alors que je n'aime même pas ça – avec toi, alors que je te connais à peine même si j'ai… je sais pas… tu me sembles pas si compliqués à comprendre contrairement à ce que les autres disent. »

– Ne pas me connaître du tout serait plus approprié. dit Marc tout en pointant sa camarade avec le goulot de la bouteille, un sourire accroché à ses lèvres.

– Oui c'est vrai. dit-elle tout en gloussant de rire et en s'étouffant presque avec une gorgée.

– Qu'est-ce que tu veux savoir?

– J'en sais rien. Parle-moi de toi, d'où tu viens, qu'est-ce que tu fais dans ce trou perdu, j'en sais rien. Allez, parle-moi de toi, je veux tout savoir.

– Tout savoir?

– Tout!

– La nuit va donc être longue.

– T'en fais pas j'ai du temps à tuer. Le sourire qu'elle lui remit balaya, d'un seul coup, tous les doutes et la nervosité qui saisissaient Marc depuis le début de leur rencontre.

– Et bien, comme tu l'as surement déjà entendu; avant d'arriver à Mead's Cliff, je vivais avec mes parents à D.C.. Mon père travaillait là-bas en tant que… en fait, j'ai jamais vraiment été au courant de ce qu'il faisait. Nouveau fou rire délicieux à ses oreilles. « Il m'a toujours dit que c'était important et quelque chose du genre patriotique et qu'il travaillait souvent dans des bureaux. Ce dont je me souviens, c'est qu'il gérait des gars. Il donnait des ordres à gauche et à droite et il remplissait des papiers à longueur de journée. Le boulot ennuyant par excellence si tu vois ce que j'veux dire. En tout cas, tout ce que je sais, c'est qu'il n'était pas souvent là quand j'étais tout petit, mais quand il était là il faut dire que tout le monde profitait de lui avant qu'une autre de ses jobines ne l'emmène au loin. »

– Ouais, j'connais cette partie-là de l'histoire!

– Ma mère, elle, elle travaillait comme secrétaire au Pentagone. Pour quelqu'un d'important si je me souviens bien et selon ce qu'elle m'a raconté, c'est dans une de leurs réceptions qu'elle a rencontré mon père pour la première fois.

– J'ai jamais compris pourquoi vous avez déménagé ici si tout allait si bien là-bas?

– Tout n'allait pas si bien en fait – et c'est ça la partie qui est moins connue de mon histoire. Quand mes grands-parents du côté de ma mère sont décédés, ma mère a été difficilement attristée. C'était si dur pour elle qu'elle en a fait une énorme dépression. Quand c'est arrivé, elle était enceinte de six mois, d'une petite fille qu'on devait appeler Arianna. Malheureusement, elle et le bébé sont morts à l'accouchement. Ce qui restait de notre famille a déménagé ici… Pour se recentrer que mon père disait.

– Ok… J'avais entendu des petits bouts de l'histoire, mais jamais au complet… Je… Je suis désolée. Ç'a dû être… dur. dit-elle tout en déposant sa main sur l'épaule à Marc.

– Bah, c'est presque rien maintenant. Pour faire passer la douleur, je me suis investi dans des dizaines de sports. J'ai fait de l'escalade, du vélo en montagnes, j'ai suivi des cours de cascadeurs amateurs, j'ai gagné plusieurs compétitions d'escrimes, j'ai fait un peu de natation et maintenant je fais des compétitions de tir à l'arc et des compétitions de fusils à peintures avec les gars. On s'est tous consacrés, pendant un temps, aux sports de combat. Après... bah! comme t'as pu le voir tout à l'heure, ça a été la musique. Au début, on faisait ça pour les filles, mais, quand on s'est rendu compte qu'on tenait peut-être quelque chose de bon, on s'y est mis plus sérieusement. Avec le groupe, on pense faire une minitournée dans les villes alentour. Pour savoir c'est quoi la réaction des gens à notre style.

– Wow! C'est cool ça. Sans rire, vous avez votre chance! Vraiment. C'était super tantôt.

– Merci. Marc lui remit son sourire, fier de la nouvelle tournure des évènements. « Et toi? C'est quoi ton histoire fantastique? Tu viens d'Oz? »

– Non. Une pointe de chagrin déchira sa voix en deux. « Mis à part ma famille problématique, pleine de vices, de sexe et d'autres merdes; non. Je suis le cas typique de la fille la plus banale. Le jour que Dieu va me juger… je te le jure, il va voir mon nom de famille et ça va déjà avoir été décidé pour lui. Son choix va être fait... ha, ha... Il va m'envoyer tout de suite au purgatoire à cause d'eux. Mais bon… Certains me trouvent charismatique... ouais d'accord... mais je vois rien d'autre à dire vraiment… Des fois, je me demande comment cela serait si je n'avais pas toute cette attention, tous ces yeux virés vers moi. Je déteste tellement ça. Quand j'ai tous ces yeux braqués sur moi, j'ai l'impression d'être ma mère… Ça me dégoûte! Tu sais ce que je veux dire? Tu m'as déjà vue. Je suis pas douée en sport. Je suis nulle pour faire la majorette. Bon, j'ai un peu de talents avec une guitare et un piano, mais c'est à peu près tout. Je crois pas que c'est ça qui encourage les filles et les gars à venir vers moi. Des fois je me demande pourquoi ils veulent tous être mon amie et pourquoi tant de gars veulent sortir avec moi. »

— Toutes les filles veulent être avec toi parce que tu es la fille la plus charismatique, la plus gentille, la plus sociable la… la… la plus sympathique de tout le Nevada et tous les gars veulent sortir avec toi parce que t'es de loin la plus belle et séduisante fille de tout Mead's Cliff!

— Qui pense ça? elle semblait surprise d'en apprendre sur elle-même.

— Tout le monde! Moi y compris! dit Marc sans penser à ce qu'il disait. Ce fut seulement en voyant le visage d'Ember changer brusquement qu'il comprit trop tard qu'il avait dit quelque chose de travers.

— Je… je… je suis désolé. J'aurais pas dû. C'était probablement de trop… Je crois que j'ai trop bu. bredouilla-t-il en se relevant et en se dirigeant rapidement vers la fenêtre ouverte. Pourtant, à mi-chemin, la douce main d'Ember vint lui saisir le poignet et le retint de sa délicate poigne avant de le tirer tranquillement jusqu'au mur où il se rassit.

— Non, ça fait chaud au cœur de savoir ça venant de quelqu'un d'autre que Chuck. Ça fait du bien que quelqu'un me considère pour qui je suis et pas pour la personne que les gens veulent que je sois. Merci… Marc. C'était la première fois qu'elle disait son nom depuis qu'ils étaient sur ce toit à regarder les étoiles.

« De… de rien. » *Chuck.* Marc repensa à quand il l'avait surpris plus tôt en compagnie d'Alexandra. Ses pensées divaguèrent pendant un instant, retournant à des moments lointains où Chuck et lui n'étaient qu'enfants et que, déjà, ils se chamaillaient. Ses pensées voyagèrent jusqu'à cette image où Marc le voyait par-dessus sa petite amie, nu comme un ver, en train de la baiser sans amour et par pure méchanceté envers Marc. Il sentait encore son sourire fondre quand il repensait à cette seconde lors de sa fête, à quand il avait ouvert la porte de sa chambre et les avaient trouvés tous les deux dans son lit.

Comment une personne pouvait être autant ignoble et cruelle? Comment un être aussi détestable pouvait se trimbaler avec une telle beauté? Marc regarda Ember prendre une gorgée de sa bière. Ça le peinait. Sans même penser à ce qu'il dirait, Marc n'hésita pas une seconde à essayer de révéler l'infidélité de Chuck ou d'y faire une "légère" allusion. *Mais comment on fait pour amener la conversation vers ce monstre macho et égocentrique?*

– Je suis au courant que tu... que tu n'aimes pas Chuck et je sais également ce qu'il t'a fait subir… quand tu sortais avec Ellen, et je comprends très bien si tu veux pas qu'on parle de lui. commença-t'elle.

Le travail était fait et Marc n'avait pas eu un mot à dire.

– Non, non, ça va. Ce n'est plus que de l'histoire ancienne à présent… autant pour moi que pour lui. Un sourire malin se forma sur son visage. « C'était il y a presque un an… ça fait relativement un bon bout de temps… Je crois que pendant ce temps-là Chuck fréquentait Hillary, n'est-ce pas? »

Ember lui lança un regard perplexe, aussi intéressée qu'effrayée par la question que Marc, elle le sentait bien, allait lui poser.

– Est-ce que tu penses qu'il y aurait… peut-être… la possibilité que Chuck te trompe…?

À peine avait-il commencé sa phrase que déjà Ember lâchait un long soupir d'exaspération et de mécontentement.

– Je suis désolé… pas de mes affaires… je n'aurais pas dû… écoute, je suis désolé.

– Pourquoi? Pourquoi tout le monde s'en fait pour moi à ce sujet?! hurla-t'elle en se levant, furieuse. « Il y en a qui disent que je couche avec lui que pour attirer l'attention, d'autres disent que c'est parce que je veux combler un vide qui n'existe même pas et d'autres disent que si je sors avec lui c'est pour être encore plus populaire que je le suis déjà. » Tandis qu'elle criait sa colère, elle s'approcha du bord du toit et, immédiatement, Marc se leva et s'avança. Il la vit laisser le bout de ses pieds dans le vide, comme une suicidaire sur le point de se lancer. « Et toi, pourquoi tu crois ça? »

– Parce que tu mérites mieux qu'un pauvre petit frimeur comme Chuck. Je crois que tu mérites quelque chose qui est aussi bon que, toi, tu l'es et, crois-moi, Chuck n'est pas aussi bien que toi. dit-il tout en allant se poster à côté d'elle, la main prête à l'agripper si elle faisait un moindre mouvement vers l'avant.

Elle se retourna et se mit face à lui. Automatiquement, il vint lui saisir le bras, mais, à sa grande surprise, ce fut avec une délicatesse surhumaine, quasiment féminine. À ce moment, tous deux se regardèrent dans le blanc des yeux, immobiles.

Un gars comme toi? Elle aurait aimé sourire. Mais Ember, celle qui arpentait les couloirs de cette école; celle qui souriait à ses amis; celle qui aimait la vie; n'était qu'une façade. Et, en ce moment, c'était la façade qui se tenait sur son visage. Rien de moins qu'un masque. Elle voyait dans ses pupilles les faibles lueurs d'une triste vérité.

Elle alla lui prendre la main. Ses doigts fins se glissèrent dans ceux de Marc. Si seulement Chuck la voyait ici, avec lui. Pourtant, cette idée lui semblait intéressante. De défier Chuck, d'aller à l'encontre de ce qu'il lui disait de faire. Voir la rage se former sur son corps.

Le visage d'Ember se transforma pour créer l'esquisse d'un sourire. Elle s'approcha lentement de Marc dans l'espoir idiot de se blottir dans le creux de ses bras. Elle leva la tête pour le regarder; voir à quel point, malgré tout ce que l'on disait sur lui, il était beau.

Elle sourit. Pour de vrai. Le masque tombait peu à peu. Elle ferma ses yeux. Ses lèvres s'avancèrent légèrement vers les siennes.

Un coup de vent vint briser cet instant, prenant au passage la casquette fétiche que Marc avait déposée sur le toit.

Ce détail lui échappa. Il était bien trop préoccupé à observer le visage merveilleux qui s'approchait pour l'embrasser. Ils fermèrent les yeux tandis que, entre ses lèvres, Ember murmurait un faible : « Merci. »

◆◆◆

De la lumière! Il y avait de la lumière au loin! Enfin, ils étaient arrivés à destination! *Sang sur leurs mains, dans leur gueule.* Bien qu'au départ ils étaient au-delà d'une centaine, maintenant ils n'étaient plus qu'une maigre cinquantaine. Tous les autres avaient été pris par les rigueurs du désert ou avaient été dévorés par des compères affamés, constata le chef de la meute qui donna un signe de halte à ses troupes en levant son poing dans les airs.

Ils s'arrêtèrent aux abords de la petite ville. Plus aucun mouvement, plus aucun muscle ne bougeaient. Rien mit à part le battement vif des mâchoires qui mastiquaient encore le peu de viande venant des deux derniers cadavres. *Ceux trop faibles ne méritent pas de continuer.*

Rapidement, l'odeur ultime qui les avait fait ainsi migrer parvint à leurs narines. *Excitation. Jubilation.* Ils sentirent enfin ce dont pourquoi ils étaient là : un amas de corps... de la chair. Ils sentaient autour d'eux l'énorme vague qui se propageait dans les alentours. Ils la sentaient avancer, s'étendant telle la peste et allant chercher ses proies qui dormaient dans leurs chez-soi.

La "nouvelle ère", LEUR "nouvelle ère" commençait!

Et elle commençait sous le son horrifié des cris d'enfants qui, en se réveillant, découvraient avec stupeur leurs parents en train de les dévorer. Elle commençait dans un bain de sang.

Les monstres firent leur chemin jusqu'à la ville, conduits par le bruit des mâchoires qui se refermaient contre la peau qui se déchirait. Ils se dressèrent sur leurs jambes pour se tenir le plus haut possible, comme s'ils essayaient tous d'admirer un spectacle. Mais, en fait, ils ne faisaient qu'attendre les ordres de leur chef qui était là et scrutait les environs. Après une minute, quelques brutes entachées arrivèrent, dégoulinantes, rouges de la tête aux pieds, leurs vêtements recouverts de lambeaux de chair.

Le meneur se retourna et ces nouveaux venus le suivirent sans rien dire. Ils pénétrèrent davantage dans les rues, suivis par de plus en plus de braves soldats qui, parfois, sortaient de leurs chez-soi en rapportant des trophées : des enfants, arrachés à leur domicile et à leur vie, qui deviendraient bientôt de la viande dans un garde-manger.

Combien étaient-ils maintenant qui courait en propageant la mort? Il s'en moquait. Il venait de trouver ce qu'il cherchait : l'entrée vers sa tanière. Un objet rond, lourd et sombre, enfoncé dans la route. Courte inspiration avant de lancer son poing. D'un seul coup, il défonça avec aise le couvercle conduisant à ce vaste réseau de tunnels nauséabonds qui constituaient les artères de la ville C'était la base parfaite pour conquérir Mead's Cliff. Il leva ses yeux blancs vers le ciel noir puis il plongea dans les ténèbres.

◆ ◆ ◆

Leurs lèvres se frôlaient. Marc allait réaliser l'irréalisable. Ember s'offrait à lui! Une fraction de seconde plus tard et ce serait le baiser de ses rêves. Le bonheur à l'état pur. L'extase. Le nirvana. Les mots lui manquaient!

Il y eut cette brise, qui fit cogner une mèche contre son front nu. Un parfum subtil et tendre comme le miel pénétra ses narines. *Probablement le parfum de ses cheveux.*

Puis vint ensuite une odeur aigre et infecte qui coupa le moment en deux. Les deux têtes se séparèrent. Ember et Marc étaient étouffés. Ils titubèrent vers le local. Ce rance semblait les poursuivre. Ember tomba à la renverse à l'intérieur. Marc était sur ses talons. *Asphyxie totale!* Des haut-le-cœur les saisissaient, laissant leur souper remonter violemment. Marc vit Ember cracher quelque chose au sol. *Rouge et épais.*

– Qu'est-ce que c'est cette odeur de merde!? cria-t-elle.

– J'en… j'en sais rien! Marc se retourna et referma la fenêtre d'un coup sec.

Court instant de répit. Tout était maintenant flou.

Des étoiles s'allumaient devant lui et s'éclipsaient aussitôt. Il tremblait. Un froid terrible lui donnait la chair de poule. La fatigue et des vertiges le prenaient. Plus il se forçait à rester debout, plus le poids sur ses jambes était lourd.

La pièce s'assombrit. Plus il luttait, plus ses maux le rongeaient. Il entendit quelque chose s'écrouler. Tout était noir partout autour de lui. Il essaya de hurler, mais aucun son ne sortit. Il tourna la tête et la vit, étendue de tout son long. Puis, ses genoux flanchèrent comme si ils ne pouvaient tolérer son poids. Il tomba à genoux. Marc ne pouvait se résoudre à abandonner. Il s'accrocha à une guitare basse, mais c'était peine perdue.

La fièvre lui faisait perdre le Nord. De longues gouttes de sueur perlaient le long de son visage. Marc pleurait. Sans même pouvoir l'en empêcher. La guitare basse tomba au sol. Tout était noir. Il n'y avait que son corps qui semblait encore reconnaissable dans l'obscurité. Mais, plus il résistait, plus il devait endurer un poids de plus en plus lourd.

Finalement, il s'écroula aux côtés d'Ember. Ses yeux révulsèrent avant qu'il ne plonge dans les ténèbres.

◆◆◆

Ils ne se souciaient pas de l'odeur. Leur extraordinaire pouvoir olfactif, s'il se concentrait, leur permettait de se focaliser sur une seule à la fois, éliminant ainsi toutes autres distractions, aussi pestilentielle – ou attirante – qu'elle fût.

Pour l'instant, tous pensaient principalement à une odeur : celle de la viande qui gisait au-dessus d'eux, qui grouillait telle l'enveloppe charnelle d'un vulgaire insecte ne demandant qu'à être écrasé. C'était des êtres grossiers qui agissaient comme de misérables laquais victimes de leurs propres routines quotidiennes qui les rendaient tous prévisibles et stupides. La victoire était donc inévitable.

Pendant plus d'une heure, ils cherchèrent pour un endroit approprié, un point central, où ils pourraient habiter; une forteresse. Les canalisations s'étendaient devant eux sur plusieurs miles comme le feraient les couloirs d'un château. Ils couraient. Dans toutes les directions et sans arrêt. Après une éternité à avoir traversé le dédale qui leur servait maintenant de maison, ils finirent par trouver ce qu'ils recherchaient. Tous les tunnels menaient à ce lieu et, tout autour, des cages étaient installées. L'obscurité était percée seulement par la lumière des lampadaires qui se frayait un chemin au travers des bouches d'égout.

Ils reniflèrent les os gisant dans le fond des cellules. Cette prison souterraine avait accueilli des réfugiés mexicains durant des fuites illégales du Mexique. Des restes d'esclaves noirs, mis en déroutes lors de la guerre de Sécession, jonchaient également le sol. Leur pestilence teintait toujours les murs de leur relent de cadavre en décomposition. Il y avait un quelque chose d'alléchant là-dedans. Quelques-uns des plus affamés se dirigèrent vers les ossements, cherchant avec appétit un quelconque restant de chair humaine. Plus loin, enfouis sous les ravages du temps, certains au nez plus fin parvenaient à trouver l'odeur d'animaux morts, chassés par les peaux rouges, il y a longtemps de cela.

Mais cela n'était rien d'autre que des squelettes et des "parfums". Aucune viande. Juste la senteur des corps.

Celle des noirs. Celle des Mexicains. Celle des réfugiés. Celle des exilés. Et cette autre odeur. Plus récente. *Celle du sang.* Qui traînait avec elle son lot de souvenirs barbares. *Celle du voleur.* Une odeur qu'ils avaient appris à supporter malgré sa différence. *Celle du tueur.* Une odeur qui appartenait au marginal. *L'odeur du changement.* Colin…

Le chef se dirigea vers le point le plus élevé, une butte d'à peine un mètre qui, dès qu'il en eut gravi le sommet, lui donna un air encore plus majestueux et terrible. Dans toutes les directions s'ouvraient les tunnels noirs qui détalaient sur plusieurs kilomètres, leur forme bizarre rappelant les fins tissages d'une toile d'araignée.

Il se retourna vers ses hommes et ses femmes qui reniflaient chaque centimètre carré des murs et du plancher à la recherche d'une moindre trace de chair à se glisser sous la dent. Un veinard au fond de la pièce trouva un rat. Quelques-uns essayèrent de lui arracher, mais ce fut vain. Comme n'importe qui, il ne laisserait jamais filer la chance de se mettre quelque chose sous la dent.

Étrangement, ce jeune guerrier s'avança vers son maître et présenta la petite bestiole qui s'agitait entre ses doigts. Il considéra pendant un instant la bête avant, d'un unique coup de griffe, venir couper la tête qui tomba au sol. Un mince filet de sang recouvrit son ongle qu'il lécha. Il redonna l'animal à celui qui l'avait trouvé. *C'était à lui. Il l'avait mérité.*

Il se retourna et remonta vers le sommet de la butte. Face à ses troupes; ses soldats de la mort; exécuteurs de sa volonté meurtrière; il leva les bras dans les airs. Seul un fin trait de lumière qui parvenait de dehors éclaira ce monstre lui donnant cette prestance quasi divine. Devant lui, tous ses fidèles s'agenouillaient.

-Kkkaarrfaaait.

Pourtant, seul parmi cette foule, un restait de marbre et, tout en regardant ce chef, il se disait que cette place devrait être la sienne… *Un jour. Un jour, mais pas aujourd'hui. Un jour. Bientôt…*

♦♦♦

Brusque arrêt. Départ rapide, presque brutal. Nouvel arrêt tout aussi violent. Nouvel élancement. Une impression de montagnes russes désagréable. *Qu'est-ce que c'est?* Encore une fois, une force l'agita férocement. Elle le secoua de plus en plus fort. Au loin, un écho se perdait. Le son d'une voix que ses oreilles avaient déjà entendue, mais dont elles ne se souvenaient plus. Il chercha dans sa mémoire. En vain.

Il vit Ember tomber. Tout semblait ralenti. Il fut saisi de nouveau par ce malaise. Ce désir de gerber. Il sentait les cordes de la guitare basse sous ses doigts. Le contact du nylon sur ses ongles.

Le choc de son front contre le parquet résonna en lui. Elle était là, couchée par terre, immobile.

Il ouvrit les yeux. Une forme se dessina devant lui. Il se faisait remuer. Il ne courut aucun risque et sauta sur son agresseur. *Cours de judo #5.* Marc le renversa. Avant-bras contre la gorge. La nausée de ce réveil brusque le secoua. Il ne discernait toujours pas la silhouette. Il continua de forcer. Il était prêt à briser le cou sans même savoir à qui il était. Des étoiles dansaient tout autour de lui. La tête lui tournait. Il revoyait le corps d'Ember qui tombait. La pression était si forte qu'il aurait pu la lui broyer. Il entendait le bruit de son front qui cognait contre le sol. Un hurlement étouffé parvint à ses oreilles. Du rouge envahit sa vision. Sa victime suffoquait. Des cris derrière. La sensation de la peau mal rasée contre ses doigts.

-Où est-elle?! Il pressa davantage. Il était sur le point de la lui écraser. « Où est-elle!? OÙ EST-ELLE?! »

-C'ek... C'errr mouah... C'errr Roueddy... Roueddy, Arc... allête... âche-moi... y'étouf... fe.

Roueddy. Ce nom résonnait dans sa tête. *Roueddy...* C'était comme si le nom et les souvenirs auxquels ils s'associaient venaient de très loin. *Roueddy... Foueddy... Feddy... Freddy!*

Le tout revenait comme un déjà-vu. Quatre jeunes enfermés ensemble dans un sous-sol en train de jouer de la musique. Deux adolescents partis dans la nuit qui discutaient, assis sous un réverbère à quatre heures du matin, de leur misère amoureuse; de leur incapacité à dire ce simple « je t'aime »; ces deux mots qui voulaient tant dire. Ces deux mêmes ados, moins vieux, absorbés par l'écran de l'ordinateur tandis qu'ils feuilletaient pour la première fois un site pornographique pendant que les parents avaient le dos tourné. Les images s'assimilaient dans sa tête brusquement, comme un coup de poing en pleine figure.

Quand Marc vit que son ami virait au cramoisi, il enleva son bras de sur la gorge écarlate. Son premier réflexe fut de mettre ses mains devant sa bouche dans un signe de malaise. Son deuxième fut d'aider Freddy à se relever tandis qu'il se frottait le cou.

– Je... Je suis désolé. Je... Je sais vraiment pas qu'est-ce qui m'a pris.

– Mais oui, c'est ça! À l'avenir, préviens-moi quand tu veux me faire le coup du psychopathe qui tue ses amis... j'la trouve plus ou moins drôle, celle-là.

– OK. répondit Marc sans trop écouter, son esprit toujours trop secoué.

– Et au juste qu'est-ce que vous faisiez étendue au sol, on vous a appelé et vous ne bougiez pas. On croyait qu'il s'était passé quelque chose.

– "On"?

Freddy fit un petit signe de tête, désignant quelqu'un derrière. Pendant toute la scène, Amy aidait Ember à se relever et elles avaient assisté à tout le spectacle. L'air effrayé d'Amy mettait Marc encore plus inconfortable qu'il ne l'était déjà.

Marc ne put s'empêcher de baisser les yeux, mal à l'aise. *Au moins Ember va bien.* Mince consolation quand il songeait au cirque qu'il venait de lui offrir. *De quoi je vais avoir l'air maintenant?*

Elle lui jeta un sourire gêné. Dans son regard, Marc comprit qu'elle avait évité une gaffe. Il repensa au baiser. *Ce baiser que j'aurais pu avoir. Ce baiser que j'ai manqué.* Il préféra ne pas imaginer la rage de Chuck si cela parvenait à ses oreilles. Si le bonheur divin qu'il avait ressenti avait été bel et bien réel, il n'existait désormais plus que sous la forme d'un vague souvenir.

Cette soirée avait repris son ancienne tournure et était de nouveau triste et pitoyable.

-Je dois prendre l'air. dit Marc en se relevant.

À peine debout, de nouveaux vertiges le secouèrent. Il perdit l'équilibre l'instant d'une courte seconde, mais ces étourdissements s'éclipsèrent aussitôt. Marc sortit de la pièce, couvert de sueur froide, entendant un faible : « Je crois que je vais sortir moi aussi. »

Dès qu'il sortit, des frissons l'envahirent. La chaleur de cette nuit d'été n'existait plus. Le long couloir ne lui avait jamais semblé aussi inhospitalier. Il l'avait si souvent emprunté pour se diriger vers ses cours, mais jamais il n'avait eu autant l'impression qu'il était si austère. Jamais il ne l'avait aperçu comme il le voyait en ce moment : froid, dépourvu de toute beauté, comme un champ de ruines en hiver. C'était comme si l'obscurité de la soirée avait transformé ce corridor, habituellement pourvu d'une énergie juvénile, en cet interminable tunnel sombre, maussade et funèbre.

Dehors, l'air n'était plus nauséabond. Le vent était frais et Marc ne se priva aucunement de prendre à grandes bouffées l'air aride qui l'entourait. Un semblant de quiétude revint peu à peu en lui. *Peut-être que je pourrais retourner jaser avec les gars, prendre une bière, avant d'aller à la maison.*

L'idée lui plaisait. L'aube d'une joie parvenait même à percer son tout nouveau calme et à afficher un sourire sur son visage.

Mais, quand il se tourna pour rentrer, ce calme disparu.

Il se détacha de tout son être pour disparaître complètement.

Étalé de tout son long sur le sol, un corps gisait apparemment sans vie!

Chapitre 6 : l'attaque

Ce fut d'abord la surprise, mais ensuite ce fut la peur qui l'envahit. *Un corps de femme.* Tout en s'approchant craintivement, Marc se faisait des dizaines de scénarios dans sa tête. *Ce n'est que quelqu'un qui a trop bu. Sinon c'est qu'elle est tellement "défoncée" qu'elle est dans les vapes.* Mais rendu à quelques mètres de la dépouille, Marc reconnut la silhouette de la professeure d'anglais : Vicky McKanzie. Toutes les hypothèses qu'il s'était préfabriquées s'effondrèrent en un instant.

C'était impensable qu'elle soit saoule. Surtout si elle était pleinement consciente qu'elle était devant tous ses élèves. Cette idée était superflue. Elle l'était encore plus si elle était dans un coma éthylique… déjà qu'il était certain que cette sainte nitouche n'avait jamais touché à une goutte d'alcool. C'était tout simplement improbable. *Si alors c'était la drogue… Non, non, c'est impossible.*

Marc la saisit maladroitement et l'appuya contre le mur. Un faible murmure. Un gloussement. Il lui ouvrit les pupilles du bout des doigts pour finalement ne trouver que deux orbites complètement blafardes. Ses yeux révulsaient. Un nouveau hoquet à peine audible sonna. Au même moment, une épaisse salive blanche commençait à sortir hors d'un des coins de sa bouche.

-Merde! Mais qu'est-ce que…

L'épais coulis tomba sur son pantalon. Une étrange odeur nauséabonde vint titiller ses narines tandis qu'il repoussait d'un geste brusque cet amas immonde. *Ça sentait le roussi.* Marc tourna la tête de dégoût avant de constater que ce n'était pas que de la bave qu'il y avait "là-dedans". Quelque chose d'autre s'y était mélangé. *Rouge.*

-On croirait du sang. Une voix. Pas la sienne. Extérieure. Marc se retourna. Il était seul. Plus qu'un éternel silence plat. Plus aucun bruit de voiture. Que quelques boums boums en trame de fond. Peut-être au loin le murmure d'un oiseau égaré. Est-ce que c'était son for intérieur qui avait parlé ainsi?

Peu importait. Vicky McKanzie commençait à s'étouffer et à cracher du sang. *Qu'est-ce que je dois faire?* Par-dessus tout,

Marc avait envie de s'enfuir. Laisser tout ça là comme s'il n'avait rien vu. Laisser tout ça là au bord de la catastrophe. Il se releva et repartit. Il avait assez pris l'air.

– NON.

Cette fois il ne l'avait pas halluciné. Ce n'était pas sa voix intérieure. C'était ses propres paroles. Pleinement conscientes de ce qu'elles disaient. Claires et distinctes. Il se retourna et saisit la professeure par les épaules et la traîna jusqu'à la porte.

Si seulement il comprenait ce qu'il venait de faire…

Il passa devant les yeux inquiets et surpris de plusieurs élèves qui déambulaient. Marc avait beau leur répondre : « Ce n'est pas ce que vous croyez. » ou encore, « Ne vous en faites pas, il ne s'est rien passé. » Mais ils ne s'en souciaient pas.

Il était redevenu Marc Kyrric; le fantôme, la bête tapie dans l'ombre.

La plus grande partie des jeunes était de toute façon bien plus concentrée sur les télévisions qui refusaient de montrer autre chose que des vulgaires grincements. L'autre part, qui n'était pas obnubilée par les écrans défectueux, était trop occupée à fixer leur cellulaire qui n'affichait que des messages d'erreurs quand ils essayaient d'envoyer un texto à la personne dans la pièce d'à côté ou de mettre à jour leur statut Facebook.

Problèmes de réseau. Des explications comme : « On est trop dans un trou perdu. » ou des : « Ça doit être la faute d'un satellite dans l'espace, c'est pour ça que ça marche plus. » jonglaient sur les lèvres en suivant le rythme des hochements de têtes qui approuvaient ou désapprouvaient en réitérant de nouvelles idées.

Rendu au gymnase, où la fête s'était maintenant déplacée, Marc déposa le corps dans un coin tranquille, loin de plusieurs yeux indiscrets qui, il le savait, lâchaient à l'occasion de petits regards préoccupés dans sa direction. En plein milieu de la foule, il remarqua Nikki. Elle le dévisageait bêtement. Sa bouche pendait pratiquement jusqu'au sol. Marc n'eut aucune difficulté à comprendre à quoi elle pensait. *C'est donc ÇA son type!* Il ne se soucia même plus d'elle dès qu'un hoquet vint l'extirper hors de ses rêveries. Il adossa la professeure contre un mur, près de la sortie de secours et de l'entrepôt où étaient stockés les équipements de sports. L'état d'apaisement qui la prit lui fit croire qu'il avait peut-être enfin trouvé une place propice pour qu'elle se repose. Quoiqu'au milieu de tous ces boums-boums et de cette musique club, elle n'était sans doute pas dans le coin le plus tranquille.

À peine avait-il eu le temps de l'installer confortablement que deux curieux s'approchèrent. Max. Celui qu'on appelait le bollé, le rat de bibliothèque ou le "nerd", arriva le premier, sa chemise parfaitement blanche, sans aucun pli, rentrée dans son pantalon se soulevant au rythme de ses pas dans ses chaussettes tout aussi blanches. C'était un véritable Peter Parker moderne avec les pouvoirs en moins. À chaque trois pas, il allait – dans un geste d'incompréhension entremêlant tic nerveux et son caractère extrêmement replié sur lui-même – remettre ses lunettes à la John Lennon sur son nez, car elle ne cessait de tomber. Dans un autre coin, il y avait Martin, un gars qui tentait de cacher son manque de confiance en soi sous un égo démesuré, des tatouages tribaux, des coupes de cheveux beaucoup trop stylisés, de faux biceps créés par des tonnes de toxines chimiques et des chandails moulants en cols en V.

– Qu'est-ce qu'elle a? demandèrent-ils à l'unisson. Martin, contrairement à Max, avait une voix beaucoup trop féminine dont plusieurs ne pouvaient s'empêcher de rire. Certains théorisaient que c'était l'abus de stéroïdes et de créatines qui avait propagé une sorte de bactérie qui s'était logée dans ses cordes vocales.

– J'en sais rien, si je le savais, je ne serais pas ici à essayer de trouver ce qu'elle avait. dit Marc en poussant un soupir.

– Merde! Regardez! Regardez son cou! Là, là, juste là! dit Max en pointant la nuque. « On dirait qu'y a un énorme morceau de peau qui mue! »

– Quoi? Mais c'est impossible, les professeurs d'anglais ne muent pas. dit Marc.

Il se pencha vers le côté et se figea d'horreur. Un morceau de la grosseur d'un poing se détachait de la partie arrière du cou et traînait avec lui une sorte d'épaisse gélatine. Une odeur émanait. Elle rappelait le parfum du vinaigre et du bois qui s'embrase. L'odeur changea. Elle vint rappeler le parfum de l'alcool à friction ou d'un désinfectant chimique. *Douteux mélange.* Une longue coulisse de cet étrange… — En fait, les garçons n'avaient aucune idée de ce que c'était et ils appelaient cette chose : chose – chose glissa sur ses épaules.

Le lambeau se décolla complètement. Bruit à en lever le cœur quand la peau morte s'écrasa sur le parquet. Un frisson parcourut l'échine de Marc juste à entendre ce son écœurant. Les cheveux clairs et soyeux habituels de l'enseignante devinrent, en quelques secondes, minces et rancis. Marc regarda sa main et vit une grosse touffe grise enroulée autour de ses doigts. Les ongles finement limés changèrent. Ils étaient désormais pointus et épais; jaunes, comme si une croute les recouvrait. Le dentier de la professeure tomba et alla se fracasser au sol. De plus en plus de bave coulait hors de sa bouche. *Elle a la rage, c'est certain!* Les gencives se fendirent dans un déluge de sang. Elle commença à hurler de douleur. Une longue langue noire se tortillait dans tous les sens. Un cri strident déchira l'air.

La fête s'arrêta brusquement. Plus aucun son. Que la souffrance entrecoupée par ces hurlements. Les yeux de tous étaient fixés sur les trois garçons et ce qui se transformait peu à peu en un monstre d'épouvante. Des molaires et de toutes nouvelles canines firent irruption. Ce n'étaient plus des dents normales. Elles avaient bien plus l'air de déformations acérées prêtes à arracher la chair! Le corps en pleine expansion se resserra sur les vêtements. Ses bras se recouvrirent de protubérances qui faisaient penser plus à des pics distordus qu'à des os. Ses jambes subirent le même sort et se boursouflèrent jusqu'à ce qu'elles deviennent aussi épaisses que celle d'un coureur de fond. Ses muscles continuèrent à s'agrandir encore après que ses jeans se soient déchirés dans un grincement horrible. Toutes les vertèbres en Marc vibrèrent sous ce son qui ressemblait au bruit d'une feuille de papier qu'on déchire. *Sauf que, là, c'est pas du papier...* Le visage de l'institutrice s'étira vers l'avant. Son nez déjà légèrement retroussé remonta davantage vers le haut à un tel point que tout ce qui restait était deux trous. Autour du front, une sorte d'excroissance sur son squelette apparut. Comme une couronne, cette bosse faisait tout le tour de sa tête. Ses oreilles s'allongèrent à leur tour. Elles devinrent longues et pointues, noires comme du charbon. À la base de sa mâchoire, d'autres protubérances firent irruption, lacérant et perçant la peau pour laisser sortir ce qui semblait presque être des cornes. Elle continuait de crier. La peur avait envahi la fête. La peur et les cris. D'autres cornes jaillirent. Sur ses côtes, ses bras, son ventre. Des cornes qui avaient l'air faites d'ivoire, aiguisées pour devenir des pieux.

La professeure se transformait comme les loups-garous des contes d'horreurs.

Les trois étudiants n'en croyaient pas leurs yeux. Et ils n'étaient pas au bout de leurs peines... D'un coup, l'éducatrice ouvrit les siens.

Deux orbites complètement blanches, sans pupille ni iris. Des yeux d'un blanc pur.

Elle émit une sorte de râlement avant de pousser un hurlement strident digne d'un monstre.

Tous se figèrent. Le sang s'était glacé à même leurs veines. Le gymnase n'était plus parfumé par l'énergie juvénile du party. Il puait la peur. Il était un congélateur qui avait changé tout le monde en un sac à viande prêt à être dévoré.

C'est là que les ennuis ont réellement commencé...

La "chose" qui avait autrefois été leur professeure d'anglais chassa d'un énorme coup de coude Marc et Max. Ils firent un vol plané de cinq mètres avant de s'écraser au sol, au milieu de la foule qui déguerpissait. Elle rugit à nouveau et sauta sur un Martin complètement désemparé. Ses hurlements faisaient échos à ceux de la bête.

Elle fit pénétrer ses canines dans son cou comme l'aurait fait un vampire dans un de ces antiques films d'horreur. D'un geste violent, elle lui engloutit toute la jugulaire.

Du sang. Ils se ruaient dans tous les sens. *Du sang partout.* Ils criaient tous à sa moindre vue. *Aidez-nous!* Ceux qui n'avaient pas le courage ou la malchance de se réfugier dans le fond du gymnase décampaient par la porte ou la sortie de secours.

C'était le désarroi total. Tout le monde paniquait. Tout le monde pleurait. Ils avaient peur.

Marc avait été propulsé hors du champ de la créature. Tandis qu'il se relevait, Max, lui, se sauvait en laissant Martin à sa perte. Deux choix se tenaient devant lui : la gauche ou la droite; la bête ou la fuite. Il se tourna pour partir comme venait de le faire Max.

Un hurlement derrière lui. Cette chose sapait en se délectant du sang de Martin. Marc était figé d'horreur. Elle sapait! Ce bruit envahissait son esprit. Il était immobile et écoutait. Martin criait, hurlait déchirait ses cordes vocales en un cri qui appelait à l'aide, qui appelait la mort pour l'achever tout de suite.

Marc se précipita sur Vicky McKanzie. Il chargeait. Tel un joueur de football. Épaule baissée. Il avançait à toute allure.

Il serra les dents aussi fort qu'il le put. Dans sa tête, il espérait plus que tout se réveiller de ce cauchemar. Il mordait ses lèvres jusqu'au sang. À moins d'un mètre du monstre, la peur le saisit. Il venait de comprendre qu'il ne rêvait pas et que cette chose devant lui, cette bête d'épouvante qui tuait en ce moment un élève, était bel et bien réelle, tangible, vivante. Mais il venait surtout de comprendre qu'il était trop tard. Plus le temps de renoncer. La vérité se tenait là. Elle dévorait le cou d'une personne. Et Marc ne pouvait que souhaiter l'ébranler le plus puissamment possible. Il sauta, se propulsant vers l'avant tandis qu'elle continuait de sucer le sang tel un ignoble vampire sur une victime innocente. Il prit ce dernier instant sur terre pour prier le Bon Dieu.

Permettez-moi juste de vivre assez longtemps pour embrasser Ember.

Marc frappa sa cible avec une précision extrême. Son coude cogna la tête qui dégagea son emprise de la jugulaire. Tandis que le corps de Martin tombait au sol, Vicky McKanzie alla se heurter contre le mur à côté d'elle. Une comète de sang vint asperger la peinture.

Marc était étalé par terre, secoué par le coup. Il avait des vertiges. Il aurait presque cru que c'était lui qui s'était fait vider. Il avait l'impression de flotter. C'était comme si il n'y avait rien sous lui. *Néant.* Dès qu'il rouvrit les yeux, un visage blanc et mauve se tenait devant lui; l'expression crispée de la peur et de la douleur. Marc sursauta. Il détourna la tête et vit le monstre qui s'approchait de lui, lui faisant face. Il hurla. Elle semblait prête à défouler sa rage et sa force titanesque sur lui. Elle dévoila ses longues canines couvertes d'hémoglobines. Elle avança ses dents vers son cou nu, laissant une immonde coulisse de bave tomber au sol.

L'adrénaline s'occupa de faire bouger Marc. Sa jambe riposta d'un coup de genou. Direct sur la mâchoire. Coulis rouge sortant d'un coin de la bouche. Marc essaya de se dégager. Il se donna un élan dans l'espoir de se sauver. Petit saut. Il atterrit moins d'un mètre plus loin, loin d'être tiré d'affaire. Il regarda la bête qui se pencha et lui saisit le pied. Avant d'avoir compris ce qui se passait, il glissait sur le plancher, dans le sang de Martin.

Il était de retour au chevet du monstre et elle ouvrait sa gueule pour gober son pied. Il fit de même, ouvrant sa gueule autant qu'il le put. Ils échangèrent un cri. La peur et la soif de leurs côtés. Le tout était rauque, violent et animal.

Effrayé, Marc répliqua avec un nouveau coup de pied. Encore la même réaction. À chaque fois, elle revenait, dégoulinante de baves et de sang. À chaque fois, elle tournait la tête comme si ça ne lui faisait pas le moindre mal. À chaque fois, elle revenait vers Marc, montrant ses crocs, tout aussi invincible.

Il enchaîna coups après coup. Il ne pouvait rien faire d'autre coincé au sol! À chaque riposte, pris par cet élan de panique, il frappait le visage du monstre. Après être rendu à son xième coup, l'ancienne professeure perdit patience. Elle laissa s'échapper un hurlement qui figea Marc. Plus de coups cette fois. Que la peur.

Elle alla plonger ses griffes vers son cou et réussit à le saisir par la gorge. Elle avait à peine déposé sa main que déjà Marc sentait une énorme pression. Plus d'air dans ses poumons. Étouffement total! Marc suffoquait! La frayeur l'envahit au grand complet. Il serra ses paupières ensemble en espérant mourir avec une belle image en tête.

Et pour l'effrayer encore plus, la bête commença à le soulever. Elle le leva à un tel point que ses pieds frappaient le vide dans un sens puis dans l'autre sans jamais rien atteindre.

Il était à sa merci. Il était foutu! Elle l'emmena à la hauteur de ses crocs. Elle semblait le détester, le haïr. Marc referma les yeux. Il pensa à toutes ces fois où il n'avait pas écouté en classe et quand il avait dérangé. Il essaya de se faire excuser, aucun son ne sortait. Il avait beau imploré cent fois pardon, elle n'entendait pas les voix qui hurlaient dans sa tête.

Il y eut un dernier moment entre lui et la créature. Elle savoura l'instant, puis elle lança Marc de toutes ses forces sur les portes de l'entrepôt qui cédèrent sous le choc.

Il glissa sur le sol dur, se cognant sur plusieurs objets qui traînaient dans son chemin. Il finit sa course contre le présentoir à battes de baseball et à bâtons de hockey.

Il était sonné. Ses côtes lui faisaient un mal de chien. Il sentait le sang pisser le long de sa joue. Il voulait mourir tant il souffrait. Mais au moins il était loin de la bête. Elle s'approcha pour l'achever, mais s'arrêta quand elle vit le matériel d'haltérophilie s'abattre sur lui. Un rictus malsain s'afficha sur son visage horrible. *Je le garderai pour plus tard.*

Marc tomba raide par terre. Il ne bougeait plus. Il était parti.

Pourtant, la chose était loin d'en avoir terminé avec ses anciens élèves. Elle se tourna vers la foule qui avait assisté avec frayeur à la scène et sembla leur sourire. En un instant, le corps s'était effacé de son esprit. Elle avait bien mieux devant elle.

Elle se rua avec une rapidité incroyable sur les spectateurs tel le monstre affamé qu'elle était devenue. Plusieurs essayaient de fuir à travers l'école. D'autres à travers le gymnase.

Tout le monde hurlait, tout le monde paniquait. La bête au milieu de la pièce faisait un panoramique circulaire et dévisageait chaque tête qui courait. Tous ces cris… ça la rendaient folle.

Elle était clouée sur place. *Des cris partout!* Incapable de se choisir une cible. *Ils me demandent tous de les prendre.* La douleur martelait son crâne avec les cris de terreur de tout un chacun. *Lequel!? LEQUEL!?* Derrière elle, un cri de peur mêlant excitation et colère l'énervait. *Dilemme, dilemme.* La voix retentit à nouveau. *Au secours!* Le son des jeunes qui gémissaient de souffrance. La symphonie d'un doigt qu'on piétine et broie. *Il faut que je me décide.* Son abattement l'écrasa. Ils lui semblaient tous tant appétissants. Le râlement pressé d'un prisonnier de la foule. *Mais taisez donc ses hurlements!* Le cri. Encore. Plus puissant, touchant pratiquement le summum de la frayeur. *Suffit!* Elle laissa sortir hors de sa cage thoracique un rugissement qui enterra tous les bruits. *Je vais tous les tuer de toute façon.* Elle était à bout.

Le cri éclata une nouvelle fois. Plus fort. Plus paniqué. Tout ce qu'elle comprenait, c'était : « Chuck! Chuck! » Elle se retourna. Elle entendait la respiration rapide. Le cœur qui battait à tout rompre. Elle sentit cette boule de rage inexplicable se former dans le creux de son estomac à la vue de ce cloporte.

– Laissez-moi passer!

Ce n'était rien de moins qu'un blondinet qui ne se gênait pas pour pousser les gens. *Limace odieuse.* Encore une fois, le craquement d'os qu'on écrase. Elle le regarda piétiner sans vergogne la main d'une jeune asiatique, la repoussant après hors de son chemin.

– C'est moi!

Elle le dévisagea de haut en bas et de bas en haut. *Une véritable larve.*

Elle s'avança tranquillement.

– C'est moi! Chuck! Bon sang!

Avec une démarche presque impériale, elle se lécha les lèvres alors que sa cible était à portée de bras. Tandis que les fuyards redoublaient d'efforts, plusieurs, de l'autre côté, tentaient de la bloquer pour sauver leur vie.

– Putain de merde, laissez-moi passer!

La créature décupla d'intensité dans sa marche. Chuck était pratiquement rendu sur le seuil de la porte. Il cognait contre la vitre du gymnase.

– Vite, ouvrez-moi!

Elle imaginait déjà le cadavre : déchiqueté, ensanglanté, des lambeaux de chair arrachés traînant partout sur le plancher. Le goût du sang semblait lui couler dans la gorge comme un élixir. Une ivresse l'envahissait à voir le corps se débattre alors qu'elle tendait la main pour le saisir.

– No-non! NON! NOOOOONNNN!

« Aaaaaaaaaaaaaaaaah! » En un instant, le coup était parti. Quasiment instinctivement, mais avec une précision mortelle. Il avait perforé le dos en plein milieu de la colonne vertébrale. Une macabre tache ocre vint asperger ses vêtements, sa peau et glissa jusqu'au sol.

La bête ferma les yeux. Un sifflement, rien de moins, sortit d'entre ses lèvres. Au loin, le hurlement de quelques chiens dont l'ouïe était assez aiguisée pour entendre le son. Dans le gymnase, aucune des larves n'eut même vent de cet appel à la guerre.

Le cadavre souilla le plancher. La professeure lâcha un long soupir de satisfaction.

Ça commence.

◆◆◆

Leurs fines oreilles perçurent le son.

Un cri empli de leur rage. Un appel. Un cri empli de leur haine et de leur faim. Un cri de vengeance. Un message provenant d'une de leurs sœurs. Le son leur criait : « Lancer l'attaque! ».

Tous l'avaient entendu. Aussi éloignés qu'ils étaient dans cette base, ils avaient entendu l'appel. Et ils s'en réjouissaient.

Chacun désormais hurlait de joie face à cette bonne nouvelle. Cris brutaux, monstrueux, inhumains qui ne reflétaient rien d'autre que leur barbare envie du sang.

Pour eux, la guerre était enfin commencée!

Tous se rassemblèrent autour de leur maître. En un mouvement uni, ils s'étaient tous agenouillés devant lui. Ils baissaient tous la tête face à son éminente supériorité.

Au-dessus de lui, une bouche d'égout laissait passer quelques rayons de lumières qui venaient s'éteindre sur le haut de son crâne. *Il peut bien se prendre pour dieu!* se dit un hérétique en le méprisant de loin.

Le grand chef était fier de voir que le nombre de ses troupes avait presque doublé en moins d'une heure. Un sentiment qui pourrait peut-être s'apparenter à de la joie l'envahissait à la pensée que le virus ait si aisément réussi à "convertir" des dizaines d'adultes à leurs causes. À ce rythme, il savait que bientôt plusieurs autres se joindraient à lui. Son armée invincible et son rêve de l'éradication des humains seraient sous peu la dure réalité du moment présent pour les habitants de Mead's Cliff, Nevada.

Il dévisagea la foule avec un regard mathématique, calculant le pourcentage de transformation plus le pourcentage de conversion moins le pourcentage de population restante. Son visage se crispa puis se referma sur lui-même quand il tenta l'ébauche d'un sourire.

Il les balaya des yeux. Le maire de la ville était parmi eux. Il portait le traditionnel veston vert des maires de Mead's Cliff. Il arrêta son observation empreinte de mépris sur la chemise déchirée sous les lambeaux de ces vêtements. Un complet mauve qui avait l'air prune dans la noirceur des égouts. Une horrible cravate dorée ornée d'un écusson où il y était inscrit "*Mayor*" dessus terminait le lot et pendait vers le sol. *Ces humains n'ont vraiment aucun goût et aucune estime de soi pour se pavaner ainsi. Ils n'ont pas notre supériorité, notre perfection! MA perfection!* pensa-t-il en les dévisageant tous.

Il constata que presque tout le personnel du supermarché était présent. Un attira particulièrement son attention; un converti. Il le regarda, l'examina, l'ausculta, pénétra son âme de ses yeux. Il était grand, semblait si fort, si puissant. Une étiquette était attachée à son vêtement. *John.* Il lui lacéra le visage. La bête ne laissa transparaître qu'un mince froncement des sourcils en signe de douleur. Le sang recouvra toute sa figure. Maintenant c'était la guerre. Son visage se détruisit de plus en plus à mesure qu'il se tordait en un rictus machiavélique. Dans le lot des transformés, il y avait aussi la plupart des clients qui s'y trouvaient à l'heure où le virus les avait frappés et au moment où ils avaient attaqué. *Braves guerriers.*

Tout d'un coup, le chef sentit un tressaillement étrange en lui. Il eut une soudaine envie de tuer. Une obligation de mordre, de dévorer, de déchiqueter de ses dents la chair. Il se retourna et regarda ce couloir qui semblait s'étendre à l'infini sur sa droite. Un léger gargouillis lui déchira l'estomac. La faim le rongeait. Pendant un instant, il regretta le rat qu'on lui avait offert plus tôt. Le passage l'appela à nouveau comme un aimant appelle le métal. Il entendait leurs cris de peur, de misère, de douleur. Son sourire devint une macabre difformité sur son visage primitif. Au loin, dans le fond de la pièce, la seule créature qui ne s'était pas agenouillée le dévisageait sans aucune expression. Le grand chef tourna le dos à ses valeureux combattants et partit.

Il s'engouffra dans le corridor baigné par les faibles rayons lunaires qui parvenaient à traverser les bouches d'égout. Ce couloir lui semblait étrange. C'était comme s'il n'y avait aucun point de fuite. Comme s'il continuait à l'infini vers des terrains à ce jour inconnus. Il n'avait jamais emprunté ce chemin, mais il eut la nette impression qu'un lien tacite se tissait entre lui et ces murs inhumains, acidifiés, gris qui dégageaient ce quelque chose de cruel. L'impression qu'il avait de cet environnement austère lui renvoyait une image de lui-même : froid et dépourvue de toute beauté.

Au loin, il crut entendre le bruit de l'eau qui coulait, comme une chute…

Il marcha jusqu'à tant qu'il y trouve ce qu'il cherchait : une large pièce contenant trois grandes cages dont deux étaient déjà pleines à craquer. Il poussa la porte faite avec la carcasse d'une voiture démolie.

Dans leurs cachots, les enfants retenaient leurs souffles à la vue de ce monstre noir qui salivait d'envie en dévorant des yeux ce "buffet". Dans la pénombre, ses prunelles devaient resplendir comme deux diamants.

Dans un coin de la deuxième prison, une fillette d'environ sept ans pleurait. Recroquevillée sur elle-même, elle se balançait sur elle-même en murmurant un nom. *Sa mère forcément.* Avec son ouïe super puissante, il entendait le petit cœur de la gamine battre la chamade. Affamé, il ne cessait de se demander s'il ne devrait pas la garder pour plus tard ou s'il devrait la manger tout de suite. Il examina ses bras menus et pâles, sa peau claire, ses cuisses rondes. Il la dégustait déjà!

Dans la première cage, il sentit un mâle robuste. Ce n'était pas un des siens, malheureusement. Il le dévisagea de haut en bas. Un peu de lipides. Pas beaucoup de muscle. Beaucoup de peur. Un mâle d'environ dix-sept ans. Laid, un visage difforme, une oreille percée, des cheveux longs, bouclés et noirs. Il le regarda qui tenait contre lui un tas de graisses qu'il avait appelé "frère". Il décida de le laisser enfermer, sachant que quand l'heure sonnera, il le convertira à sa cause. Il délaisserait alors son infecte peau d'humain derrière et deviendrait comme lui : puissant et destiné à une seule chose, l'éradication de ses anciens pairs.

Dans une autre cage, plusieurs petits bébés de bas âge traînaient. *Tas de viandes putrides...* Rien de très appétissant. La chair de ces quelques bambins râleurs qui n'avaient pas arrêté de chialer depuis leurs "déportations" n'était pas aussi succulente que celle bourrée de muscle et de sang de celle des adolescents. Mais elle servirait. Plus tard, pour rassasier ceux qui se joindront à eux. Il tourna la tête et posa ses yeux blêmes sur les courbes d'une fille plus vieille assise parmi eux. Sa langue alla flageller l'air en un geste digne d'un fouet. Il laissa s'extirper un gloussement amusé à la vue de la jeune adulte qui s'emparait des nourrissons et s'appuyait avec eux dans le fond, un regard de défi teinté de peur dans ses prunelles en pleurs. *L'amour humain... quel pathétique sentiment!*

Finalement, il revint sur son premier choix. Il remit ses deux grands yeux sur la fillette dans la deuxième cage. Un silence plat régnait. Ces vers de terre avaient arrêté de respirer. Ils étaient pris dans ce suspense. Il s'avança. Un roc, arraché à même les murs, bloquait l'unique sortie. Il se pencha et souleva la pierre en forçant à peine. Les larmes coulaient sur leur visage livide. Certains priaient dans leurs coins, d'autres pleurnichaient, d'autres s'accrochaient à leur ami en espérant avec chaque atome de leur être que ce monstre ne s'approche pas d'eux. Ils allèrent tous s'entasser dans le fond de la pièce. Les noms de Jésus, de Marie, de Yahvé et d'Allah étaient sur leurs lèvres.

Aucun miracle. Que la mort. Infini et impardonnable. Qui possédait un réel sens comparativement à ces noms.

Il étira son long bras musclé et difforme vers elle. Il la saisit par le cou. Il devait se concentrer pour ne pas lui broyer la gorge. Il l'attira vers lui. Elle semblait inerte. Si elle était déjà morte, elle ne ferait que diminuer son plaisir. *Tant pis!* Elle se laissa traîner. Ses jambes flottaient dans la boue derrière elle. Les autres dans la cage se reculèrent en la contemplant. Ils l'évitaient comme la peste, mais ils ne pouvaient se détacher de son visage livide et inexpressif.

Les larmes coulant sur sa peau blanche, elle échangea un bref regard avec son bourreau. La jeune fille tourna la tête et fixa le néant de ses yeux vitreux. Elle voyait ce qu'il y avait après. Prise entre le réel et la mort, la vie et le cauchemar, elle fredonnait du bout des lèvres une petite berceuse qu'elle connaissait par cœur. En ce dernier instant, cette berceuse était sa dernière pitié envers son bourreau.

> *"Ferme tes jolis yeux*
> *Car les heures sont brèves*
> *Au pays merveilleux*
> *Au doux pays des rêves."*

Pourtant, il resta de marbre.

> *"Ferme tes jolis yeux*
> *Car tout n'est que mensonge*
> *Le bonheur est un songe*
> *Ferme tes jolis yeux"*

♦♦♦

Son long soupir de satisfaction se termina rapidement quand elle s'écrasa au sol. Elle était raide. Une batte de baseball était enfoncée en plein milieu de son dos.

La professeure d'anglais n'était plus. Le monstre qu'elle était devenue non plus. Marc Kyrric se tenait à ses pieds, haletant, les cheveux lui retombant contre le visage. Face à lui, Chuck, complètement mort de trouille.

– Putain qu'elle avait besoin d'une Tic Tac! dit Marc, à bout de souffle.

Chuck leva la tête et fixa le bâton qui dépassait du cadavre. Il balaya du regard la pièce. Il était seul avec la créature à ses pieds. Rien d'autre. Quatre murs, un corps, lui et du sang. *Le sang partout!*

Un mouvement. Chuck crut rêver. Nouveau mouvement presque imperceptible. Il se recula, effrayé. Il s'appuya contre la porte de sortie. Des murmures au loin. Des paroles incompréhensibles. La bête était là et elle commençait à s'agiter. Ses yeux stupéfaits et horrifiés n'étaient plus capables d'observer autre chose. Elle avait l'air d'avancer vers lui. Elle rampait comme un serpent. Elle s'accrochait avec ses griffes qui déchiraient le sol et qui la faisaient progresser à chaque coup vers Chuck. Elle se traînait dans la mare de sang qui coulait de son dos. Il hurla. Il nageait dans l'hémoglobine. Il frappa le mur, sauta sur place, se roula par terre pour éviter le monstre. Il était couvert de sang. Rien n'y faisait. Elle était devant lui. Elle continuait de s'approcher, encore et encore. Elle semblait être à portée de bras. Elle pataugeait dans la même mare que lui. Plus que quelques centimètres!

Chuck criait. *Du sang! Il y a du sang! Elle est là! Merde, non! Pas moi! Pas moi! Pas le sang! Pas ça, non!*

Chuck se parlait tandis qu'il imaginait la créature avancer.

Du sang! Il y a du sang! Au secours! Elle vient pour moi! Elle va me bouffer! Je vais crever!

Il était dans son monde. À voir des choses qui n'existaient plus.

Une grande ombre planait au-dessus de la bête qui avançait toujours. Elle guettait le corps tel un vautour sur sa proie. *Lui aussi veut me tuer!* Elle semblait sur le point de bondir sur lui. *Il est recouvert de sang!* Elle allait l'engouffrer dans sa noirceur, le manger vivant. *À L'AIDE!* Dans sa noirceur de la même couleur que la peau du monstre qui s'approchait encore. *Pas moi!* Dans sa noirceur de la même couleur que le sang dans lequel il pataugeait et qui s'était répandu sur chaque centimètre du plancher du gymnase. *S'il vous plaît.* Le sang noir. *Pitié, non!* Puis, comme par un effet d'illusion, l'ombre se dédoubla pour devenir une foule. *Au secours.* Prête à le dévorer.

Partout autour de lui, le sang coulait des murs, des fenêtres, du plafond. *Le sang!* Il dégoulinait hors des yeux des ombres, hors des bouches qui s'ouvraient à l'infini et se transformaient en abysses hurlant son nom. *Partout!* Par terre. Sur les revêtements de briques. Sur lui. En lui. Le sang qu'il répugnait plus que tout. Chuck sautait sur place. Tentait de se sauver, essayait d'enlever le sang sur lui. À chaque coup, il mettait sa main dans le sang et une éclaboussure venait asperger son visage. Il se retourna et dévisagea le monstre qui suivait l'ombre qui la surplombait. Il regarda ces deux personnages et le sang. *Maudit sang!*

– Chuck!? cria Marc pour la cinquième fois en contournant la bête qui était morte au sol. Derrière lui, des curieux commençaient à s'apercevoir que le danger était passé et s'approchaient lentement. Quand ils virent qu'ils n'avaient plus à s'en faire, ils accoururent tous vers leur pauvre martyr.

En quelques secondes, une foule s'était amassée autour de lui. Elle tournait au-dessus de son corps, le guettant comme un vautour guette sa proie tout en le martelant de questions. « Est-ce que ça va, Chuck? » « Vieux, t'es correct? » « Chuck, réponds-nous, merde! »

Tout ce qu'ils recevaient en retour était des paroles dignes d'un fou. Ils parlaient à un cocon vide.

Chuck n'était plus présent. Dans sa tête, il n'y avait que le visage horrible du monstre agrippé au corps en convulsion de Martin. Il revoyait la professeure d'anglais s'approcher de lui prête à le dévorer en quelques bouchées. Il distinguait chaque détail. Le nez, les canines, la mâchoire qui s'ouvrait en ce gouffre sans fond pour venir l'avaler vivant. Les deux globes collés à lui, sans pupilles, tout simplement blanc, mais rouge de rage.

Il revoyait l'image de Marc terrassant la bête. Il revoyait l'expression de joie, de haine et de furie tandis qu'elle tombait lentement au sol. Il revoyait le jet de sang quand la batte avait transpercé le thorax. Chuck hurlait à s'en rompre les cordes vocales.

Plusieurs de ses amis autour de lui passaient leurs mains devant sa figure médusée. Pourtant, Chuck restait de marbre. Une statue molle comme une guenille. Dans son visage livide, ils essayèrent de faire déclencher un quelconque réflexe. En vain. Après un temps, ils le relevèrent tant bien que mal. À leurs yeux, il ressemblait à rien de moins qu'un automate sans batterie. Il sembla les regarder tous, un par un, mais, dès qu'il répéta le mot "sang", tout le monde commença à croire qu'il était devenu maboul.

Ce n'était pas si faux.

Dans sa tête, il n'y avait que la bête, les ombres et le sang. Rien d'autre. Personne n'était avec lui. Que lui et les chimères de son esprit. Le murmure d'un écho parvint à ses oreilles. Le son était si lointain qu'il n'y comprit rien. Il entendit des bruits de pas. Un pas de course qui s'intensifiait. Une course qui se transformait en sprint. Un sprint qui venait vers lui. Une forme au loin… Un poids s'accrocha à lui tandis qu'une détonation explosait son nom dans le creux de son crâne.

Chuck fut pris de panique! Le monstre s'était pendu à ses épaules! Il sentit ses ongles pénétrer sa chair, lui griffer la colonne vertébrale, lui lacérant tout le dos. Il sentait les dents de la bête frotter son cou, ses lèvres chaudes se coller contre ses joues. Chuck hurlait. Il pleurait à grosses larmes.

Dans le monde réel, le corps de la créature était couché au sol depuis plus de cinq minutes, à quelques mètres de lui.

Chuck terrifié, se débattit comme un diable au cœur de la foule qui l'entourait. Dans sa tête, tout le monde autour avait la peau aussi noire que de l'encre et des canines de la grosseur d'un poing. Les ombres s'étaient révélées. Les étudiants étaient ces monstres! Ils voulaient l'attirer vers lui, vers leur gueule béante.

Il les regarda s'approcher, murmurant son nom avec un écho sinistre dans leur voix. Leur visage sortit de l'ombre et dévoila une figure couverte de sang! *Du sang! Il y a du sang!* Ils s'avançaient, leurs dents rouges prêtes à lui découper la jugulaire. *Elle est là! Merde, non!* Chuck laissa échapper un dernier cri d'effroi. *Pas moi! Pas moi!* Il fonça, tête baissée, et envoya des coups dans tous les sens. *Pas le sang! Pas ça!* Ses mains déchiraient l'air. *Ils sont là! Au secours!* Ses pieds, quand ils manquaient leur cible, retombaient dans le sang qui l'aspergeait. Il pleurait. *Ils viennent pour moi! Ils veulent me bouffer!* Il hurlait. Relâcher sa rage et sa peur lui semblait le seul moyen de les atteindre. *Ils sont pleins de sang! Je vais crever!* Il ne faisait que fendre le vide.

Puis, soudainement, il en frappa un. Il sentit sur ses jointures une première véritable trace de sang. Il s'arrêta, satisfait et à bout de souffle. Il haletait, râlait comme un loup après avoir attaqué un cerf.

Devant lui se tenait la bête recroquevillée. *Elle est faible.* Les mains plaquées, elle cachait son visage entre ses doigts noirs et griffus. *Je l'ai eue.* Chuck se recula, criant aux autres de ne pas s'approcher de lui. *Je suis fort.* Elle souffrait et il se plaisait à la voir ainsi. *Je suis fort.* Il sourit. *Le plus fort.* Sourire maniaque. Tout autour, les monstres la regardaient. Agenouillée, le sang coulait lentement hors de son nez.

Chuck s'appuya contre le mur du fond une nouvelle fois. Dans un coin, Marc le considérait carrément avec dégout. Chuck se retourna vers les monstres. Ils avaient disparu.

Plus de monstre. Il n'y avait qu'eux.

Ses amis. Ceux qu'il fréquentait depuis si longtemps. Ils le fixaient avec haine, avec le même regard choqué que celui de Marc. *Qu'est-ce que j'ai fait!?* Une vingtaine de personnes qui encerclaient une chose courbée en deux. Une barrière de regards accusateurs l'en séparait. Écrasée derrière eux, recroquevillée en boule sous le poids de la douleur, la créature tenait son visage entre ses mains couvertes de sang. Elle finit par relever la tête. Deux ronds verts et tristes le dévisagèrent dissimulés sous une longue et unique tresse de feu. Ses lèvres tremblantes n'étaient pas capables d'articuler quoi que ce soit, mais le regard parlait à lui seul. Avec ses yeux, elle lui murmura un faible « Pourquoi? » déchiré par une larme.

Chuck était sur le point d'imploser en pleurs. *Non. Non! NON!* Accablé de chagrin, il s'apercevait trop tard du mal qu'il venait de créer. Il fouilla alentour pour de l'aide, une quelconque perche sur laquelle il pourrait s'accrocher, sur laquelle il pourrait tirer pour réussir à sortir hors du sable mouvant dans lequel il s'enfonçait. Mais apparemment, juste au moment où il en avait le plus besoin, plus personne n'était là pour lui.

Il se retourna vers ses amis. *Lequel? Lequel?* Il décida de faire comme il l'avait si souvent fait dans des situations plus ou moins similaires; mettre la faute sur quelqu'un d'autre et lui faire porter le chapeau. *Lequel? Lequel?*

Il tourna la tête, scrutant autour de lui à la vitesse de la lumière, essayant de trouver la personne rêvée pour camper son rôle, cherchant quelqu'un à condamner pour ses torts. Il avait l'impression de ne pouvoir blâmer personne tant son merdier était énorme. Il balayait du regard encore et encore la même foule d'un air calculateur. Chaque pourcentage de réussite était évalué versus le pourcentage d'échecs, chaque riposte et contre-riposte qui seraient dite était prise en compte et analysés pour voir si Chuck pourrait sortir vainqueur. Dans l'immensité du gymnase, il semblait y avoir trop peu de cibles idéales. Sauf peut-être une. *Elle n'est pas l'idéal, elle est tout simplement parfaite!* Ses larmes ne coulaient plus sur ses yeux. C'était le défi qui éclairait ses doux yeux hypocrites.

Il leva le bras en un signe de folie. Du doigt, il pointa le supposé fautif tout en lui criant des insanités. Couché au sol, il fit son grand numéro. Il se tortilla dans tous les sens. De gauche à droite, de haut en bas. Il alla porter avec une fausse violence, ses ongles sur son visage en feignant de se lacérer. Il hurla. Les doigts dans le creux de sa bouche, il recommença à pleurer comme si une quelconque souffrance lui était insoutenable. Des éclairs de douleurs semblaient lui traverser le corps. Il se releva tant bien que mal pour faire face à son public en continuant sa scène. Il tira sur ses cheveux qu'il ne se gêna pas pour dépeigner pour le bien de la cause. Il cria, déchira le silence du gymnase. Quelques un sursautèrent de peur. Il avait carrément l'air d'un fou sorti tout droit de l'asile tandis qu'il sautait au sol tel un poisson hors de l'eau, gémissant comme un pauvre torturé. Il se courbait sur lui-même, se tortillait dans la forme d'une crevette et bondissait comme une grenouille bouillie.

Grâce à ses excellents talents d'acteurs, Chuck mena tout le monde en bateau. Il s'imaginait déjà sur le tapis rouge, Oscar à la main souriant narcissiquement à la foule qui vantait ses louanges.

-Sa voix! Argh!... J'en… j'entends sa voix… dans ma tête! Non! Argh! C'est lui! C'est lui qui m'a poussé à vous frapper! Non… Argh! J'entends… J'l'entends! Non! Argh! C'est… c'est lui qui m'a fait voir cette chose-là… dans ma tête! C'est lui, qui… qui a lancé cette chose sur moi! Aidez-moi! Putain de merde! Argh! C'est… c'est lui qui l'a fait rentrer ici! Aidez-moi! Arrêtez-le! Argh! Douleur! cria-t-il avant de faire semblant de perdre connaissance.

Ses arguments n'eurent aucun effet sur les gens qui le regardaient jusqu'à ce qu'il leur remémore que c'était Marc qui avait traîné la bête dans le gymnase. Quelques-uns se tournèrent vers lui et commencèrent à le dévisager. *Se pourrait-il que Marc ait...*

Chuck avait réussi ce qu'il voulait accomplir. La graine du doute avait été semée dans leur esprit. Mais Marc, de son côté, était tout simplement amusé par la prestation.

– Vous n'allez tout de même pas croire ce qu'il dit, non? C'est rien qu'une connerie de plus, merde! Je sais pas si vous vous en rappelez, mais c'est moi qui a aussi tué la… la… la chose là. C'est pareil moi qui ai sauvé la peau de vos petites fesses! Putain de merde! Réveillez-vous! Si vous êtes assez cons pour le croire, vous méritez pas mieux que ce foutu trou de cul aurait mérité si j'avais pas été là!

Marc les pointait de la même manière que Chuck l'avait fait avec lui. Son discours avait été poignant et cru. Il faisait face au groupe seul et fort. Il était étonné de voir leur expression de surprise et d'ébahissement tandis qu'il leur remémorait ce qui s'était passé. Il avait à nouveau l'impression d'être plus imposant que ce qu'il était vraiment.

Peut-être que c'était son doigt qu'il brandissait si intensément qui leur faisait cet effet. Mais petit à petit, leur visage devint livide. Certains affichaient désormais quelque chose qui s'approchait terriblement de l'horreur. Leur bouche s'ouvrait légèrement et se refermait aussitôt. C'était comme si ils essayaient de dire quelque chose, mais que la peur les en rendait incapables.

Ça ne pouvait être le doigt.

– Qu'est-ce qu'il y a? demanda Marc incrédule.

Quelque chose tomba alors sur son épaule. Un long frisson lui parcourut l'échine quand il ressentit un souffle contre sa nuque. Marc tourna la tête et vit une épaisse miche de bave qui glissait sur sa clavicule. *Une odeur de roussi.* Le tas blanc/verdâtre faisait la grosseur de son poing. Un hoquet de dégout le prit. C'était inconfortablement chaud et gluant. Il le sentit traverser son t-shirt et aller couler avec une douloureuse lenteur le long de son pectoral gauche. *Oh seigneur!* Le tout dégageait un parfum qui mélangeait vodka et pizza.

Tout le monde devant Marc commença à détaler comme des lapins. Même Chuck, qui feignait l'inconscience, se releva et déguerpit.

Le monstre leva sa main pour attaquer. Au dernier instant, Marc plongea. Il atterrit et se laissa tomber sur le sol. Elle fendit l'air avec violence à l'endroit précis où il s'était tenu la seconde d'avant.

Fou de rage, Martin poussa un cri. Guidé par la faim, il se lança dans la mêlée qui courait dans une direction et dans l'autre. Toutes ces victimes devant lui, à sa merci; c'était un tel dilemme qu'il était incapable de choisir. Qui pourrait bien être sa douce moitié qui comblerait son estomac? *Finalement quelque chose de passable!* Il s'avança vers sa première proie : Christopher Joseph, un petit voyou qui trébucha en le voyant arriver vers lui.

116

La bête leva ses bras en direction du cou de sa nouvelle prise. Un tas de bave qui coulait le long de son menton noirci par l'horrible maladie – *ou peu importe ce que c'était* – faisait transparaitre son insatiable appétit. Christopher battait en retraite sans cesse. À moitié couché au sol, il tournait sur lui-même, essayant de se sauver loin du monstre. Son visage était crispé en une expression de frayeur vive. Ses yeux étaient exorbités par la peur. Christopher hurlait à l'aide. Pourtant, personne ne venait à son secours. Il était laissé à lui-même.

C'était chacun pour soi.

La créature s'approchait de plus en plus. Christopher cria à tue-tête à la vue de la grosse langue qui fouetta l'air. Il recula. Il se replia encore et encore. La distance le séparant de Martin s'amoindrissait à chaque pas. Puis il se buta contre le coin d'un mur. Il se glaça. Il était pris au piège. Ses pupilles s'écarquillèrent quand la bête fut à moins d'un mètre de lui.

Il aurait pu décamper vers la gauche ou la droite, mais, quand son regard pénétra celui de Martin, il se figea. Il cessa de respirer et commença à trembler comme une feuille morte. Il était plongé dans les yeux hypnotisant du monstre. Deux globes blancs comme neige qui le fixaient. Deux trous sans fond qui semblaient l'engouffrer, le dévorer. « *Je vous en prie Seigneur...* »

– Aaaaaaaaaahh!

C'était Marc. Il revenait à la charge. Il s'était relevé à temps pour venir sauver Christopher. D'un coup d'épaule, il plaqua violemment Martin, l'envoyant au sol. Il se retourna vers Christopher, lui cria d'aller se mettre à l'abri. Devant Marc, le monstre se redressait. Ses yeux vides de couleur laissaient transparaître rien d'autre qu'une terrible rage. Sur le bord de sa gueule, une fine ligne de sang ocre. Marc ne pouvait s'empêcher de trembler à la vue de la bête beaucoup plus grande que lui.

L'ancien étudiant se rua vers lui. Gueule ouverte, il courait vers son futur repas. En un réflexe pratiquement surhumain, Marc lui décocha une droite en pleine mâchoire.

Il ne manqua pas sa cible, mais l'effet fut nul.

Elle tourna la tête sans rien sentir. Elle empoigna Marc à la taille et le souleva du sol pour l'entraîner avec elle dans sa course. Marc n'eut le temps que de lâcher qu'un cri avant d'être étouffé.

Derrière lui, les gens se sauvaient en hurlant de terreur. Marc était embarqué dans ce train vers l'enfer. Il réessaya de la frapper en détachant une seconde riposte. Rien.

Ses poings formèrent une masse. *Lever bien haut. Être prêt à cogner.* Il visait pour la tempe. Mais, son coup n'était même pas encore parti que Martin lui saisissait les poignets d'une main. Il écrasa et faillit lui briser les os. Il lui empêchait tout mouvement. De son autre bras, autour des hanches, il rétrécissait son étau petit à petit. La pression était si forte qu'il aurait presque pu lui broyer la colonne. Marc était pris. Il leva donc son pied et lui enfonça son genou directement dans le diaphragme.

Ils tombèrent. Martin glissa par terre, pris dans l'élan de sa course. Marc roula au sol quelques pieds plus loin, enfin libre. Il se releva brusquement et se rua vers lui. C'était surement la seule occasion qui se présenterait à lui.

Il hurlait. Il serrait les dents. Il bavait. Il avait chaud. Il saignait. Il avait mal. Il se sentait primal. Animal. Comme une bête de foire qu'on relâchait par mégarde et qui allait défouler sa rage sur ses maîtres.

Son poing frappa l'œil et la gueule du monstre. Sa rotule s'occupa de l'abdomen. Il aimait la sensation de ses jointures contre la peau rugueuse. La sensation du sang, liquide, qui venait faire contraste à la peau écailleuse. Marc appuya son genou sur son cou, l'étouffant. Avec ses mains, il retint les poignets qui s'agitaient dans tous les sens. Des téméraires se ruèrent vers Martin et aidèrent Marc à le tenir.

Après un temps à se débattre, il fut ligoté. Marc se retourna et saisit la tête noire entre ses doigts. Il la souleva avant de la fracasser au sol de toutes ses forces. Il mit tout son poids sur la gorge de la bête et l'étrangla jusqu'à ce qu'il ne la sente plus bouger.

Vague de soulagement.

Il se releva et fit face à tous ceux qui n'avaient pas encore réussi à se sauver et qui étaient adossés au mur du fond. Marc fit quelques pas vers eux. Il semblait abattu. Au bord de l'exténuation. Il trébucha plusieurs fois, se prenant les pieds en s'avançant vers le reste de la foule qui le regardait. À tout bout de champ, la gravité attirait tout son corps vers le bas. En un signe de défi, il hissa la main, répétant le même geste qu'il avait fait, il y a à peine cinq petites minutes, et les pointa. Ses muscles étaient tellement endoloris qu'il avait de la difficulté à garder son bras levé et à se tenir debout.

– Et maintenant… Venez plus jamais me dire que j'ai jamais rien fait pour vous! cria-t-il juste avant que l'effet de l'adrénaline ne s'estompe. Soudainement, le poids sur ses jambes devint trop lourd pour son corps trop faible. Il tomba au sol, tête première.

Quelqu'un derrière accourut vers lui et l'attrapa tout juste avant qu'il ne se cogne par terre. Tous se précipitèrent vers lui tandis qu'on le déposait contre le plancher.

Derrière le groupe d'élèves, un murmure se soulevait. Ils étaient tous bien trop préoccupés par leur tout nouveau héros qu'ils en oublièrent complètement tout ce qui s'était passé, il y a une minute.

Derrière eux, le diable revenait de l'enfer… Plus enragé et plus affamé que jamais.

Et désormais, il savait quelle cible il voulait. La bête se releva et sauta tout de suite sur le rassemblement. D'un coup de coude, il en balaya trois hors de son chemin. Le reste déguerpit à sa simple vue.

Enfin seul avec le corps inanimé : sa victime parfaite.

Il ouvrit sa grande gueule. La créature que Martin était devenu avait souffert une humiliation auprès de ce pathétique et horrible humain. Il était maintenant temps de rectifier le tir. Son étalage de canines fut dévoilé en tant qu'invitation à sa proie. Marc ne bougea pas d'un poil, toujours inconscient.

Martin prit cette inertie comme une acceptation à dîner. Il descendit avidement vers son pauvre repas.

Sous ses pieds, il entendait le grondement de ses chefs qui ne toléreraient pas un pareil échec.

Il n'était plus qu'à quelques centimètres de Marc. Ses crocs frôlaient presque son cou. Une odeur dégueulasse, outrageante parvenait à ses narines. L'odeur de l'homme. Il se pencha, prêt à mordre la jugulaire quand quelque chose le heurta. Dès qu'il rouvrit les yeux, il se rendit compte qu'il était désormais loin de Marc. Cette chose qui l'avait repoussé l'empêchait de rassasier sa faim.

Il hurla de rage et s'avança de nouveau vers son plat de résistance. Encore une fois, à quelques centimètres du corps, quelque chose le cogna en plein sur la gueule avec une intensité redoublée.

Il voulut relever la tête pour voir cette nuisance qui le harcelait, mais tout ce qu'il aperçut fut un bâton de métal qui vint le frapper en plein milieu du visage. Tandis qu'il tombait, la barre de fer continua de le marteler violemment.

Un cri accompagnait chaque coup. Triste et horrifié à la fois. Accablé de douleur, mais fort à la fois.

Il rouvrit les yeux en atteignant le sol. Sa vue était brouillée par le sang qui lui coulait dessus. Il réussit tout juste à discerner une forme svelte qui tenait quelque chose entre ses doigts. Un long jet de feu semblait suivre chacun des mouvements faits. Dans les mains de ce Corps-ViolentNon-Identifié, il y avait une batte de baseball couvert d'un sang noir et épais. Le sien.

Il fixa le bâton tandis que la jeune fille reprenait son élan. Il crut l'entendre dire : « Crève, saloperie! », mais il n'en était pas certain. La batte repartit vers l'arrière pour prendre un dernier swing. Elle prit une grande respiration avant d'attaquer. La bête profita de ce dernier instant pour lancer un cri horrible à l'attention de cette impie.

D'un coup, elle lui envoya la barre vers son cou ensanglanté. Elle ne manqua pas sa cible d'un poil. Ember avait frappé en plein à l'endroit où Martin avait été mordu. Le coup fut assez puissant pour disloquer la tête du corps qui roula au sol.
Le monstre n'était non plus vivant, non plus mort-vivant, mais bel et bien mort.

Chapitre 7 : ils sont seuls

Égouts de Mead's Cliff
00 :31

Ils se ramassèrent en tas devant leur chef. Du haut de son monticule de pouvoir, son autel de glaises, de boues et de roches; le point central du carnage et de la barbarie, il les contemplait. Voyant que presque tous ses fidèles étaient présents, il se permit de s'asseoir sur son tout nouveau trône, l'épicentre de son autorité. Une étrange texture molle et douillette lui servait de coussin. La couleur beige, très pâle, dénotait de son dégout des hommes. C'était en effet très rare qu'on utilisait de la peau humaine comme tissue! Dès qu'il fut confortable, il s'appuya, dans un geste très lent, contre l'accoudoir de son majestueux siège. Ensevelie par de la terre pour solidifier le tout, cette pièce de la chaise était en fait l'Ulna et le Radius[6] de la fillette que ce monstre avait dévoré plus tôt. Il mit sa paume dans celle de la petite, figée dans cette expression de douleur. Les phalanges tordues et le poignet cassé étaient recouverts de sa salive et de son sang à elle. En se plaçant, il sentit son insatiable faim se satisfaire partiellement par le feu brulant du souvenir de lui décapitant l'enfant. Il alla faire la même chose de l'autre côté. Il déposa son bras sur celui qui constituait l'accotoir droit. Il refit le même geste lent qui pouvait rappeler le mouvement d'une vague s'échouant contre la rive. Au bout de cet accoudoir par contre, ce n'était plus une main toute détruite qu'il y avait. En effectuant une simple transformation, les architectes de sa chaise avaient planté la tête de la fillette et les vertèbres du cou dans l'espace où il aurait dû se tenir ces pathétiques et minuscules doigts. Il glissa ses griffes le long du crâne. Elles s'enfonçaient presque dans la voûte du squelette. Pendant un instant, il fut tenté de tout décapiter. Il prit une grande inspiration et regarda au loin avec son air monotone. Ses pieds écrasèrent quelque chose au sol. Il n'avait pas besoin de vérifier, il savait que c'était les tibias et la cage thoracique qui servaient de base. Il se plaça confortablement sur le coussin. Cette odeur d'humain était horrible. Il se plaisait

---

[6] N.D.A. Les deux os constituant l'avant-bras.

pourtant à se dire qu'il l'effacerait à force de s'asseoir dessus. Quand il fut complètement appuyé contre son siège, le dossier se referma légèrement sur lui. La colonne vertébrale qui supportait le tout se raidit et façonna la banquette à l'image de son corps. De chaque côté, débordant comme les cornes de démons ou comme les ailes déployées d'un ange déchu, de longues protubérances – qui étaient, en fait, les fémurs de la petite – donnaient une allure plus que magistrale à la chaise. Il se devait de ressembler à Dieu pour ses troupes.

Sa tête se reflétait sous le mince rayon lunaire qui parvenait d'un boulon mal vissé d'un canal au-dessus de lui. À moitié pris dans la lumière et dans les ténèbres, le grand chef ne s'était jamais senti aussi puissant que dans ce clair-obscur qui déchirait son visage en deux. Dans la pénombre devant lui, tous ses soldats s'alignaient en une parfaite ligne droite. Leur peau noire semblait moins majestueuse que la sienne. C'était, pour lui, normal après tout. N'était-il pas l'Oméga, l'Alpha? *Non*, pensa un hérétique dans le fond de la pièce qui dévisageait la scène à genou, dans les rangs avec les autres.

Les piliers de son armée reposaient devant lui. Dans la noirceur, leur souffle glacé brillait. Ils restaient immobiles, comme les statues de guerre de l'empereur Qin. Dans la salle, leurs larges épaules dressaient l'image d'une silhouette. Tout ce qu'on voyait des rares qui étaient illuminés était leurs bras aux muscles découpés ornés de leurs veines gonflées à bloc. Leurs longues griffes effilées resplendissaient comme de l'or quand elles n'étaient pas recouvertes de boue ou de sang.

Certains respiraient bruyamment. Parfois, quelques-uns allaient faire claquer leur langue dans les airs tout en laissant un filet de bave couler par terre. Quand ils ouvraient leur bouche, leurs dents jaunies se dévoilaient. Certaines étaient assez grosses, assez dures et assez acérées pour perforer l'acier. Les autres, étalées pêle-mêle, à l'étage inférieur, étaient plus petites et servaient principalement à déchirer la chair. Elles restaient tout de même assez puissantes pour arracher une jambe hors d'une victime en mouvement ou en totale hystérie…

Leurs yeux ressortaient, tout comme ceux de crapauds, et étaient situés légèrement sur le côté de leur tête. Pourtant, contrairement à ceux des amphibiens, ils ressemblaient à des flammes qui auraient figé leur forme sur leur visage. De plus, ils n'avaient aucun iris et aucune prunelle. Seule une cornée définissait leurs globes oculaires complètement blancs. La coupe de l'oeil différait sur chacun. Chez certains, les courbes étaient plus effilées, chez d'autres, beaucoup moins. Chez quelques-uns, les cambrures étaient inexistantes et étaient remplacées par des changements abrupts de directions. Entre ces deux cas, il y avait, comme le grand chef, ces deux points réunis qui donnaient cet aspect étrange, extrêmement terrifiant, qui avait un quelque chose de violent. Le mélange sévère du droit chemin et du déviant.

Ces lignes consistaient essentiellement en leur identité sociale. Elles les désignaient, dictaient qui ils étaient, annonçaient leur rang, leur place dans la "société". Sans jamais prendre en considération la douleur, plusieurs étaient prêts à les modifier – par le moyen le plus radical possible, bien entendu – pour accéder à un statut supérieur. C'était un rituel qui marchait tout aussi bien pour les destitutions; acte qui laissait planer la honte sur le destitué et les cicatrices les plus effroyables sur son visage.

Mais, surtout, leur attribut particulier était leur large vision périphérique. Un autre grand avantage sur leurs faibles et pathétiques ennemis. Cachée sous leurs paupières, une membrane transparente leur permettait de tracer les odeurs de leurs adversaires ignobles. Encore un énorme privilège qu'ils ne s'étaient pas privés d'utiliser contre leurs proies jusqu'à maintenant.

Mais, dans l'arrogance qui les consumait, même sans tous ces pouvoirs, ils se disaient que l'éradication des hommes était une tâche trop facile pour eux. Dans leur tête, la victoire était assurée.

Les ouvriers, contrairement aux soldats, étaient majoritairement des femmes. Elles ne voyaient pas aussi bien que leurs confrères mâles. Elles n'étaient pas non plus aussi costaudes et leurs dents n'étaient peut-être pas aussi aiguisées, mais, contrairement aux mâles, elles étaient capables de sécréter un acide assez fort pour faire fondre la roche… ou la chair humaine. Les tunnels qu'elles avaient créés n'avaient imposé aucune défense et, déjà, les égouts de la ville de Mead's Cliff avaient doublé en canalisations.

Il y avait donc plus de place pour l'espèce envahissante. Qui disait qu'ils seraient plus disait également qu'ils devraient avoir plus à manger. Qui disait qu'ils devraient avoir plus à manger disait donc un plus gros garde-manger humain… Elles ne faisaient que saliver face à cette idée.

Quand tous furent finalement rassemblés devant lui, le grand chef leva le bras vers ses fidèles. Paume baissée vers eux, il obtint un silence total! En arrière trame, le bruit de quelques rats ou souris qui se promenaient dans leur nouveau territoire et le rire, distant et maniaque, du fou. Chacun se tenait droit comme des "I" dans les rangées qu'ils avaient formées, attentifs à ses paroles. Ils attendaient le mot d'ordre comme les enfants guettent la venue du Père Noël.

— Exxxtinkkktioon.

S'ensuivirent alors de longs cris de contentement, d'euphorie. Certains soldats se donnaient des coups sur le torse. Ces bêtes n'étaient plus rien d'autre que de vils gorilles; des légionnaires prêts à partir à la guerre, impatients de gouter au premier sang. D'autres frappaient les murs violemment, martelaient le sol, montaient au plafond sur le point de tout déchiqueter sur leur passage. *Bon signe.* Parmi la mêlée, tous avaient retrouvé leurs instincts primaux. Ils étaient retournés au statut d'animaux qui ne pensait qu'à tuer, manger et survivre.

Et ils avaient hâte de chasser, ils avaient hâte de tuer... très hâtes!

Certains, pris dans leur emportement, sautèrent sur leurs confrères. À un moment, une longue traînée rouge aspergea la pièce. Un cri et une oreille déchirèrent l'air. C'était la cohue. Tous se lançaient les uns contre les autres, mordant leurs frères, leurs sœurs. Puis, un cadavre alla jusqu'à joncher le terrain. Il ne tint pas cinq secondes avant d'être complètement dépecé et dévorer. Les deux seules qui n'agirent pas en tant que brutes furent le chef et un personnage mystérieux, dissimulé derrière.

De derrière le trône, il gardait l'œil ouvert. Il ne réagissait que si son supérieur réagissait. Il se dit que si ce soldat avait été trop faible pour ne pas être capable de se défendre, il ne méritait pas sa place parmi leur rang. Son maître se leva. Dans ce mouvement, toutes ses pensées s'effacèrent et se concentrèrent que sur l'homme qu'elles suivaient comme son ombre.

Quand il alla emprunter un tunnel, il marcha pratiquement dans les traces qu'il laissait dans la boue. Il était son bras droit et il se devait d'être toujours prêt de lui, d'accomplir ses volontés, de diriger ses troupes s'il le fallait. C'en était son devoir. L'odeur aride du désert qui se mélangeait avec l'atmosphère humide des égouts créait une étrange pestilence dans ce couloir oublié. À mesure qu'ils avançaient, leurs pattes faisaient ce simple petit bruit, un petit *"Splouch!"*, à chaque pas qu'ils faisaient sur le sol, froid et vaseux, de ces canalisations noires. Cet unique petit bruit était tout ce qui accompagnait les hommes dans les confins infinis de leur base. Au loin, ils leur semblaient déjà entendre le cri de leurs futures victimes.

Les cris rappelèrent au mâle alpha la fillette de tout à l'heure. En un geste quasi instinctif, le grand chef alla porter sa serre à sa gueule. Avec sa longue langue, il lécha ses doigts à la recherche d'une mince molécule de sang négligée qui le rafraîchirait. Tant d'ennemis viendraient à périr sous cette griffe qui ordonnerait les ordres les plus meurtriers; des exécutions sans pitié et tellement, tellement plein de choses qui rassasieraient son imagination sadique. En y repensant bien, il aimait énormément cette griffe, cette arme fatale, cette extension de son âme et de sa volonté.

Les deux "hommes" perçurent soudainement un drôle de bruit en s'enfonçant dans le néant obscur du couloir. Apaisant. *Étrange contraste avec la laideur des lieux.* Ce son sonnait comme le ressac des vagues, comme la douce mélodie d'une chute qui coulerait. Ils prirent une grande inspiration avec dégoût, se regardèrent un instant, sans expression, toujours avec cette même monotonie, cette impassibilité parfaite. Sans se dire un mot, ils savaient tous les deux qu'un des deux continuerait jusqu'à la source tandis que le deuxième suivrait docilement.

Ils se hasardèrent pendant près de deux minutes dans le noir silence des égouts. En chemin, ils ne croisèrent rien d'autre que des rats. À chaque pas, le rugissement de l'eau s'amplifiait. L'adjoint ne pouvait que talonner en se demandant d'où ce bruit venait et pourquoi son maître l'emmenait vers cet endroit. Au bout du couloir devant eux, un mince halo blanc semblait danser. *S'étaient-ils rendus à la fin de leur vie? Avaient-ils donc tant marché?* Maintenant, le son de ces vagues occupait les pensées des deux hommes. Au loin, ils voyaient le bout du tunnel qui avait l'air de déboucher dans un grand espace. Paradoxalement, plus ils avançaient, plus le corridor rapetissait et leur devenait plus difficile d'y progresser. La lumière, pourtant, les guidait et poussait leur curiosité.

Quand ils sortirent enfin du passage, ils restèrent pratiquement bouche bée. Cette chose était en fait une grotte. Et elle était bien plus énorme que ce à quoi ils s'attendaient. *À quel point est-ce qu'on s'est enfoncés dans les profondeurs de la Terre pour arriver dans un endroit pareil?* Des stalactites et des stalagmites de la grosseur de montagnes montaient et descendaient partout. Certains allaient former des colonnes gigantesques qui semblaient retenir le sol au-dessus de leur tête. *Nous venons de déboucher dans le territoire des dieux!* pensa l'assistant tout bas. La caverne avait l'air de s'étendre à l'infini, encore et encore jusqu'au bout du monde. Des ponts de roches fusaient dans tous les sens et amenaient ce souterrain dans des contrées où l'homme n'avait jamais mis le pied. Le bras droit se retourna vers son supérieur. Pas une once d'émotion. Son maître était toujours figé dans cette même expression neutre et monotone. On aurait presque cru qu'il savait ce que c'était. Peut-être que c'était le cas.

Le grand chef fit quelques pas vers l'avant. Ce fut à ce moment que son subalterne remarqua le lac – *mais était-ce vraiment un lac et non pas un fleuve secret, une mer ou un tout nouvel océan qui se déployait sur toute la superficie de la planète?* L'étendue infinie reflétait une étrange teinte verdâtre et il avait beau se concentrer, l'adjoint n'arrivait pas non plus à y voir le fond. Il y avait, au loin dans la grotte, un équipement de pompages. *On avait puisé l'eau ici.*

Le fidèle le regarda s'approcher de la rive avec sa naturelle impassibilité. Tout autour, il lui semblait entendre un murmure à peine audible, un rire moqueur. Son maître s'agenouilla sur la berge. Un tel acte venant d'un homme devant lequel, d'habitude, on s'agenouillait, lui provoqua un malaise. Il eut un frisson de peur en s'imaginant qu'il se fasse attraper et emmener dans ce littoral. Il le fixa tandis qu'il contemplait une de ses griffes puis, d'un seul coup, il s'entailla la jambe gauche. Un long filet noir et épais commença à couler jusqu'à l'étendue verte.

Tout aussi imperturbable, il considéra son supérieur qui s'immergeait tranquillement. Toujours derrière, statique, l'adjoint apercevait les quelques poils sur le crâne de son chef se hérisser. Il s'enfonça alors complètement dans l'eau. Ils écarquillèrent les yeux. Un halo de lumière surgit hors des flots. *Comme tout ceci est bien étrange.* Le grand chef ressortit et admira son tibia. Son visage prit cette forme, inaccoutumée à ses muscles, et se transforma en une expression qui s'approchait bizarrement de la satisfaction. Il marcha vers son acolyte qui dévisageait sa peau.

Il n'y avait plus de sang, plus de cicatrices, plus aucune marque de blessure. *Leur victoire était donc véritablement assurée!*

Quand son supérieur s'avança vers lui, loin de toutes les oreilles indiscrètes, ce fidèle se mit à genou. Il ne se souciait pas de la saleté, des merdes qui traînaient, de tout ce qui pouvait constituer ce sable gris dans cette grotte plus qu'étonnante et il se foutait encore plus de l'odeur. Il était prêt à faire son devoir, point.

– Tuu…vaaas…tuuuer.

Quatre syllabes prononcées monotonement qui soulevèrent chaque poil de son corps avec une excitation et une rage de vivre nouvelle. Trois mots qui laissaient comprendre que c'était lui qui allait mener la bataille. Ce serait lui qui, le premier, savourerait la chair des vaincus. Un tel présent était un honneur.

Mais ce n'était rien comparé à l'ivresse de la victoire, à l'ivresse de savoir qu'il conduirait leurs soldats à l'éradication de la race humaine. Il était heureux du choix de son maitre

Il inclina la tête très bas pour démontrer qu'il était ému avant de partir auprès de ses troupes. La première attaque serait surement la dernière. Ses lèvres jubilaient déjà à la pensée de la peau, des muscles, du sang s'enfonçant dans le creux de son palais et se faisant déchiqueter.

Son chef resta. Il se retourna vers la grotte et la regarda avec un semblant d'appréhension. *Le berceau de la vie.* Il allait devenir l'homme le plus puissant qui n'aurait jamais marché sur cette terre. Plus puissant que Dieu lui-même. Dès que son adjoint fut hors de vue, il entendit des bruits de pas. Un petit ricanement surgit derrière lui. Sadique, aigre, noir et avec ce quelque chose de dément. Un son désagréable. Pire que des ongles sur un tableau d'ardoise. Encapuchonnée dans les lambeaux de vêtements ensanglantés, cette figure mystérieuse se présenta à lui. Contrairement à lui, ce monstre avait un sourire toujours figer sur son visage. Un sourire encore plus déranger que son rire. Il inclina la tête, accompagnant son geste avec un rictus psychopathe. Il était prêt à recevoir ses instructions particulières. Un deuxième bras, un autre prêt à faire toutes ses volontés. Un pour tuer.

◆◆◆

Tu es seul. Seul sous le halo d'un lampadaire, enfermé dans le brouillard immuable de ta vie. La lune, hors d'atteinte, est le miroir d'une quelconque beauté que tu crois pouvoir atteindre, mais, dès que tu tends la main pour l'attraper, t'échappe à cause de la peur, cachée dans la brume.

Tu n'oses pas bouger, car le moindre mouvement risquerait de t'emmener ailleurs, loin, dans la nuit dont tu te protèges, ici, sous la lumière de cette lampe qui descend du ciel.

Tu sais ce qui s'y terre. Là-bas, dans le noir. Il te guette. Tu le sens.

Il patiente depuis que tu es sorti. On t'a forcé à sortir. Et le seul refuge que tu as pu trouver est celui sous ce halo. C'était ça ou la mer au loin, sur la lune; l'idée du confort incertain et inatteignable.

En attendant la mort, tu penses à la lune qui, encore, t'a glissé entre les doigts une fois de plus. Dans la pénombre, une paire d'yeux blancs s'approche. Et, en les regardant, tu sembles te noyer dans leur profondeur qui vienne réveiller en toi cette douleur. Ils t'entraînent alors dans une spirale dont tu ne peux t'échapper, une spirale qui te fait tomber dans l'obscurité. Tu tombes et tu tombes toujours sans jamais t'arrêter. Et quand tu arrives au sol, tu t'enfonces dans une marre de corps qui, comme toi, ont été enlevés par leurs ascendants.

◆◆◆

Ses cinq sens réapparurent petit à petit tandis qu'il revenait du monde des songes. Il se remémora certaines choses qui s'étaient passées, mais il n'était pas capable d'assimiler tous les évènements. Vagues souvenirs sans queue ni tête et impressions instantanées lui martelaient l'esprit avant d'être écrasés par une forte odeur qui lui monta au nez : la sienne. Le rêve s'éclipsa pour laisser place à la panique.

La panique d'un coup l'éveilla avant d'être réduite au silence la seconde d'après. Un étrange sentiment. Désagréable. Une question; rien d'autre; marqua ses pensées au fer rouge : « *Où est-ce que je suis, putain?!* » Une lumière l'aveugla. *Putain, ça y est! J'suis mort!* Elle était si puissante qu'il fut forcé de refermer les yeux. *C'est la lumière au bout du tunnel, c'est clair! J'viens de crever! Voilà, j'suis mort, merde!* Le ciel tournait tout autour de lui.

Il aurait cru être en train de voguer sur des vagues. Il avait un mal de tête effroyable. Le mal de mer. Au-dessus de lui, la lumière disparaissait graduellement et laissait petit à petit place à un univers sombre et lugubre. Un frisson le secoua de haut en bas. *Merde!* Tout tourbillonnait comme une toupie. *J'suis pas au paradis, putain! J'suis en enfer!* Le noir avait tout envahi. *J'suis mort. J't'en enfer, putain de merde!* Il devait être couché dans une salle de torture. Bientôt, les persécuteurs de Satan viendraient pour lui. C'était inconfortablement trop douloureux pour son pauvre dos. *Cette table de dissection est froide comme la pierre.* C'était si dur que quand il essaya de se relever, il en soufra le martyr. Un long requiem de percussions d'os qui s'entrechoquaient contre sa moelle épinière. *Les maracas des suppôts de Satan!*

Il tenta de s'asseoir, mais, dès le premier mouvement, ses nausées le subjuguèrent. *Vite, vite, quelque chose pour éviter la catastrophe!* Du coin de l'œil, il aperçut un évier. Il roula sur lui-même et tomba par terre. Atterrissage brusque sur un sol poussiéreux. Il tendit une main tremblante vers l'avant en rampant. Il se figea. *Trop tard!* Ses joues se gonflèrent d'un coup. *Oh, putain!* Un gros jet brûlant de crottes de fromage, de chips, d'alcool et de pizza alla recouvrir le plancher devant lui. *Et merde...* Il s'étendit de tout son long. *S'il vous plaît, quelqu'un, tuez-moi.* Si, par miracle, il était toujours vivant, il se sentait pourtant bel et bien mort. D'un revers de manche, il essuya la bile sur le coin de sa bouche.

Après un moment à essayer de reprendre ses forces, Marc remarqua les couleurs glacées autour de lui de cette salle plongée dans la lumière froide de la lune blanche comme neige. Un grand comptoir bordé de lavabos longeait le mur qui semblait continuer à l'infini. La désorientation était à son comble. *Merde, j'suis où?* Un mauve pâle, presque gris berçait la pièce et apaisait ses sens, laissant le soin à son esprit de se remettre correctement à sa place. À l'avant, un tableau situé derrière un bureau noir, plus gros et plus haut que tous les autres. En arrière de lui, enligné en lignes plus ou moins droites, une vingtaine de tables noires ornées comme des couronnes de chaises d'écoles foncées. Il regarda l'évier vers lequel il avait tenté de se rendre. L'eau coulait lentement et chaque goutte qui fracassait le fond résonnait en lui comme le son d'un marteau martelant sa tête par ce bruit éreintant. Il dévisagea cette scène qui lui remémorait vaguement quelque chose. Il semblait attirer vers cet endroit, vers le comptoir encore tout trempé. Marc sentit en lui cette pulsation érectile qui venait de nulle part germer. Le fantôme d'un souvenir le dépassa. Rien d'autre qu'une forme floue bougeant devant lui. Ce qui ressemblait à une fille de son âge se releva, passa un doigt le long du décolleté de sa camisole mouillée en levant un sourcil aguicheur. Elle s'approcha de la table la plus proche et poussa le vide. Marc regarda le sol et y vit la chaise. *Tout ceci lui disait de plus en plus quelque chose.* Il secoua la tête et ce déjà vu disparut aussi aisément qu'il était arrivé. Il se rappela son épisode avec Nikki. Il était donc de retour dans le local de chimie.

– Ce n'est rien, je vais ramasser. dit une voix étrange avec un fort accent.

Marc se retourna. Dans la mi-pénombre offerte par la lune, un visage blême et fripé sortit des ténèbres. Ivan Starcheskiï, le vieux professeur de sciences. Il revêtait, comme à l'habitude, son sarrau d'un blanc immaculé. Dans ses nombreuses poches – qui semblaient s'être répandue comme des boutons sur un adolescent postpubère – des livres de toutes sortes menaçaient de tomber à l'exception de celle du dessus qui, elle, était occupée uniquement par ses lunettes et quelques instruments qu'il n'était pas capable de nommer. Sous sa blouse, Ivan portait une chemise brune démarquée par d'épaisses lignes jaunes. Le mélange des couleurs donnait une illusion pratiquement tridimensionnelle aux vêtements incongrus. Les maux de tête reprirent Marc à force de le regarder. En un geste – qu'il se plaisait à dire devant ses élèves – typique des grands savants, il alla gratter sa longue barbe grise avec une fausse consternation en dévisageant Marc. Sur le haut de son crâne, une énorme perruque – qui ressemblait plus à un gros rat écrasé – ballottait tranquillement tandis qu'il s'avançait tout en claudiquant et souriant imbécilement à un Marc sur le bord de l'évanouissement.

– Qu'est-ce que je fais ici? Et ppourquoi 'ai si mal à la tête?

– Ha! Deux excellentes questions qui se relient et qui nous offrent en fait une seule et bonne réponse. dit le professeur en s'agitant et se trémoussant dans toutes les directions presque comme une toupie. « Vous avez été attaqué. »

Cela prit un temps pour Marc, mais il finit par prononcer un faible : « oui, je me souviens, Martin… la professeure d'anglais… ils ont essayé de tuer tout le monde. »

– Oui, malheureusement Vicky McKanzie n'a pas survécu quand… quand vous lui avez perforé la colonne vertébrale… Ce qui est parfaitement normal, car les chances sont très minces, si on se fait transpercer par une batte de baseball dans la colonne vertébrale… Bref. C'est dommage… dit-il avec une pointe de tristesse dans la voix. « Les partys de bureau ne seront plus jamais aussi… excitants! »

– Elle… elle s'en allait tuer Chuck. Elle avait mordu Martin au cou. Elle… Il y avait du sang partout. Tout… tout le monde courait dans tous les sens, tout le monde criait…

– C'était le chaos total. conclut sombrement Ivan en s'approchant de Marc. À quelques centimètres du visage de son étudiant, Ivan révéla ses grandes dents de fumeur. Il avait cet étrange et très large sourire qui dévoilait une affreuse dentition jaunâtre qui donnait l'impression d'un mur de charognes devant Marc. Sa (tout aussi horrible) haleine vint entourer Marc et l'étouffa avec son odeur de cigarettes.

– Et qu'est-il arrivé à Martin? demanda Marc après un instant, le temps de se remettre de l'abominable puanteur d'Ivan qui était sur le point de lui faire presque oublier tous les évènements de la nuit.

Ivan sortit de la pièce et laissa Marc seul et mal à l'aise. *Est-ce qu'il m'a entendu? Pourquoi il est parti comme ça, sans dire un foutu mot? Il est trop bizarre ce prof!*

Un insoutenable silence régnait. Derrière, sur un vieux magnétophone, un classique du *folk rock* jouait; *The Sound of Silence*, de *Simon & Garfunkel* :

> « *Hello darkness, my old friend*
> *I've come to talk with you again*
> *Because a vision softly creeping*
> *Left its seeds while I was sleeping*
> *And the vision that was planted in my brain*
> *Still remains*
> *Within the sound of silence*
>
> *In restless dreams I walked alone*
> *Narrow streets of cobblestone*
> *'Neath the halo of a street lamp…* »

Après plusieurs minutes, Ivan revint de la remise, traînant avec lui ce qui semblait être une civière. Le malaise de Marc s'amplifia. Par-dessus cette table mobile, un grand tissu noir. Marc avala sa salive. Dégoûtant goût de vomissures. Avec un geste digne des plus célèbres prestidigitateurs, Ivan dévoila le clou de son spectacle. Dès qu'il enleva (ce qui se révéla être) le drap, Marc ne put retenir son haut de cœur qui le fit recracher le reste de bile de son corps.

Sur le bard qu'Ivan cachait – qu'il avait caché avec de TRÈS bonnes raisons –, plongée dans divers bocaux visqueux, la tête et tous les organes de Martin baignaient, flottant dans des eaux jaunies par un liquide malodorant.

-J'ai le reste si tu veux le voir? proposa Ivan.

-Quoi! N... N... non... *Oh, beurk! Seigneur... sortez-moi de là, pitié!* No... non, merci professeur... je... j'crois qu'il est l'heure que je re... oh merde... que j'retourne chez moi. dit Marc en s'efforçant d'empêcher tout ce qu'il avait dans les tripes de sortir.

Marc fit volte-face et prit ses jambes à son cou. À peine avait-il ouvert et refermer la porte du local que déjà il se sentait mieux. La vision d'horreur du corps décapité était partie. Pourtant, elle avait laissé sa place à une toute nouvelle vision étrange. C'était le couloir du troisième étage. *Tout est si sombre.* Des frissons l'envahirent malgré la chaude et aride nuit. Si, plus tôt, le corridor lui avait semblé inhospitalier, maintenant il lui semblait carrément hostile. Dans la noirceur des lieux, les murs avaient l'air froid, presque glacé. La couleur pâle, d'un mauve lilas, instaurait un calme insoutenable qui contrastait beaucoup trop avec le chaos de la soirée.

Marc avait si souvent marché ici pour se rendre à ses cours. *Et c'est aujourd'hui la dernière fois que je l'emprunte.* Une pointe de tristesse aurait atteint n'importe qui. Pourtant, Marc resta monotone. Aucune expression sur son visage. Il crut à cet instant que ça ne le dérangeait pas de partir. Peut-être que ce n'était que ce couloir qui lui enlevait toute nostalgie. C'était tellement étrange; tellement... *Il n'y a pas de mots*, se dit Marc, secoué par un nouveau frisson. *Ce sont les meurtres qui viennent tout détruire.*

Jamais il n'avait eu autant l'impression que l'allée était aussi vide. Marc avait le sentiment d'être dans un trou noir qui tournait et tournait, encore et encore, aspirant tout dans son centre. Le tournis le reprit. Sur les murs, les ombres des arbres resplendissaient. Les branches qui bougeaient confiaient au corridor un aspect distordu. Leur réflexion laissait l'illusion d'une grande main griffue. Au loin, un murmure; un souffle donnait vie au couloir. Il semblait parler à Marc. *Ça doit n'être rien d'autre que le vent.* Puis les lieux retournèrent à leur rien inhabituel quand tout se tut. Seul le son du silence vint l'accompagner et donner cette tension que Marc ressentait depuis son réveil. Cette vision qu'il n'avait jamais vue le transperça d'une peur inconfortable. Tout était si distant et terne, comme dépourvu de toute beauté. *C'est laid... c'est Mead's Cliff.* L'obscurité avait totalement transformé la place, en général remplie d'une énergie juvénile, en un long tunnel sombre, maussade et froid.

Désespéré, Marc se dirigea vers le rez-de-chaussée en se traînant comme un boulet. Dès qu'il entra dans la cage d'escalier, une part de la main griffue disparut. Elle se mouva et se laissa tomber dans le vide quand Marc tourna le coin. Il n'avait rien remarqué. Et l'ombre s'en alla, prête à aller manger…

Sur le palier, au travers la vitre, Marc discernait la ville, le désert et le ciel noir. Son monde semblait s'effondrer sous chaque pas qu'il faisait. Il avait tellement envie de partir; de se sauver hors de ce trou perdu, partir loin, très loin, loin de cette école de fou, loin de tout, loin de Chuck et de cette misère. En descendant les marches, il s'étonna à s'arrêter devant cette fenêtre et à regarder la lune qui projetait juste assez de lumières pour réussir à éclairer cette nuit noire, pleine de nuages. Quelques élèves s'éloignaient et se dirigeaient en masse pour retourner chez eux, loin d'une école où il y avait eu deux meurtres en une soirée… dont un était par sa main.

Oh mon dieu, qu'est-ce qu'en penserait mon père? se demanda Marc un instant. *Il va m'assassiner, c'est clair.* Pourrait-il tolérer que son fils soit un tueur? *Non... Il va me mettre à la porte... Merde, où j'vais pouvoir aller? Avec personne avec moi, j'suis... j'suis perdu. J'suis foutu, putain.* Que ferait-il de lui? *C'est sûr qu'il m'arrache la tête.* L'accepterait-il ainsi? Comprendrait-il? *Non. Non! NON! Il peut pas comprendre! Déjà qu'il comprend pas que je fasse pas ma chambre une fois sur deux, il comprendra pas pourquoi j'ai planté une foutue batte de baseball dans ma prof d'anglais!* Lui dirait-il de partir et de ne plus jamais revenir? *J'suis foutu! Qui va payer mes études de fac?* Marc se voyait très mal en train de forger sa vie à partir de rien. L'image de lui, une grosse barbe grise au menton, un long bâton en bois dans une minuscule cabane en tôles froissées, le dégoûta. Est-ce qu'un homme peut vivre avec personne pour l'appuyer? J'en doute, pensa-t-il. *Argh, pourquoi j'ai ramené cette putain de prof dans cette putain d'école! Foutue existence de merde!*

Au loin, le temps continuait de filer. Les halos des lampadaires guidaient ceux qui retournaient chez eux. Marc regarda cette vie qui se trémoussait loin de lui. Un oiseau passa devant la lune, inconscient des évènements récents. Il avait l'impression d'être tellement rejeté de tous en ce moment. Il était plus que jamais le fantôme de lui-même. La jalousie le dévora à force de les contempler, eux, ceux qu'il devrait appeler amis tandis qu'ils se rendaient à leur lit douillet. *Moi, je n'ai plus ce luxe-là. Tout ce qui me reste, c'est ma petite personne et moi-même.* Marc observa les quelques téméraires qui se promenaient, bouteille de whiskey en main, dans les rues en ne sachant même pas où ils allaient. *Les étudiants américains typiques.* Marc aurait aimé déambuler avec eux, mais à chaque fois qu'il s'imaginait dehors, il se voyait se diriger vers sa maison où, il le sentait, la colère de son père l'attendrait. Il laissa s'échapper un long soupir.

– Pourquoi est-ce que tu m'as frappée tout à l'heure, hein?

Il tendit l'oreille.

– C'était pas moi! C'était Marc!

– La ferme Chuck! Ne me prends pas pour une putain de conne. C'est toi qui m'a frappé. Pas lui!

– Non, tu comprends pas! Il… il a… euh… il a contrôlé mon esprit… J't'le dit Ember, mon amour, crois-moi. Il a mis le visage de ces monstres sur ton visage et… et j'ai eu peur, tu vois?… Et c'est là que je t'ai frappé… Tu sais que je t'aime… que j'te ferais jamais de mal, bébé, non? Je… J'espère juste que tu sais qu'avec tout l'amour que j'ai pour toi… qu'avec… qu'avec toute l'affection que j'aie pour toi… J'espère juste que tu sais que je ne t'aurais jamais fait de mal. Tu sais que je t'aime, bébé, non? Tu connais la place que t'as dans m on coeur, non? Ember… Em… Ember, attends!

– Va-t'en, Chuck!

– Bébé…

– Tu m'appelles encore une fois bébé et je t'enfonce mon poing dans la figure, Chuck! Arrête… s'il te plaît.

Chuck ne répondit pas et laissa partir sa douce moitié. Marc sourit malgré la tristesse qui l'habitait. Cela devait être une des rares fois où Chuck se faisait si durement remettre à sa place! Marc s'assit dans les marches, espérant presque entendre son rival pleurer. Pourtant, le seul bruit fut celui de ses pas. Marc se figea.

Si Chuck et lui commençaient à s'engueuler, Marc lui casserait la gueule dès le premier mot qu'il dirait. Déjà, il craquait ses doigts dans le creux de sa main. Chuck monta l'escalier et s'installa devant lui sans toutefois arriver à le voir à cause de la noirceur qui nimbait la pièce.

Marc regarda cette paire de fesses sublime qui s'arrêta devant lui. Il sourit. Jamais Chuck n'aurait pu avoir un corps si ravissant.

Marc l'observa dans toute sa splendeur. Il n'avait jamais admiré Ember aussi tragique et aussi belle à la fois. Elle semblait capable de rivaliser avec les femmes magnifiques des grands écrivains comme Shakespeare, Homère ou Racine. Sa beauté atteignait la limite de l'imagination. Elle s'approcha tranquillement de la fenêtre, la tête toujours haute. Si, plus tôt, elle avait marché comme une amazone revenant de guerre désormais elle marchait comme une madone qui venait de voir son fils sur la croix. Elle paraissait exténuée, faible, désespérée. Marc pouvait presque discerner son cœur en lambeaux. Pourtant, dans ses yeux, une lueur brillait. Peut-être ce n'était que le reflet de la Lune, mais Marc y sentit une présence quasi invincible.

Elle s'avançait à petits pas. À un moment donné, elle se retourna vers l'escalier d'où elle arrivait. Son visage était crispé de colère, mais son regard exprimait la plus grande tristesse humaine. Elle semblait avoir mal. Mais, malgré sa solitude, elle ne pouvait consentir à laisser une larme perler sur sa peau. Marc aurait dit qu'elle ressemblait à une personne dont on avait coupé un doigt; qui restait forte, mais qui souffrait en même temps, qui avait trop d'estime d'elle-même pour seulement montrer sa peine, mais dont le corps voulait hurler; déchirer ses poumons pour crier sa douleur. Elle était figée, démolie, mais tenait du moins à paraître debout. Elle était la martyre de sa propre cause, de son amour.

Elle fit face au mur du fond. Elle avait l'air d'hésiter à retourner vers Chuck.

Marc baissa la tête, déçu de voir qu'elle avait toujours de tels sentiments envers son rival.

Pourtant, devant lui, elle hochait la tête comme si elle tentait de se convaincre qu'elle ne devrait pas revenir vers lui, qu'elle avait eu raison de le plaquer ainsi. Son regard vogua partout sur l'escalier, laissant tomber sur chaque marche la touche de tristesse qui faisait briller ses yeux. Elle se tourna vers la fenêtre sans même remarquer Marc et, en un geste malheureux, elle alla s'appuyer contre le rebord tout en poussant un long soupir.

Main au menton, elle devait bien être la plus magnifique représentation de la mélancolie. Sur son visage poétique et merveilleux, plus aucun sourire ne s'exhibait. Son jeans était devenu sale et taché de sang. Aussi crotté que ses cheveux roux maintenant tout ébouriffés. Son air de précieuse bourgeoise avait disparu. Elle était là, à fixer le monde à travers la vitre, exactement à la même place où Marc était quelques minutes plus tôt. Elle était à nouveau la véritable Ember, la pauvre fille née des mauvais parents au mauvais endroit. C'était celle qu'elle cachait à ses amis, celle qu'elle ne montrait que quand elle était seule, celle derrière l'imposante façade, la mascarade, qui se tenait devant lui. Celle belle et sublime. Il comprit alors ce qu'était cette flamme dans ses yeux. C'était elle, tout simplement. C'était la vraie Ember qui prenait vie. Cette lueur verte était l'unique chose qu'elle n'était pas capable d'éteindre et qui dévoilait qui elle était. Marc perdit son sourire en la voyant si triste… en la voyant comme il se sentait en ce moment.

La lumière vint éclairer son visage et la flamme se transforma en un brasier ardent. Elle n'avait surement pas remarqué sa présence, pensa Marc, car le plus étrange des phénomènes se produisit.

Elle s'effondra au sol et la femme fragile derrière le masque de feu commença à pleurer. Les mains autour du crâne, elle pleurait. Marc la dévisagea, ébahi. Combien de temps resta-t-il là, à la fixer? Il ne savait même plus. Les larmes devinrent vite d'énormes sanglots tandis que son chagrin la dévorait. Elle et Marc se faisaient face. Il la contemplait sans dire un mot pouvant, à son aise, admirer à quel point elle était belle quand elle était vraie; quand elle était véritablement elle-même.

Il ne put se détacher d'elle, fasciné, tandis que ses yeux se tarissaient peu à peu. Elle finit par sortir de son chagrin et elle releva la tête. Son regard croisa directement celui de Marc. Ils sursautèrent et elle laissa échapper un cri. Dans ses prunelles, la flamme avait disparu. Les larmes avaient éteint le brasier. La façade était revenue.

Des bruits de pas de course se firent entendre. De l'étage en dessous, la voix de Chuck résonna : « Ember? Est-ce que ça va? »

Il marqua une pause, attendant une réponse. Que le silence. « Ember, béb... euh, mon amour, ça va? »

Ember dévisagea Marc avec un regard noir. Marc hocha la tête et s'apprêtait à la quitter quand elle lui fit signe de se rasseoir. « Oui, Chuck... va-t'en! Je veux... J'veux être seule, va-t'en. »

Marc se releva une fois de plus. *Si elle veut être seule, je ferais mieux de la laisser.* Mais elle lui répondit du même signe avec un regard surpris. Marc se figea. *Est-ce que je devrais y aller?* Il feignit de s'asseoir, mais elle lui indiqua à nouveau de rester avec une étrange ardeur. Il se rassit tandis qu'elle envoyait pratiquement voir ailleurs Chuck. Des bruits de pas qui partaient accompagnèrent Marc alors qu'il s'assoyait.

— Merde, Marc, tu m'as fait une de ses peurs! Qu'est-ce que tu fous ici, dans le noir? Elle marqua une pause pendant lequel elle jeta un coup d'œil dans l'escalier. « Je croyais qu'on t'avait ramené chez toi? »

— C'est drôle... c'est la deuxième fois cette nuit que tu me poses la même question.

Ember le regarda, sérieuse, attendant sa réponse.

« En fait, on a eu la délicatesse de me domper dans le local de science où j'ai gentiment été accueilli par le professeur Starcheskiĭ et ses cadavres... Mais bon. Toi?... Ça va?... Je t'ai, j't'ai entendue te disputer avec Chuck... »

— Tu nous épiais? Son ton n'était plus à la force, mais bien à la gêne, comme prise dans un inconfort qu'elle n'avait pu cacher.

— Quoi, tu rigoles! Tu ne savais pas que c'était mon passe-temps préféré, espionner les disputes de couple de Chuck... Tu devrais essayer un jour. Tu vas voir, c'est é-nor-mé-ment amusant. Tu en apprendrais beaucoup sur ton petit ami... Ha, ha! Non, en fait je... je passais par là... J'retournais tranquillement pas vite jusqu'à chez moi... je crois.

Les deux pupilles vertes le dévisagèrent. Un étrange regard perplexe le scrutait à la recherche de la moindre malice. Il n'y avait plus de bonheur dans son visage. Plus de flamme, non plus. Mais, au moins, la tristesse aussi était partie. Marc déglutit en esquissant un sourire.

— Est-ce que... t'es bien? demanda-t-il après un moment. Elle rabaissa sa garde en lui dévoilant le premier trait d'un sourire.

— Oui... en fait... je sais pas. C'est... c'est ma relation avec Chuck. dit-elle en poussant un long soupir. Discrètement, elle fit glisser ses doigts contre sa joue, et essuya une larme qui perlait comme un diamant. « C'est que… c'est qu'elle… Disons simplement qu'elle agonise. Ça se sent… dans moi, dans lui. C'est con, mais qu'est-ce que je peux y faire. » Nouveau geste nerveux qui balayait un pleur. Elle semblait gênée de savoir que Marc la voyait dans cet état. « Je trouve juste ça triste que… que ça soit plus comme avant… comme au début… Tu comprends? » Marc essaya d'attraper son regard, mais, à chaque fois, qu'ils allaient pour se croiser, elle détournait la tête. « Au début, il était toujours rempli de grandes promesses… Il n'arrêtait pas de me répéter : « Toi et moi, c'est pour la vie. » dit-elle tout en imitant la voix macho de Chuck. « Il me disait que j'étais la plus belle… que j'étais parfaite et tout et tout… Dire que j'ai cru à tout ce qu'il disait… que je l'ai aimé… C'en est presque dégoûtant. »

– Et si il y avait du vrai dans ce qu'il disait?

– Dans quoi?

– Bah, moi, j'crois que t'es parfaite!

Malgré l'obscurité de la cage d'escalier, il réussit à voir qu'elle rougissait, émue par ces douces paroles. Ils s'échangèrent un sourire de la même manière qu'on se donne un premier baiser; discrètement, fébrilement, mue par l'excitation de ce nouveau délice. Marc la contempla tandis qu'elle se relevait et venait replacer une mèche derrière son oreille. Dès qu'elle fut debout, la lune éclaira son visage. Elle semblait presque aussi foncée que ses cheveux. Elle s'enfonça entre ses épaules pour dissimuler sa gêne qui poussait comme une fleur au travers de son armure. Sous ses lèvres, elle cachait son véritable sourire. Du coin de l'oeil, elle remarqua Marc, qui, toujours, la considérait tendrement. Elle se retourna et regarda à travers la fenêtre. D'où il était, tout ce que Marc pouvait apercevoir était son double dans la vitre.

Elle leva la tête et croisa son reflet. Elle le dévisagea. Son sourire s'estompa jusqu'à disparaître totalement. Celui de Marc se dissipa au même moment. Elle perdu, d'un seul coup, toute la rougeur qui colorait ses pommettes. *Son nez cassé.*

Sa tristesse l'emplit. Il ressentait la même peine qu'elle à voir ce nez croche. L'expression de joie avait laissé place à une douleur renouvelée.

– Est-ce que tu crois qu'une fille parfaite aurait le nez cassé? dit-elle en sanglotant.

Marc ne répondit pas. Il la regarda et baissa les yeux, mal à l'aise de dire ce qu'il pensait, car il avait foi dur comme fer en ce qu'il allait révéler.

— J'ai toujours pensé qu'on trouvait la perfection dans l'imperfection des autres. répondit-il en se levant et s'approchant tranquillement.

— C'est dommage que je ne partage pas ton optimisme… Tout ce que je voie, c'est un nez qui est difforme et laid. Tu trouves pas ça affreux, toi?

— Non… rien chez toi n'est affreux. ajouta-t-il en secouant la tête et s'avançant un peu plus. Ils étaient désormais si près qu'il ne leur aurait fallu qu'étendre leur cou pour s'embrasser.

Un long silence suivit, lourd et triste. Marc se sentait totalement nul. C'est tellement dur de réconforter la fille de ses rêves, pensa-t-il. En plus, il était là, à un centimètre d'elle, à un centimètre du baiser de sa vie. Pourquoi sa main ne voulait-elle pas s'étirer vers sa joue et aller la caresser? Il se figea et tout ce qu'elle lui donna en retour fut un mince sourire désolé avant de détourner le regard. Il avait loupé sa chance.

Le moment passa pendant lequel tout fut paisible. Ils ne bougeaient plus. Ember fixait le sol. Marc l'embrassait des yeux, tout aussi immobile qu'elle. La lune berçait leur visage rongé par la fatigue, la peur et la tristesse. C'était un instant tranquille parmi cette journée. C'était l'œil du cyclone, un trou vide au milieu du tumulte. À travers tant d'épreuves et tant d'émotions, un brin de calme faisait un semblant de bien. Dehors, tous ceux qui étaient venus célébrer la fin de l'année scolaire s'en retournaient chez eux. Après le tournant sec de la soirée qui avait transformé le tout en virée en Enfer, Marc et Ember les comprenaient de vouloir partir.

De nouvelles larmes apparurent dans les émeraudes d'Ember tandis qu'elle allait s'effondrer dans les marches des escaliers. Encore une fois, elle se cacha la tête dans le creux de ses mains et recommença de plus belle à pleurer.

— Non, tu dis ça juste pour me consoler! Si t'as pas un moyen pour m'aider… j't'en pris… va-t'en… laisse-moi toute seule… S'te plait, Marc.

Marc s'assit à côté d'elle. Il fut le plus surpris quand elle vint appuyer son front contre son épaule. Il sentit ses sanglots couler sur sa peau. Il mit maladroitement son bras autour de la belle et alla doucement chercher ses doigts qu'elle avait écrasés contre sa tempe. Il les prit et les caressa lentement. Elle releva la tête au moment où leurs paumes humides se collèrent ensemble comme les lèvres d'amoureux. Les petits yeux verts croisèrent ceux de Marc qui la regardaient. Il s'avança jusqu'à son oreille et alla lui murmurer tout doucement : « Fais-moi confiance. »

Un étage plus bas, un visage épiait la scène et regardait les deux corps se coller l'un contre l'autre. Il ouvrit la bouche, écœuré d'une telle vision. Les faibles murmures qui parvenaient à ses oreilles étaient suffisants pour le faire fulminer sur place. Dans sa tête, il planifiait déjà une vengeance. « Vous allez voir... Vous aller payer! Vous allez payer pour tout ce que vous m'avez fait subir... À la fin, vous allez ramper à mes pieds et je vais vous laisser crever... la gueule ouverte en mendiant à mes pieds... vous allez crever! »

◆◆◆

L'air frais était énormément différent de celui des égouts, constata le bras droit.

Il scruta le ciel. Une nuit sans étoile et pleine de nuages. *Parfait pour tuer.*

Il regarda derrière lui et remarqua qu'en seulement vingt petites minutes depuis leur sortie de leur base, ils avaient déjà réussi à capturer plusieurs personnes qui se promenaient dans les rues. La majorité était des étudiants qui furent presque tous envoyés à leur chef en tant qu'offrandes. D'autres avaient été mis de côté... *pour plus tard.*

Il tourna la tête et admira le panier de ce qu'ils appelaient "collation". Il fit fouetter sa langue en sentant l'appétit le saisir encore une fois. *Une bande de grosses larves, gémissantes, bonnes à rien, qui n'attendent rien d'autre qu'un coup de pied au cul.* Ils seraient éventuellement laissés à crever, à s'entretuer ou, encore, ils serviraient de digestif lors d'un futur repas. Il les dévisagea de bas en haut. *Que des muscles mous et des corps graisseux sans âme qui sont gouvernés par l'effroi.*

Il s'approcha du plus costaud du groupe et le prit par la gorge avant de le lancer par terre. D'un coup de patte, il cloua ce ver de terre au sol. Il se pencha et alla appuyer ses deux narines contre le cou frêle du garçon. Il ouvrit grand la bouche. Ses dents se recouvrirent d'une toute petite couche de venin. Dernière seconde avant l'inévitable. Il pleurait à chaudes larmes. D'un coup brusque, il fit entrer et ressortir ses canines dans la jugulaire. Il se releva, le laissant catatonique, et retourna contempler la ville qui sombrait sous son joug. *Je ferai tout pour mon chef.*

Une nouvelle créature arriva à ses côtés. La bactérie dans le poison avait fait son chemin et avait contaminé toutes les cellules du corps de l'enfant. En moins de dix secondes, il était devenu un des leurs. Ils échangèrent un regard. D'un coup de tête, il l'envoya partir en éclaireur pour capturer les quelques dissidents qui n'avaient pas répondu à leur appel.

> *Notre Père, qui est sous les cieux;*
> *Que ton nom soit glorifié;*
> *Que ton règne perdure;*
> *Que ta volonté soit faite sur la terre comme au ciel.*
> *Donne-nous aujourd'hui notre chair quotidienne.*
> *Louange nos meurtres tandis que nous t'immolons ceux qui nous ont offensés.*
> *Et laisse-nous succomber à la tentation.*
> *Délivrez-nous le mal.*
> *Ainsi soit-il.*
> *Amen.*
> *God bless America !*

En contemplant son œuvre; ce génie d'envahissement, il remarqua deux attroupements d'humains qui flânaient dans les alentours. Ils ne semblaient pas savoir le danger qui rôdait tout autour d'eux. *Il est donc temps de leur apprendre.* Le premier, décida-t-il, serait offert à leur grand chef en tant que présent et trophée de guerre. Il imaginait bien leur tête affichée sur les murs. Le deuxième, lui, était composé de jeunes, larges et trapus. Tous les soldats bavaient en les regardant; en regardant leur graisse qui se dandinait de gauche à droite; en regardant leur chair infecte, mais ô combien délicieuse, qui ballotait au rythme de leur pas! *La chair, la chair, la putain de chair... notre foutue seule et unique raison de vivre.*

Il admira un moment ce spectacle comique. Les voir se balancer maladroitement ainsi sous l'effet de l'alcool lui était des plus amusants. Dès qu'il donna le signal, toutes ses troupes accoururent vers les petits groupes. Un fut capturé et emmené dans les buissons avant qu'un autre arrive et en prenne un autre; puis un autre et ainsi de suite jusqu'à ce que tout ce qui reste soit une rue déserte. Les corps terrifiés furent trainés à ses pieds. Ses hommes le consultaient des yeux. Ils imploraient sa pitié. Il demeura aussi froid que leur maître. Il savait qu'ils ne devaient pas leur toucher. De toute façon, ils en avaient déjà mangé deux. Avec autant de bouffe, ils devraient être capables de tenir encore assez longtemps pour être debout toute la nuit. Il leur fit signe d'aller les porter dans les égouts.

Il était l'heure de repartir. Maintenant que ces deux groupes de jeunes avaient été attrapés, c'était le moment de passer à leur objectif principal. Il fixa la bâtisse au loin, celle vers laquelle il devait se diriger. Un sentiment étrange l'envahit. L'excitation d'une bataille plus qu'éminente commençait à remplir chacun de ses muscles. Un état d'apaisement le consuma en entier tandis qu'il fermait les yeux. L'émotion était forte et extatique. *Le goût du sang...* Il se retourna et regarda les prisonniers. Ses guerriers s'arrêtèrent. Qu'un épais silence. Ils ne parlaient plus. Les humains étaient figés de peur. L'air était lourd.

– Uuuunnnnn.

Ils sourirent. Ils jetèrent un des garçons au sol. Ses cris n'eurent pas le temps de déchirer la nuit que, déjà, il était dévoré vivant.

◆◆◆

Il déposa ses ongles à la rencontre de son tibia et sa cheville. D'un geste lent, il lui caressa le revers de la main pour lui indiquer de les laisser où ils étaient. Il déroba son autre main et la mit de la même manière, sur le mollet. Elle alla, dans un mouvement brusque et très rapide, essuyer le coin de ses yeux. Marc reprit les doigts teintés d'une larme du bout des doigts et l'effleura tranquillement dans l'espoir de la calmer. Ils se regardèrent l'instant d'une seule seconde et Marc redéposa la main d'Ember contre sa jambe. Il lui sourit tout en gardant un air le plus sérieux possible. Il ne voulait surtout pas montrer qu'il n'avait aucune idée de ce qu'il faisait… Il lui caressa le menton et le lui leva pour que sa tête soit à la même hauteur que la sienne. Un rictus nerveux trahissait chacun leur visage.

Marc s'approcha d'Ember. Sa joue frottait la sienne. Son nez profita de l'occasion pour humer son parfum. Jamais il n'avait été aussi près de la perfection. Il alla glisser ses doigts dans les cheveux tout démêlés et vint les porter derrière l'oreille de la belle. Contrairement à ce à quoi il s'attendait, ils étaient étrangement glacés. Il aurait cru qu'ils auraient été brûlants comme de la braise, mais non. Une part de lui fut déçue. Il s'approcha et lui murmura tout doucement : « Si tu as mal, n'ai pas peur de serrer. »

Elle lui fit oui de la tête. Ils inspirèrent un bon coup. Il déposa doucement ses doigts sur le nez crochu. À peine avait-il appuyé que déjà Ember serrait les dents. Une petite douleur traversa son mollet à ce moment. Marc relâcha la pression tout en s'excusant. Elle le regarda et lui fit signe de continuer. Quelque part en eux, ils savaient que ça deviendrait insoutenable tôt ou tard. Ils avaient beau s'y préparer mentalement, cette anticipation n'enlèverait jamais totalement la souffrance qui approchait. Ils prirent une grande respiration. L'air était lourd et l'atmosphère pesante.

– Je veux que tu comptes jusqu'à dix, d'accord. Rendu à dix, je vais te le replacer, OK?

Ember ne fit que hocher la tête. Dans la pénombre de la pièce, une unique larme coula le long de ses doux yeux verts et illumina l'obscurité de la cage d'escalier comme une étoile brille dans le firmament. Marc remit ses doigts contre son nez. Il ressentit du coup une douleur au mollet. Après un instant, elle finit par commencer à compter très lentement. À peine avait-elle dit "deux" que, déjà, sa voix la trahissait et laissait voir en elle la crainte et la peur.

Il la regarda; elle, dont la beauté éclairée par le lampadaire extérieur vint l'aveugler. Graduellement, il s'habitua à ce divin visage. *Magnifique!* « 3... »

La douleur le ramena sur terre. Déjà, elle commençait à serrer le mollet. Elle le tournait dans un sens puis dans l'autre entre ses doigts moites comme s'il aurait été une vulgaire guenille.

– 4... 5...

L'entendre compter lui rappela qu'il devait replacer le nez. Pourtant, lorsqu'il déposait ses yeux sur elle; sur cette sylphide[7] des

---

[7] *N.D.A.* dite sous la forme soutenue, une sylphide devient une femme idéale.

temps modernes; il semblait capable d'identifier chaque imperfection dans les pores de sa peau qui faisait d'elle son idéal de la beauté et qui le laissait croire qu'elle était une créature des merveilles que nul ne connaissait. Il avait le sentiment qu'il se tenait devant un des plus grands trésors de l'homme. Quand il la regardait, il avait l'impression d'y voir la Vénus naissant des eaux de Botticelli, mais en dix; vingt; cent; mille fois plus magnifique. Aucune madone n'était aussi belle, peu importe quel éminent artiste l'avait peinte. Il n'y avait ni mots, ni couleurs, ni notes de musiques qui pourraient représenter ce moment qu'ils vivaient. Personne ne pourrait exprimer si fidèlement la beauté que celle personnifiée par son visage à cet instant précis. C'était beau. C'était ça, la beauté. Son cœur recommença à battre la chamade. *Bo-boum! Bo-boum! Trobo-boboum!*

Les ongles d'Ember plongèrent indélicatement dans sa jambe. Ses yeux s'ouvrirent grand en les sentant pénétrer dans le muscle. À son tour, il serra les dents tandis qu'il était forcé d'appuyer davantage sur son nez.

– 6… 7… 8…

Ils s'infiltrèrent directement dans sa chair. Plus elle écrasait son mollet et plus Marc avait la douloureuse impression que son cerveau était en feu et qu'il s'apprêtait à exploser si elle les enfonçait encore d'un millimètre dans sa peau. Son supplice tordit sa figure en entier – dans une expression que plusieurs auraient pu considérer comme comique étant donné la grimace qu'il fit.

Face à lui, le visage clair de la jeune fille était éclairé par plusieurs sanglots. Quand il la voyait ainsi, il avait le goût d'en faire autant. Autant à cause de sa jambe qui lui faisait un mal de chien que parce que ça le peinait de la voir dans cet état. Pourtant, il se retint. Il voulait avoir l'air fort devant elle. Mais, malgré tous les efforts, Marc ne put contenir la larme qui tomba sur le sol lorsqu'un filet de sang coula le long de sa cheville.

– 9… 10!

KLACK!

Ember lâcha un cri terrible quand Marc poussa de toutes ses forces sur l'os du nez. Il appuya sur ce petit bout dur et serra du plus fort qu'il pût. Il le sentit dévier, puis, dans un "*CRUNCH!*" désagréable à entendre, il alla se replacer plus ou moins dans le milieu de son visage. Ils laissèrent sortir un grand soupir de contentement et de délivrance. Comme l'aurait fait une fine brise, le souffle chaud d'Ember vint lui balayer la nuque tandis qu'elle s'enfonçait dans le creux de son cou. Il avait réussi!

Elle pleurait désormais à grosses larmes. Tout en en essuyant une qui perlait sur sa joue, elle se serra contre le bras d'un Marc plus qu'heureux de ne plus avoir des ongles de plantés dans le mollet. Malgré tout, il avait toujours le sentiment qu'ils y étaient et qu'ils continuaient de plonger dans sa chair. Il essaya de remuer sa jambe, mais, pour le moment, ses muscles étaient si raides qu'ils n'étaient pas capables de les bouger.

Par contre, il arrivait à sentir Ember, enlacée autour de lui, qui recouvrait son t-shirt de ses sanglots. En un brusque coup d'œil, Marc remarqua, sur sa cuisse, dix petites traces rouges qui dégoulinaient de sang. Long soupir. Il se tourna vers elle. Il n'y avait plus aucune douleur. Il n'y avait qu'eux. Dans ses yeux, une flamme resplendissait à nouveau. Ils se sourirent comme deux amants après leur premier ébat; tendrement, doucement, avec l'impression d'être invincible dans leur méfait.

– Snif… C'est pas vraiment… l'anniversaire de rêve… que je souhaitais. dit-elle tout en retournant pleurer dans le creux de son épaule.

– Je pense que personne n'aurait voulu que ça finisse ainsi.

– Ça finit quand même bien pour le moment.

Ils relevèrent la tête en même temps. Pendant un instant merveilleux, ils échangèrent un nouveau regard. Si seulement Marc avait pu figer le temps, il aurait contemplé éternellement ce visage parfait; cette lèvre qui s'étirait dans la forme ensorcelante d'un sourire amoureux; ces yeux entourés d'un halo détruit de mascara noir; ses iris aussi verts qu'une forêt dans laquelle, à chaque fois que Marc y mettait le pied, il allait se perdre.

Il s'approcha d'elle et la serra dans ses bras. Son parfum l'enivra. *Exotique. Un parfum d'épices.* Ils étaient si près qu'ils pouvaient entendre la faible respiration et le cœur de l'autre battre. Le son des deux cœurs qui battaient à l'unisson était étrangement poétique et romantique. Ça ressemblait presque à une marche nuptiale accompagnée de percussions et de cors.

Ember ferma les paupières, savourant le moment pendant lequel il n'avait plus rien. *Rien ne s'est passé aujourd'hui. Aucune personne n'a été tuée. Il n'y a que nous deux, enlacé ensemble.* Ils étaient là, dans ce microcosme loin de tout, en dehors du temps et de l'espace. Ils étaient partout et nulle part à la fois. Au-delà de cette fenêtre, c'était le néant. Qu'un vide interstellaire. Ici, tout n'était que le fruit de leur amour, cette douce fragrance qui parfumait l'air. C'était un monde beau, illuminé par la lumière de leur visage jeune et innocent. Ils étaient Adam et Ève et cette cage d'escalier était leur jardin d'Éden.

Elle l'aimait.

Sans hésitation, sans gêne et sans limites.

Elle l'aimait autant qu'elle avait aimé Chuck.

Mais, sans pouvoir savoir pourquoi, Ember pensa immédiatement à ses copines. Elle se surprit à prendre plaisir à s'imaginer le moment où elle leur dirait qu'avec Chuck tout était fini, que, maintenant, c'était Marc et lui seul qui régnait sur le royaume de son cœur. Elle voyait déjà leurs réactions s'afficher sur leur figure étirée dans la forme de la béatitude ou du plus pur étonnement. *Quelques-unes vont être dégoûtées. Surement Alex et Diem; elles l'adoraient tellement. Amy aussi l'aimait bien... comme tout le monde finalement... mais Amy me laisserait jamais tomber à cause d'un gars. Peut-être même que quelques-unes vont arrêter de faire semblant d'être mon amie et vont enfin me foutre la paix pour aller véritablement vers Chuck. Quoique, à l'heure qu'il est, il doit sûrement avoir trouvé une nouvelle muse à qui répéter ses conneries.* Ses amies en seraient surprises. *Encore là... la surprise est un mot faible.* Mais la pensée d'être avec Marc lui donnait la force, cette invincible puissance, ce pouvoir de tout surmonter. Elle se délecta, dans l'instant d'un clignement de cils, de la réaction qu'elle s'imaginait en leur annonçant qu'elle était avec quelqu'un comme Marc; un type complètement à l'opposé de celui de Chuck. Un frisson de plaisir hérétique la prit. Elle se sentait comme une écrivaine – une sorte de Jane Austen lubrique – qui publiait secrètement une œuvre sur l'amour débridé, mais vrai et qui savourait, en traversant une rue de Londres, ce partage des rires de quelques femmes qui lisaient son roman frivole tandis que de hauts bourgeois dévisageaient ces impies avec dégoût. En elle, elle savait qu'elle avait fait le bon choix.

Elle trouvait plutôt décevant que les visages soient ainsi biaisés. Le prince charmant; le beau, le merveilleux; n'était rien de moins qu'un trou de cul. Celui qui avait l'air d'un mauvais garçon, qui se dissimulait sous ses traits sombres, n'était rien d'autre que quelqu'un de digne, de serviable, de gentil, d'aimant. C'était le truand au cœur d'or et le noble salaud. Et elle valsait entre eux au milieu.

Elle le regarda tandis qu'il allait, dans un long mouvement de caresse, câliner ses cheveux comme s'ils étaient les plus magnifiques trésors sur lesquels un homme pouvait mettre les yeux. Elle l'admira et analysa chaque tissu qui recouvrait sa peau. Il n'était pas du genre à suivre la mode comme elle ou comme Chuck. Elle contempla ce t-shirt plus noir que noir dans l'obscurité. *Nirvana.* Elle adorait secrètement Kurt Cobain. Nirvana. *Le paradis. Et pourquoi pas l'instant présent?* Nirvana. *La perfection. Lui!* Plus elle y pensait, plus elle se disait qu'il avait encore moins le même genre d'amis qu'elle. Tant mieux! Ses copines auraient surement peur de lui, de sa musique rock et de ses amis dérangés socialement. Elle sourit en le sentant raffermir son étreinte autour d'elle. C'était le plus beau moment de sa vie. Elle se rappela alors qu'une des ex à Chuck – elle ne se souvenait plus laquelle et, franchement, elle s'en foutait royalement – avait un jour poussé qu'il n'arrivait pas à la cheville de Chuck côté style, mais – et peut-être que c'était ça qui l'attirait tant chez lui – elle l'aimait, quasiment instinctivement. Son souffle doux comme une cuillérée de miel vint caresser sa nuque. Elle se blottit davantage contre lui simplement pour l'entendre encore renifler ses cheveux. Elle s'enfonça dans ses bras. Le son de friction entre leurs vêtements lui fit penser au son du ressac de vagues.

Une idée lui traversa soudainement l'esprit, une envie folle, presque impossible à ne pas y résister, à y succomber. Ça entraînerait un raz-de-marée dans leur vie, mais les choses qui changeraient lui feraient du bien et elle le savait. À lui aussi. En fait, elle l'espérait. C'était des choses qu'elle voulait changer de toute façon. Ils avaient tous deux fini l'école. Plus rien ne les retenait ici, à Mead's Cliff. Ils étaient libres comme deux oiseaux amoureux. Elle s'imagina avec Marc, dans une belle maison en rondin sur le bord de la plage de la côte, seule avec lui. Elle se voyait déjà, nue, les pieds dans le sable, s'endormant avec un roman arlequin (qui n'arriverait pas à la cheville de leur idylle) à la main. Marc était couché près d'elle, les cheveux bercés par les vagues. Il se lèverait, s'avancerait vers elle et mettrait tendrement ses doigts contre sa joue avant d'aller les porter derrière son oreille; répétant le même mouvement qu'il faisait en ce moment; et venir l'embrasser. Elle sentit en elle cette vibration à la pensée de cette image; de cette impression, cette texture, ce baiser. Elle ressentit ce vibrato dans son estomac qui sembla faire retentir toute sa cage thoracique de son nombril jusqu'à sa gorge. Étrange sensation adorable.

– Qu'est-ce que tu... elle expulsa tout l'air hors de ses poumons et marqua une pause. En un geste nerveux et gêné, elle se lécha ses lèvres. Elles étaient sèches comme le sable. « Qu'est-ce que tu dirais si, toi et moi, on partait pour la côte... y'aurait... y'aurait juste toi et moi... au moins pour l'été. On laisserait nos vies derrière nous et on commencerait quelque chose de nouveau... sans Chuck... sans Freddy, sans Amy... sans personne d'autre... Que toi et moi... rien d'autre. »

– Tu laisserais Chuck pour moi? Tu laisserais Mead's Cliff pour moi? dit-il ébahis, le cœur soudainement léger.

– Je laisserais tout pour toi! lui confia-t-elle.

Marc la dévisagea. Il avait le goût de pleurer. *J'y crois pas!* Il vit, dans les yeux d'Ember, la braise devenir une flamme et augmenter jusqu'à être le brasier ardent de la tentation. Ember McNaghan se tenait devant lui dans toute sa grâce. Elle était l'arcane même de la splendeur. Elle semblait être une relique d'un paradis oublié ou il n'y avait que ça; que ce magnifique visage qui donnait à tout homme l'envie d'en tomber amoureux.

Ils s'approchèrent pour "retenter" de s'embrasser. Ils s'apprêtaient enfin à presser leurs lèvres quand la boîte de Pandore s'ouvrit. Un si beau mal. L'espoir de Marc resta pourtant enfermé. *Peut-être à jamais.*

Un cri de terreur venant du rez-de-chaussée déchira le calme de leur romance et se propagea à travers toute l'école.

Marc et Ember se détachèrent un instant. Leur monde s'était effondré. Ils étaient de retour dans cet endroit triste et laid qui s'appelait malheureusement réalité. Ils se lancèrent chacun un regard désolé avant de partir en courant.

♦ ♦ ♦

Jim quittait la fête en compagnie d'une douzaine de jeunes de son âge. Ils étaient tous bourrés comme une botte et ils étaient tellement "pété" qu'ils étaient à peine capables de se tenir debout tandis qu'ils avançaient en zigzaguant sur le chemin les menant à Holy Road. Les rires s'échangeaient de tous les côtés. Les joints suivaient cette même démarche.

148

Certains, en chemin, s'arrêtaient, commençaient à vomir entre deux phrases sans queues ni têtes et allaient par la suite s'esclaffer avant de reprendre leur route et continuer leur absurde conversation sur les sens de la vie. Jim discutait avec son ami en lui expliquant à quel point il avait transcendé les voix de la nature pour devenir le *American Poet*.

À mi-chemin, alors qu'il lui prouvait ce qu'il avançait en chantant « *The Unknown Soldier* » il se retourna et le dévisagea avec un air béat. *Mais merde... Tes pupilles sont tellement GGGRRROOOSSSSSSEEE!* L'instant d'après, Jim était penché et recrachait un brulant jet de vodka au sol.

Derrière lui, les exclamations de plusieurs le firent passer au rouge. Il entendit une fille crier « Connard! » tout en riant. Il la dévisagea de bas en haut. *Comment osait-elle le traiter ainsi?! La salope!* Il s'avança en claudiquant vers elle. Tout le monde se bidonnait. Il la saisit par les cheveux et l'embrassa, imposant sa langue entre ses lèvres avec férocité. Ils se détachèrent chacun l'un de l'autre. Jim leva les bras en signe de victoire tandis qu'elle allait vomir dans une poubelle publique.

– C'est qui le connard, maintenant! hurla Jim.

Les poings dans les airs, il croyait être la personne la plus puissante sur terre. Il tomba à la renverse et s'étendit de tout son long dans l'herbe. Lui et la fille, accompagnés du reste de la troupe, commencèrent à rire comme ils n'avaient jamais ri. Après une éternité, où tout ce qu'ils firent était se bidonner, Jim se releva, presque exténué. Il repartit vers Holy Road, mais, dès qu'il se retourna vers la rue, une figure, grande, large d'épaules et plus noire que l'obscurité se dressa devant lui. Dans la pénombre de cette nuit, il était à peine apercevable. Tout ce qui resplendissait était deux flammes complètement blanches sur son visage.

– Hey, *man,* tu veux-tu du hasch? demanda Jim en levant vers lui son sac ziploc.

Au même moment, la lune sortit des nuages. Elle éclaira le geste que Jim ne vit que trop tard et qui fut également la dernière chose avant que sa tête ne tombe au sol suivi de peu par son corps sans vie. Partout autour, les jeunes commencèrent à fuir. Ils hurlaient, effrayés, et se sauvaient dans tous les sens.

Le monstre les regarda avec amusement.

Les drogues dans leur sang les faisaient courir d'une manière ridicule qui ressemblait étrangement à une sorte de danse s'approchant du dubstep ou du hip-hop... ou à la course d'un poulet sans tête.

Le colosse leva sa main maculée de rouge. D'un coup, ce signal avertit ses hommes de sortir hors de leurs cachettes et de fondre sur leurs impuissantes victimes. Tous; un par un, ils succombèrent à leurs attaques sans merci. Plus de pitié pour ce soir, pensa-t-il. Ils en capturèrent quelques-uns qu'ils placèrent dans le groupe d'offrande. Il observa ses troupes mettre les larves dans le panier, avec les autres. Un sentiment de félicité l'envahit. Il se retourna pour admirer la forteresse qu'il s'apprêtait à écraser quand ses yeux tombèrent sur quelque chose. Une fille. L'expression sur son visage l'emporta. Il la dévisagea de haut en bas tandis qu'elle faisait demi-tour et se retranchait dans ses fortifications. Il la regarda déguerpir, entrer en hurlant. Son cri fit vibrer toutes les cordes de son âme d'une note puissante. L'excitation. Un des éclaireurs s'approcha de lui et, d'un grognement, lui demanda pourquoi il l'avait laissé partir.

– Plaiiisssiiirrr deee laaaa chaassssseee!

Le chef de la meute lâcha un râle sonore. D'un coup, toutes ses troupes se ruèrent derrière lui et formèrent une ligne parfaitement droite face à l'école. Selon eux, il ne restait aux humains qu'une heure à vivre. Ils se retirèrent dans l'obscurité, prêts à tuer.

◆◆◆

Marc et Ember sautaient de palier en palier. Leur cœur battait la chamade. *D'où est-ce que ça venait?!* Tout en descendant les marches, ils croisèrent plusieurs personnes qui, comme eux, se précipitaient vers la voix qui semblait avoir vu le diable.

Elle n'avait peut-être pas vu le diable, mais c'était tout comme...

Arrivés au rez-de-chaussée, une foule s'était déjà amassée devant la porte. Ils encerclaient la pauvre terrorisée. Couchée au sol en une minuscule petite boule, elle tremblait comme une feuille morte à l'automne.

Marc y reconnut Kristen. Tout en sachant qu'il n'était aucunement lié à cette histoire, il sentit tout de même une pointe de remords en la regardant qui pleurait toutes les larmes de son corps.

Il s'en voulut d'avoir refusé son invitation à danser. Quand il se fit bousculer par quelques curieux, il sortit de ses rêveries.

Il se retourna pour glisser un mot à Ember quand il remarqua son absence. Elle avait disparu, et ce moment avec elle aussi. Il ne put que regretter de ne pas l'avoir embrassé. Il releva la tête et la vit, complètement à l'autre bout de la pièce, avec ses amies qui s'étaient attroupées dans un coin. Elle était avec Chuck. Marc serra les poings en les voyant ensemble tous les deux. Kristen devant lui, qui chialait sa vie, ne l'intéressait plus. Il n'y avait que cette interrogation qui tracassait son esprit tandis que le salaud là-bas posait son bras autour d'elle : *Est-ce que tout ce qu'elle m'a dit n'était que du vent?* Pendant un instant, il détesta les femmes parce qu'il ne les saisissait pas. Finalement, Marc aperçut Freddy et s'empressa d'aller le rejoindre.

« Que s'est-il passé? » C'était LA question sur toutes les lèvres. À peine quelqu'un finissait de la demander que deux autres s'y mettaient à leur tour. Aussi pesant que l'air ambiant, la continuelle réponse du *"Je ne sais pas!"* fusait d'un bord comme de l'autre.

Dès que Kristen s'arrêta de trembler et qu'elle sombra dans une longue inertie, tout le monde se raidit, plus personne ne parlait. C'était comme si ses tressaillements auraient été le moteur du désarroi de la foule et qu'il vivifiait leurs paroles. Tous les yeux étaient rivés vers elle et attendaient un nouveau mouvement pour recommencer leur vacarme maintenant qu'elle était immobile.

Son maquillage sombre avait coulé et c'était répandu sur tout son visage. Elle semblait avoir deux trous noirs de chaque côté du nez; deux gouffres de misères et de peurs. Elle ne pouvait s'ôter la vision de Jim qui "perdait la tête". Elle visualisait sans arrêt le jet rouge qui giclait dans les airs tandis que Jim tombait au sol. Elle se souvenait de la tête qui roulait jusqu'à ses pieds, du sang qui venait arroser ses chevilles.

Elle hurla.

Parmi la foule, tous furent pris d'un sursaut. Les quelques mots qui réussirent à s'extirper hors de leur bouche fut : *"Oh mon dieu!"* ou encore un *"Putain de merde!"* épris de frayeur.

Morte de fatigue, couverte de vomissures, elle tentait de raconter ce dont elle avait été témoin, mais, à chaque fois qu'elle essayait, à peine l'esquisse d'une syllabe sortait.

La peur l'empêchait de dire quoi que ce soit. Pourtant, Marc avait le pressentiment qu'il savait ce qu'elle avait croisé. Il le sentait dans ses yeux. Il espérait seulement que ce n'était qu'une mauvaise farce que quelques idiots avaient faite à cette pauvre fille. *Mais une blague n'irait jamais aussi loin que ça...*

Finalement, les vertiges de Kristen l'emportèrent au moment où elle tendait la main vers quelqu'un. Scène extrêmement caricaturale, selon plusieurs, mais le jeu était si vrai que personne ne doutait. Elle avait véritablement aperçu quelque chose – ou quelqu'un. Après l'avoir vue trembler comme si elle avait rencontré la mort, la voir inconsciente ne surprenait plus personne et, en fait, cela enlevait un poids de sur leurs épaules.

Personne autour n'osait la toucher. Si elle avait eu la bactérie mangeuse de chair, les gens auraient surement été plus enclins à s'approcher. Mais pas là. Pas après ce numéro de folle possédée. Tout le monde semblait – pour être plus exacte : tout le monde était – terrifié par cette jeune adolescente sans connaissance. Plusieurs se lançaient des regards inquiets. Certains se disaient qu'elle allait se transformer en un de ces monstres. Marc redoutait cette pensée. Il ne voulait plus jamais avoir à faire face à une bête aussi terrible.

Plusieurs secondes passèrent sans que personne ne bouge. Tout était figé comme sur un instantané. Certains, pris sur le moment, avaient les yeux fermés, d'autres avaient la bouche entrouverte tandis que quelques-uns étaient saisis sur le fait entre deux syllabes ou avaient une expression monotone, prisonnière du marbre comme un David. La stichomythie de cette photo était étonnamment horrible et aurait pu invoquer un quelconque poème symboliste qui désignerait l'horreur comme une beauté. Tellement laid que ça en devient joli. Une Fleur du mal.

C'était un portrait de la peur, du dégoût et de l'affolement. Une magnifique peinture faite sur un fond d'humain qui représentait l'homme contemporain dans toute sa frayeur, dans tout son abject quand, cellulaire à la main, il préférait mettre à jour son statut Facebook plutôt que de secourir une pauvre fille catatonique.

C'était la triste vérité des temps modernes, l'homme n'était plus qu'un résidu mou et égoïste, qu'une créature sans colonne qui ne pensait qu'à lui en premier. Mais ils pouvaient bien essayer d'appeler et d'envoyer des SMS à qui voulait les écouter, ils n'avaient plus de réseaux.

Après ce moment d'immobilité parfaite, deux jeunes qui devaient forcément connaître Kristen vinrent à son chevet pour l'emmener. Ils se postèrent chacun d'un côté de l'adolescente, la prenant sous les jambes et par son dos pour faire une sorte de chaise avec leurs bras. Ils la levèrent un peu quand, comme mue par un élan d'adrénaline, elle sortit de son inconscience.

Elle releva la tête. Ses yeux étaient complètement blafards. Marc était désormais certain qu'elle allait se transformer! Il s'apprêtait à sauter sur elle quand plusieurs se mirent devant lui. *Tassez-vous! Tassez-vous!* Il poussait du coude alors qu'elle commençait à râler comme une bête. *Elle se transforme, merde!* Il la regarda tandis qu'elle s'agrippait violemment aux cheveux des deux garçons et qu'elle tirait. *Non. Non! NON!* D'où il était, il voyait ses pupilles révulser, la bave coulée sur son menton. *Elle se transforme!*

Pourtant rien n'arriva. Le murmure passait que ce n'était que les effets des drogues qu'elle avait consommées et le mélange d'alcool qui revenait et la frappait.

Marc n'était pas convaincu.

Elle lâcha un long cri digne d'un exorcisme. « Un homme… grand… noir… sorti de nulle part… tuer… t'le monde… Du sang… Du sang partout… partout… partout… Du sang!

Ce fut tout ce qu'elle réussit à dire avant de rechuter dans sa léthargie et ce fut tout ce qui prit pour que la foule retombe dans son hystérie. Parmi les jeunes, un son semblable à celui du ressac des vagues se souleva. La vague se transforma rapidement en un tsunami de charabia où s'entremêlaient les différents éclats de stupéfaction. Tous, un par un, allèrent s'écraser avec une incontrôlable puissance contre des rochers dans une mer tourmentée. *Rochers humains. Mer de sirènes, pleines de menaces.* De nouveaux « *Oh mon dieu!* » ou encore des « *J'la crois pas!* » ou alors des « *C'est impossible.* » s'échouaient inlassablement contre les phares de l'ouïe.

Deux garçons la saisirent avant de la traîner jusqu'à la cafétéria. Tout le monde était estomaqué. Dans un silence plat, tous la regardèrent comme on admire un cortège funèbre s'éloigner dans l'horizon du boulevard des allongés, en sachant très bien qu'il part en nous enlevant quelque chose que l'on ne reverra plus jamais.

Cette fois-ci, il partait avec la raison de cette fille.

Un homme avait tué ces personnes. Pour certains, tout ceci n'était que le délire d'une folle ou une tentative saugrenue pour attirer l'attention. Pourtant, pour les autres qui avaient été témoins des événements de ce qui avait fait de cette soirée une véritable catastrophe, ce n'était qu'une créature de plus qu'il fallait ajouter au répertoire qui avait comblé cette nuit de la mauvaise manière.

Pour tous ceux qui n'avaient pas été convaincus de ce que cette pauvre gamine disait, ils changèrent assez vite d'avis quand quelqu'un poussa un hurlement. Marc se retourna et vit Amy, l'amie d'Ember, qui pointait la rue, une main sur sa bouche, les pupilles aussi grosses que des mandorles. Il sentit un rapide coup de vent tandis que Freddy plongeait pour aller sauver sa belle. Devant elle, suivant le tracé de son doigt, ils aperçurent une ligne composée de grandes ombres. Tout ce qui resplendissait était une flamme dans leurs yeux, une sorte de lumière vive.

Tous les élèves, un par un, adoptèrent la même expression d'Amy : la frayeur. C'était irréel. Ils vivaient un véritable cauchemar.

Au loin, les lampadaires éclairaient faiblement ces créatures du royaume de l'effroi. Dans la mi-pénombre, on ne pouvait leur distinguer que le trait d'une silhouette, que l'esquisse de leurs bras musclés, de leurs épaules larges et de leur stature de titan. Ils ne percevaient que leurs orbites blanches comme neige qui leur lançait des regards meurtriers.

Plusieurs allèrent se poster devant la porte et fixèrent ces bêtes qui, comme des statues, ne bougeaient pas d'un poil. Comme des enfants attendant le père Noël au bord de la fenêtre, les étudiants scrutaient le décor. Pourtant, contrairement à ces enfants, ils n'attendaient pas l'arrivée du joyeux luron, mais attendaient plutôt le départ des envahisseurs.

Quelques-uns commencèrent à paniquer. « Qu'est-ce qu'on fait dans ce temps-là? Qu'est-ce qu'on doit faire quand on est pris au piège dans notre propre école? » Plusieurs suggérèrent qu'ils devraient couper par les champs les entourant jusqu'à ce qu'ils atteignent la rue et réussissent à appeler à l'aide. Plusieurs s'opposèrent rapidement, protestant que si ces choses les mettaient en chasse, ils étaient foutus et, qu'après tout, ils les verraient surement sortir. « Oui, mais pas par la porte de derrière! »

Quand des taches blanches, pareilles à celles sur le visage de ces monstres, apparurent dans les haies entourant l'école, les élèves surent qu'ils étaient condamnés.

D'autres pensaient – espéraient plutôt – que ces oppresseurs se lasseraient et partiraient bientôt. Cet espoir futile fut rapidement discrédité par des protestations, des excès de colère et par le langage grossier des jeunes qui s'envoyaient tour à tour chier. Dans son coin, tout ce que Marc parvenait à voir était cette chevelure qui évoquait en lui la traîtrise et qui valsait au gré de la peur à l'autre bout de la pièce. Certains s'étaient rassemblés. Marc, quant à lui, se séparait des siens. Plusieurs pleuraient – les filles, surtout, même si quelques garçons s'y donnaient également. D'autres, après s'être engueulés avec leurs amis, avaient commencé à se bagarrer. Les poings étaient une singulière preuve que, dans des moments de tension, tous faisaient n'importe quoi. Certains, plus croyants, priaient, les mains collées ensemble, à la hauteur de leur visage. Qu'un chuchotement sortait de leurs lèvres pratiquement scellées. D'autres avaient les bras en croix et plaidaient au Saint des Saints de leur venir en aide alors que d'autres, se pensant probablement au Mur des Lamentations, avaient la tête d'appuyer contre le mur et murmurait au vide. Un murmure qui disait « *Aidez-moi, sauvez-nous!* »

À travers les élèves, c'était le désordre total. *Personne ne viendra nous aider.*

– Pourquoi on n'envoie pas Marc voir ces choses! cria une voix parmi la mêlée.

Le silence revint.

Plat et lourd.

En dehors de l'enceinte de l'école, que le bruit du vent. Long souffle interminable et éreinté. Tout le monde commença à s'échanger des regards. La plupart des yeux étaient braqués sur Marc. L'autre part était accrochée au collet de ce spectateur tardif. Cet inconnu s'avança pour lui faire face. *Confrontation.*

Il marchait lentement. Ses pas semblaient teintés de l'insolence de son être. *Mépris.* Tout en se frayant un chemin dans la foule, il dit : « Après tout... c'est lui le plus expérimenté en la matière! » *Et arrogance.*

Tel un prince déambulant sur son char de prestige, il progressa au travers de ses amis qui se tassaient devant lui. Ils baissaient pratiquement la tête face à son aura de fausse somptuosité. Il n'en manquait vraiment pas beaucoup pour qu'il se mette une couronne et qu'il marche, paumes vers l'avant en vociférant des « Oyez, oyez! »

De sa démarche jusqu'à son regard, tout son corps semblait crier haut et fort qu'il était la "*Vox populi, vos Dei*". Il s'approcha jusqu'à ce qu'il soit pratiquement collé sur Marc. Discrètement, Chuck lui dit à voix basse : « Tu veux te prendre pour moi pour une journée et avoir ton petit bout de popularité? Vas-y, j'men fiche! Tu veux me piquer Ember? Elle compte plus pour moi depuis que j'l'ai défoncée pour la première fois! Mais par contre… tu pourras jamais être comme moi Marc, aussi bon… alors, profites-en le temps que ça dure! Fais ton show. »

– T'es qu'une merde Chuck! dit Marc sur un ton aussi sec que celui que Chuck avait utilisé.

– Je suis d'accord avec l'idée de Chuck. dit quelqu'un dans la foule.

Moment. Intense silence.

Marc était gelé, frigorifié par ces paroles. Il se retourna et fixa le garçon. *Jude. Le meilleur ami de Chuck.*

Une deuxième voix se souleva.

Un froid glacial envahissait la pièce, digne de l'enfer celtique. Marc avait un mauvais pressentiment.

Puis une troisième, suivi par une autre; puis encore une et ainsi de suite, jusqu'à ce que Chuck ait rallié la majorité de l'école à son plan de sacrifier une personne à ce je-ne-sais-quelle-atrocité.

Il recula et s'éloigna de Marc pour aller replonger dans son public. Dans un mouvement de victoire, il leva les bras vers le ciel tout en baissant le regard vers Marc. Il avait gagné. Ils avaient condamné un des leurs à crever comme un chien.

Marc était foutu. *Puis ce sera leur tour.* Ils étaient foutus.

La mort vint lui caresser l'échine. Non seulement tout le monde était contre lui, mais le sourire qu'affichait Chuck tandis que tous prenaient son parti était comme s'il enfonçait le fer dans sa plaie. Il la sentit raffermir sa poigne contre ses os. Marc tourna le dos à l'humanité qui l'avait damné et dévisagea sa propre fin de l'autre côté de ces murs. *Mourir.* Marc contempla les monstres. Ceux à l'extérieur et ses véritables bourreaux. La mort lui ouvrit cordialement la porte.

Au loin, le regard de ces choses semblait si impassible. *Indistinct.* Marc n'y voyait que la rage.

Il se retourna. Derrière lui, la mort refermait et le laissait seul. Il était foutu. Chuck avait gagné.

Il lui lança un dernier coup d'oeil. *Désespoir. Peine. Misère.* Chuck perdit sa joie et se crispa. *La peur.* Sur son visage. Sur celui de Chuck. Il hocha la tête comme pour lui souhaiter bonne chance.

Aucune malice. Aucun scrupule.

Bonne chance. Simplement.

◆◆◆

Devant lui; une menace inconnue. Plus nombreuse. Beaucoup plus costaude.

Presque soixante-quinze monstres cannibales en une parfaite ligne droite devant lui. Marc était laissé seul, sans arme, à même la gueule du loup.

Daniel, pris dans la fosse aux lions, en aurait fait autant dans ses shorts.

Marc s'avança. *C'est idiot.* pensa-t-il. *Qui marche volontairement vers sa mort?* Pourtant, il fit un autre pas comme si quelqu'un le poussait dans le dos.

Il était foutu. Quelque part au fond de lui, il savait que c'était Chuck qui le forçait indirectement à continuer.

Il s'approcha encore une fois vers sa fin. À mi-chemin, il croisa un lambeau étrange. Marc s'empêcha de lorgner ce que c'était. Il fit encore quelque pas quand il sentit son pied s'enfoncer dans quelque chose d'extrêmement collant et gluant. Sans même jeter un coup d'oeil, il devina ce que c'était. Il eut un brusque haut-le-cœur. *Argh... beurk!* Au loin, il aperçut un corps dont la tête séparée traînait surement non loin. Marc tourna la tête et, par un malheureux hasard, son regard alla tomber sur le morceau manquant, à quelques pieds de lui.

Vertiges. Sa vision devenait floue. Les formes étaient de plus en plus indistinctes dans le noir. Silhouettes et cadavres n'étaient plus que les mêmes. Marc chancela.

Quelques mètres devant lui – mais juste assez proche pour qu'il perçoive l'odeur de charogne en décomposition –, des restes humains qu'il ne différenciait même plus. Un visage semblait être dépouillé de toute chair. Sans savoir, il pensa tout de suite que c'était le sien. Comme Luke Skywalker dans la grotte sur Dagobah qui se reconnaît au travers du masque de son père. Un profond dégoût l'envahit en voyant la bouche ouverte. *Putain de merde...* Éparpillés ici et là, des tronçons de corps. De la peau à moitié dévorée accompagnée d'os couverts de sang.

Il balaya avec une incroyable frayeur les alentours. Devant lui, la foule d'ombres aux yeux clairs le dévisageait, impassible. Derrière lui, la foule d'élèves qui l'avait envoyé à sa mort. *Aucune échappatoire!* Il était foutu.

– Qu'est-ce... Qu'est-ce que vous nous voulez?

Sa voix teintait chacun de ses mots de peur.

« Qu'est-ce que vous nous voulez? Répondez! »

Que le silence et ces yeux blêmes qui le fixaient.

« Si vous nous voulez rien, s'il vous plait, partez et laissez-nous en paix! »

Le son du vent vint faire office de réponse de la part de ces choses cachées là-bas dans l'obscurité. Marc s'en alla. À sa gauche, les herbes hautes lui semblaient tordues et maléfiques. Elles ressemblaient à des crocs qui voulaient l'attraper. *Des crocs prêts à me manger.* Entre ces serres, des feux apparurent.

Le feu qui brûlait dans le creux des yeux de ces créatures le suivait du regard.

Le feu de la faim.

Il entendit le bruit d'une branche qui cassait. Il recula d'un geste rapide. Leur grognement. Leur râle. Murmure qu'il n'arrivait pas à discerner.

Ses pupilles se fermaient toutes seules. Ses mains tremblaient. Balbutiement au loin. Il dévisagea les alentours. C'était le son de ses propres paroles; effrayées et anxieuses.

Brindilles qu'on écrase. Marc revint sur ses pas.

Course.

Partout, c'était ainsi. Il était foutu. Les monstres dans la rue. Les monstres dans les haies. Les monstres dans l'école.

Il y en a dans toutes les directions! Tout autour de moi!

Derrière lui, l'école, forteresse inviolée qui pourrait peut-être bien le sauver.

Il se tourna et partit à toute jambe. Il trébucha à plusieurs reprises sur l'asphalte qui semblait plus déformé qu'à l'habitude. Près de lui, un réverbère illuminait son visage pris dans la frayeur. Il cogna contre la vitre. De son côté, Chuck disait à ses amis de ne rien faire. *Ils voulaient donc vraiment le laisser crever?!*

En arrière-plan, cachée derrière l'épaule de Chuck, elle le fixait.

Elle pleurait. Marc aurait aimé défoncer la porte, mais il en était incapable. Il ne pouvait que la marteler de ses coups sans effets. Il ne pouvait que ressentir la souffrance de ses jointures lors de chaque choc et continuer à observer ses larmes couler au rythme de ses poings.

Elle était là, inatteignable, sans qu'il ne puisse rien y faire. Leur cœur se serra dans leur poitrine en se sentant ainsi, séparé l'un de l'autre, chacun sur un seuil (celui de la mort; en tout cas, pour Marc) différent.

Il la regarda qui alla chercher quelque chose d'accroché à son cou. Elle tira sur une chaîne et une croix apparut. Dans un geste lent, elle baisa le crucifix tout en laissant tomber un sanglot. Marc frappa dans la vitre et hurla. De rage. De peine. Et parce qu'elle pleurait. Dans un coin de la pièce, il revit les "prêcheurs" qui priaient pour lui. *Prier tant que vous voulez. Il n'y a pas de Dieu qui viendra pour moi!*

Il se retourna et dévisagea à nouveau cette horde. Aucune échappatoire. Il était foutu! *À quoi bon?* Il fit le premier pas vers sa fin sur le chemin entre l'école et la rue. Un petit pas suivant un autre. Il avait l'impression d'être vide, comme si son énergie l'avait déjà quittée.

Ses poignets étaient collés à son être; enchaînés, menottés, à lui. Il ne voulait pas – pouvait pas, en faites – envisager sa mort plus qu'imminente.

Il passa entre les corps décapités.

Il se forçait pour ne pas les remarquer. Pourtant, il savait qu'ils l'observaient avancer. Les bras et les mains arrachées le pointaient tandis qu'il déambulait. Soudainement, il se figea. *Terreur.*

Il était à moins d'une cinquantaine de mètres d'eux.

Leur râle. Leur odeur. Marc sentait leur regard sur sa pauvre personne.

Je suis prêt à devenir ce que je suis; un fantôme. Il avait ainsi vécu toute son existence. Jamais à l'avant-scène, toujours à l'arrière, dans les coulisses, dans l'ombre. Et aujourd'hui, unique fois où il était à l'avant, il y était pour se faire exécuter. *C'est triste.*

Une minute. Une minute insoutenable. Immobile. Minute accompagnée seulement par le hululement des oiseaux nocturnes qui donnaient vie à la nuit. *Témoin tardif.* Le ciel fut déchiré par le vol d'un de ces spectateurs. Marc le suivit des yeux. Une forme étrange et rouge comme le sang. Dans le silence qui régnait, il entendit ses grandes ailes souffler contre la brise d'été. Il le regarda qui alla s'installer sur un cerisier en bordure de l'école. Un dernier vestige de la vie qui vient admirer la mort faire son job.

Finalement, l'une des choses se précipita vers lui. Elle courra vers lui comme un chien, les crocs à l'air, sa gueule dégoulinante de bave.

Marc sentit chaque fibre de son corps se raidir en voyant ce monstre qui s'approchait de lui.

Noir total.

Il arrivait à toute allure. Il arrivait tellement rapidement que tout ce que Marc pouvait percevoir était une énorme masse floue dont les longues griffes jaunies rentraient et sortaient de terre à une vitesse fulgurante.

Arrivée à moins de dix mètres de lui, la bête se leva.

Elle marchait comme un homme, bien qu'elle fût loin de cela. *Je suis foutu.*

Dans l'obscurité, son portrait se dessinait : une mâchoire gigantesque, fermée, crispée dans un sérieux effrayant. Marc n'aurait pas pu dire si cette chose était triste ou s'il était en colère tant son expression était glaciale. Deux étranges triangles globuleux le fixaient avec cette allure impassible. *Est-ce que c'est ses yeux?* Marc n'en savait rien. Savait-il quelque chose? En ce moment, la peur avait effacé toute intelligence hors de lui. Il ne savait pas même son nom.

Il savait seulement qu'il avait peur. Très peur.

Sur le crâne de la bête, Marc percevait quelques cheveux disparates teintés d'un rouge morbide. Pourtant, partout ailleurs, il ne semblait pas y avoir de poils, mais des… *Est-ce que c'est des écailles? Et puis pourquoi est-ce que je cherche ses poils?* Le corps difforme était recouvert de boue. Sur ses bras, sur ses jambes et sur son torse.

De la boue et du sang.

Marc recula à mesure que ce géant approchait. Leur bouche s'ouvrait et se refermait tandis qu'ils se mouvaient. Pour un c'était par appétit. Pour l'autre c'était à cause de la frayeur.

Une longue langue sortit hors de la gueule de cette chose. Elle se fit éclairer par le halo de lumière d'un lampadaire. Ocre et sale. *Beurk!* Serpentine. *Arh! Je suis foutu.*

En un geste étrange, horrible et (qui avait ce petit quelque chose de) pervers, la bête alla se lécher les lèvres. *Foutu. Foutu! Je suis foutu!*

Dans la pénombre, Marc discernait que ce corps n'était que muscles. Il était fichu.

Il regarda vers le sol et remarqua que ses mains tremblaient. Il les tenait clos, dans la forme de poings. *Au moins.* Il releva la tête. Le parfum de charogne lui attaqua les narines. L'odeur pestilentielle de la Faucheuse était partout. *Est-ce que c'est moi qui suis déjà mort, ou est-ce que c'est les autres cadavres autour de moi?* Il ne savait plus.

Sa vue s'embrouilla. La température monta d'un cran.

Il balaya son visage de sa paume. Il était tout trempé.

Puis vint la suffocation. *Panique!* L'air étouffant. *Agoraphobie.*

Il recula de quelques pas. La chaleur disparut. Bain glacé. Un froid sibérien lui pénétra les entrailles. Ses oreilles bourdonnèrent. Un cri au loin (d'où? Il n'aurait pas été capable de le dire). Il repassa sa main contre ses yeux. Lourde couche de sueur contre ses doigts. Un essaim d'abeilles lui tournaient autour. *BBBIIIIIIZZZZ!* Un deuxième hurlement. *Le mien? Est-ce que c'est ça, le dernier cri qu'on entend avant de crever?*

Devant lui se dressait, sur au moins deux mètres de haut, le géant de boue. Il avançait vers lui. Les genoux de Marc flanchèrent et il faillit presque tomber au sol.

Il s'était pratiquement prosterné face à la bête. Il tremblait. Il vit ses pieds s'approcher. Cinq orteils aux longs ongles crochus dépassaient hors de ses bottes déchirées. À certains endroits, d'étranges protubérances (qui semblaient être des os mal formés) devenaient des cornes et sortaient de ses pantalons comme de grosses dents. Marc releva la tête. Des lambeaux de tissus sombres; les restes de ce qui aurait été, un jour, une chemise d'uniforme lui cachaient partiellement le corps. Des bras bombés, aux muscles découpés et aux veines gonflées à bloc. Puis ces yeux... Un bref regard s'échangea.

Marc apprit ce qu'était la frayeur. Il la sentit quand il plongea dans ces deux pupilles blafardes. C'était un sentiment bizarre. La désagréable impression de flotter dans le néant; que, sous lui, le sol se dérobait pour laisser place au vide alors qu'il tombait infiniment tout en sachant qu'il était parfaitement immobile; que tout espoir le quittait tandis que tout ce qui demeurait en lui était l'inconfortable caresse du vent et cette vision, celle de ce monstre s'avançant vers sa proie incapable de bouger, comme une mouche prise dans une toile d'araignée. C'était ça, la frayeur.

Il ne savait qu'une chose : il était foutu!

Mais tout ça disparut très rapidement.

En fait, cela s'éclipsa dès que la bête fit un mouvement. Marc fut directement ramené sur terre.

Elle ouvrit grand sa gueule.

Pas un bruit. Aucun cri. Rien.

Que le son horrible de la bave qui coule jusqu'à l'asphalte et le son de la chair toujours prise entre les dents qui couinent. Tout ce que Marc remarqua fut les grosses dents. Aussi jaunes que celles sur les paquets de cigarettes et teintés d'un inhabituel rouge écarlate.

Elle n'était plus qu'à cinq mètres de Marc. Il reculait, effrayé. Il la regardait avec ses yeux ébahis. Elle s'arqua vers l'avant, ses mains tirées vers l'arrière prêt à lui sauter dessus.

Elle lâcha un hurlement. Premier et, probablement, le seul qu'elle aurait à lancer de la soirée.

Marc sursauta en sentant les postillons venir s'écraser sur son visage. *Il était foutu!*

Il se redressa pour l'attraper. En criant de peur, Marc tourna le dos à la bête. Il courait vers la porte de l'école.

Le monstre se décida enfin à attaquer sa proie.

Gueule grande ouverte, il espérait gober d'un seul coup la tête. Dans son esprit, une vision de lui dégustant ce corps délicieux borda ses pensées. Il savoura ce moment en pleine action; cette image de lui, récoltant, quelques secondes plus tard, dans un futur merveilleux, le fruit de sa faim.

Cette simple idée l'envahit d'une joie intense. Étrangement, ce phénomène de prémonition lui arrivait tout naturellement. Cette capacité dans lequel il s'imaginait en train de ravager ses ennemis n'était pas nouvelle pour lui. Il était chimiquement fait pour évaluer les possibilités subséquentes; pour se voir manger tandis que ses hommes finissaient le travail avec la bande de larves qui attendaient à l'intérieur. *Bon plan.*

Mais il faillit.

Au dernier instant, Marc s'était lancé vers la droite avec une assez grande force pour éviter la gueule du loup.

Il étendit les bras dans un suprême effort.

La fortune était avec lui. En plein vol, il l'agrippa par son chandail et l'entraînait dans une valse aérienne mortelle pour que, la seconde d'après, ils soient tous deux réunis.

Je suis foutu! Là, c'est vrai. Je suis foutu!

Elle l'emmena dans sa chute. Elle le tenait devant lui, ses dents prêtes à venir lui arracher la vie. À plusieurs reprises, elle tenta de lui mordre le cou tandis qu'ils roulaient dans le sang et les lambeaux de chair.

Tout en hurlant, Marc essayait de repousser la tête horrible. Il se cramponna aux oreilles, au contour du visage, à cette peau étonnamment dure qui lui écorchait les mains. Leurs expressions de peur et de rage se mêlèrent à leurs cris. D'un coup (peut-être grâce à un heureux réflexe, car Marc ne savait plus ce qu'il faisait, il était bien trop préoccupé par la douleur qu'il avait aux côtes), il éjecta la bête par-dessus lui et elle alla s'écraser un peu plus loin.

Long silence. Le monde tournait. Il avait de la misère à respirer. Le souffle coupé, il tentait vainement de s'accrocher à la vie. Une lumière l'éclairait. *Laissez-moi crever une bonne fois pour toutes, bon sang!* Il souffrait. Il ressentait chaque blessure, chaque coup encore et encore, comme s'il se faisait toujours frapper. Soudainement, une ombre se dessina au-dessus de lui.

Noire et menaçante.

En une seconde, le monstre avait levé Marc dans les airs et le tenait comme s'il n'avait été rien d'autre qu'une vulgaire guenille. Il le lança, avec force et furie, au loin. Dans l'école, les spectateurs virent un corps voler et atterrir dans le gazon avant de rouler au sol. Tout s'arrêta. Les élèves stoppèrent leurs prières (bien que ce soit le moment où Marc en ait eu le plus besoin) pour se concentrer sur le combat. Quelque part en eux, ils savaient que si il venait à mourir, ils mourraient avec lui.

Lourd silence. La bête ne bougeait plus. Marc était immobile par terre. Tous les yeux étaient rivés vers lui.

Après une longue minute, il se releva en tremblant.

Il est faible… si faible, pensa-t-elle. *Il en est que plus abject.*

Elle lui laissa le temps de se remettre sur pieds pour que l'homme et la bête se fassent face. *Mépris.* Il se traînait devant elle. Marc avait le visage en sang. Et, elle, prise dans son impassibilité ordinaire, le dévisageait de haut de la même manière qu'on regarde un asticot ramper. Elle patienta, savourant le moment. *Et arrogance.*

Tous deux, ils tournèrent, face à face, ne cessant de s'étudier, attendant un premier mouvement. Un se tenait parfaitement droit. L'autre était arqué, écrasé par le poids de la douleur qui l'accablait.

Marc analysa la grande stature de ce géant. Il n'avait aucune chance. Il admira la peau d'un noir mat dont la boue absorbait toute lueur. Au-dessus de leur tête, le lampadaire les éclairait et, inconsciemment, ils traçaient un cercle autour de ce halo de lumière. Marc observa cette main titanesque, ces longs ongles qui s'apparentaient plus à une griffe aussi aiguisée que des couteaux. À force d'examiner la bête, Marc comprit que ces armes n'étaient menaçantes que quand ils étaient proches.

Il aurait bien aimé que l'illusion d'un calme vienne à lui, mais en son for intérieur, il savait qu'il n'était toujours pas sorti du merdier dans lequel il était. S'il restait à distance, Marc aurait peut-être la chance de vaincre cette chose.

Il chercha autour de lui. *Des roches? Est-ce que je devrais lui lancer des roches?* Tellement idiot comme question. *Qu'est-ce que je peux faire contre un mastodonte comme lui?*

David contre Goliath. Il n'avait rien pour attaquer la créature. *Je suis foutu.* Il la regarda afficher cet étrange rictus moqueur. Elle lui rappelait qu'il était foutu, qu'il allait mourir. Et elle lui rappelait Chuck dans ce sourire. *Haine.*

Puis quelque chose le frappa. Marc remarqua quelque chose de bizarre, brillant comme un diamant sous les feux du réverbère. C'était la crosse argentée d'un revolver. Marc déglutit avec difficulté. *Peur.*

Puis ce fut quelque chose d'autre qui attira son œil. Accrochée sur son dos via une sangle, une énorme mitraillette automatique gisait. Marc trouvait idiot qu'elle ne s'en serve pas. *Soulagement.*

Le monstre recula et tomba dans l'obscurité. Hors du halo du lampadaire, tout ce que Marc voyait était les deux formes blanches qui le fixaient. La bête se baissa en faisant un long mouvement vers le bas.

Ses yeux étaient toujours collés à Marc avec ce même regard hypnotique qui le paralysait. Puis, très lentement, il se releva. D'un seul pas, il revint dans la lumière. Entre ses griffes, une balle difforme qu'il tenait entre de grands fils. *Jim...* Plutôt sa tête. D'un coup brusque, il la fit tournoyer comme si elle était une fronde. Quand il la lâcha, la tête vola dans les airs en tourbillonnant à une vitesse folle sur elle-même. Elle alla percuter avec force le haut du réverbère qui céda. *Noir total.*

La tête s'écrasa au sol dans un bruit sourd, l'ampoule du lampadaire suivi la seconde d'après, accompagné par le cliquetis du verre qui éclate. Il n'y avait maintenant plus que les deux formes blanches pour l'illuminer. Marc savait, par le regard dans ses yeux, que la bête savourait ce moment, qu'elle souriait. Puis ils s'éclipsèrent.

Elle disparut dans l'obscurité.

Noir total. Noir ambiant.

Marc tremblait. Il entendit son murmure.

Plongé dans le noir, Marc ne voyait rien. Sa vue s'embrouillait. Il avait chaud. De plus en plus. Il était trempé. *Où est passée cette foutue merde?*

Le crissement d'un pas contre l'asphalte là-bas. Rapidement, propulsé par la peur, il se lança par terre. Tout près, il la sentit sauter. *Frôlements contre son T-shirt.* Son long râle résonna dans ses oreilles. Son souffle balaya sa nuque tandis que quelque chose d'étrangement froid coulait le long de sa cuisse. Il venait de se pisser dessus. Dès que le monstre fut au-dessus de lui, Marc se retourna et tendit la main en espérant que la crosse argentée du revolver se glisse confortablement dans sa paume. Sa main agrippa le vide.

Marc se releva, prêt à se sauver. Détonation derrière lui. *Explosions de bois dans l'air.* Il tourna la tête et vit la bête, écrasée contre les décombres du banc de parc.

Elle resta quelques secondes au sol, inerte, mais, après un moment, elle se remit sur pattes, faisant dos à Marc. Elle ne semblait pas souffrir. Elle était toujours aussi expressive qu'un bloc de granit. Sans prêter attention à sa victime, elle agit comme si de rien n'était. Avec un geste dédaigneux, elle enleva les quelques tronçons de charpentes qui s'étaient incrustés dans sa chair. Avec une aisance plus que naturelle, elle alla les ôter comme si ils avaient été une fine couche de poussière qui serait tombée sur elle.

Tandis qu'elle se nettoyait, Marc se rua vers elle. La folie s'était emparée de lui. Désormais, il ne répondait plus de ses actes. Il hurlait, criait, beuglait. Il ne savait plus ce qu'il faisait. Il était un guerrier spartiate; invincible; unique combattant sur le champ de bataille accourant vers la bête.

Il prit un morceau en métal du banc entre ses doigts. C'était étonnamment plus lourd que ce à quoi il s'attendait. Sa main se crispa sur l'arme qu'il tenait comme un pieu. Il sentait le bord tranchant entrer dans sa paume. Il était devenu Abraham Van Helsing, tueur du redoutable Dracula. Il était sans peur; puissant, fort et imbattable. Il s'apprêtait à planter dans le cœur du vampire sanguinaire sa lame de fer.

Mais en faites il tentait de dissimuler sous son masque la frayeur qui l'accablait.

Marc alla enfoncer son piquet dans l'omoplate du titan. Dans le silence de la nuit, un long cri de douleur brisa cette monotone accalmie. Tandis que la pointe plongeait dans la chair, un épais liquide pourpre commença à couler hors de la plaie. Pendant ce temps (et avec une rapidité exceptionnelle), Marc se colla derrière la chose. D'un coup brusque, il fit tomber l'étui du revolver et déchira la sangle qui retenait l'arme automatique accrochée à son dos.

Une nouvelle pause régna. Marc regardait le pistolet dans sa paume. Un sentiment de fierté le prit. Il avait réussi. Il n'était plus fichu!

La bête se retourna. L'imposante carrure fit face à sa victime. Du haut de ses huit pieds (ou à peu près), il planta ses yeux dans ceux d'un Marc redevenu tout d'un coup blême.

Venait-il de réveiller la colère du titan? Dans un geste nerveux, il pointa son 9 mm vers elle. D'un simple et unique revers de main, le monstre alla frapper Marc au visage.

Coup rugueux qui ressemblait à un choc contre un véritable roc; aussi dur; aussi sec; aussi douloureux. Marc fut propulsé sur 10 pieds dans les airs. Il ne sentait plus sa mâchoire. Pourtant, il n'avait pas mal à proprement dit. C'était comme si il était inconscient. Un état second. Il ne sentait pas la douleur pas plus qu'il ne sentait la caresse du vent qui l'entourait à mesure qu'il s'élevait.

Puis, après avoir autant monté, il dut, bien sûr, retomber.

Combien de temps resta-t-il ainsi, dans cet étrange état second? Combien de temps fut-il pris à planer comme une feuille? Aucune idée. Tout ce qu'il savait, c'est que quand il alla s'écraser sur l'asphalte, dix mètres plus loin, il ne dit pas un mot. *Je suis probablement déjà mort.*

La chute avait été rude. Il avait atterri directement sur le ventre. Sa respiration avait été coupée. Il ne voyait plus rien. Saignait-il? Surement. Il ne savait pas. Il avait eu la très nette sensation que quelque chose de dur avait pénétrée dans ses côtes. Quoi? Il n'aurait pu le dire. Peut-être un morceau de la charpente de bois.

Il releva la tête. *Gémissements. Les siens.* Devant lui, la grande silhouette noire s'approchait. Il voyait tout autour du corps du monstre, de longs filaments rouges qui ondulaient au rythme de sa marche. Il ne savait pas ce que c'était et – honnêtement – il ne tenait pas tant que ça à le savoir.

Un étrange sentiment l'envahit. Il avait l'impression de patauger dans une eau très chaude, prête à le bouillir vif. Il s'en allait pointer le revolver vers elle quand il se rendit compte qu'il n'avait rien dans sa paume. *Vide.*

Il était sans arme; faible et impuissant. Le pistolet avait sans aucun doute dû glisser hors de sa main. *Je suis mort!* Elle s'approcha, faisant le dernier pas les séparant. Il tenta de se relever, mais ses muscles n'étaient pas en faveur de l'idée. Il resta cloué au sol, immobile.

La chose se mit derrière Marc pour faire face aux élèves. Si il avait eu la pleine possession de son corps, il se serait surement levé en courant et aurait essayé de s'enfuir, mais il ne put pas. Il sentit la poigne de la bête venir lui agripper la tête avec ses grosses griffes. Il pouvait ressentir chaque ongle lui grafigner le fond du crâne. La panique la plus pure le saisit tandis que le bras sous sa gorge forçait pour l'étrangler. Le biceps se gonfla et Marc comprit que, dans quelques secondes, il ne serait plus de ce monde. Comme un bambin qu'on plongeait dans l'eau pour la première fois, il s'agita dans tous les sens. Il perdit tout son sang-froid. Il savait maintenant ce que c'était de mourir. Pendant cette seconde, Marc pensa à sa mère, à ce moment où elle avait été couchée sur ce lit de rose, paisible, ailleurs. Il allait enfin la rejoindre!

Au même moment (peut-être ce n'était qu'un réflexe humain après tout), une partie de lui chercha inlassablement pour de l'air malgré son gosier qui se contractait sur lui-même. La corde au cou du pendu. L'étau qui se resserrait. La croix qui se faisait clouer au Christ. Marc pria son tueur. Il voyait de longs tentacules autour de la tête de la bête qui vibraient au rythme de sa colère.

Sans le vouloir, Marc plongea à nouveau dans les yeux totalement blancs. Il les fixait, les suppliait d'une quelconque pitié. Il sentait en cette chose cette rage inoxydable. Sur le seuil de la mort, il ne pouvait se détacher des traits rouges qui ondulaient sur le crâne comme des déflagrations de haines. Au moins, quand il trépasserait, il apporterait avec lui le visage de son bourreau.

Quand le monstre remarqua que Marc l'observait, il sombra, à son tour, dans sa victime. Un échange se produisit. Un évènement incroyable que Marc n'aurait pu croire possible. Pendant qu'ils se dévisageaient, les yeux globuleux rapetissèrent. Ils devinrent si petits qu'ils retournèrent "à leur place". Une spirale surgit de l'arrière de la cornée. Dans un tourbillon de gamme de couleurs passant du bleu vert au noir de jet, l'orbite se remplit et vint recréer le semblant d'une pupille d'un bleu acier.

Mais là n'était pas le plus étrange. Ce qui était véritablement bizarre fut que dès qu'il retrouva des yeux (appelons-les) "humains", sa manière de fixer Marc changea. Une lueur brillait. Marc y sentait un signe d'affection. C'était absurde, mais il aurait presque dit que, dans ces yeux, la rage était disparue et le reflet de ce qui avait l'air d'être de l'amour l'avait remplacé. Cette flamme dans son regard; mélangé à l'allure terrifiante de cette chose, donnait un contraste incongru. Marc eut même l'impression qu'elle desserrait sa poigne de sur sa gorge, comme pour le laisser vivre.

Mais ce fut de courte durée. Dans cet instant de calme paisible, la bête reçut un coup de la charpente du banc. L'esprit de Marc fut rapidement ramené à lui quand elle lâcha un grand cri de douleur. Marc releva la tête sur le coup. Du coin de l'œil, il avait vu le pieu improvisé fracasser l'oeil. Un éclat de sang ocre et pourpre accompagné par des copeaux de bois virevolta devant lui. Le monstre se courba sur elle-même. Elle vint plaquer son énorme main contre son visage. Elle avait l'air moins invincible que tout à l'heure ainsi penchée.

Marc rampa hors de la portée de la scène. Il se tourna et remarqua un garçon qui se tenait droit, un bout de métal couvert d'une épaisse couche rouge entre ses doigts. Il fixait la bête avec un faux-semblant d'attitude supérieur. Ils s'échangèrent tous deux un regard. Marc se figea quand il reconnut le type qu'il avait sauvé plus tôt de Martin, Christopher.

Quand il vit que Marc était encore mauve dû au manque d'oxygène, Christopher se retourna et donna un coup de pied dans les côtes de la bête. « Tu fais mal à mes potes comme ça! Hein? Saloperie! Allez! Viens! Espèce de merde, viens, que je t'apprenne les bonnes manières! » Une gauche sur son bras pour la faire plier au sol. Elle bougea à peine. Elle restait immobile, à attendre son heure. Christopher s'acharnait sur elle avec une violence renouvelée. Avec ses pieds, ses talons et ses genoux, il croyait la blesser.

Pourtant Marc savait. Elle endurait. Il le sentait dans ses tripes. Cette chose attendait jusqu'au moment où elle assènerait le coup fatal. Marc remarqua l'irritation des ombres, toujours enlignées en cette parfaite droite. Il pouvait presque entendre leurs grognements.

Il tenta, malgré son gosier encore trop douloureux, de prévenir Christopher. Seul un petit son étouffé réussit à s'extirper. Dans sa rage, Christopher ne voyait que ses poings. Il était coupé en dehors du monde tandis qu'il se déchaînait sur le monstre étendu au sol. Marc tenta; tenta et retenta, mais en vain. Rien n'était assez efficace pour assourdir la colère de Christopher. Enfin, ses cris commencèrent à surgir de plus en plus fort.

Quand sa gorge se dénoua juste assez pour laisser jaillir un avertissement, Marc hurla de toutes ses forces. Mais il était déjà trop tard. Son cri fut enseveli par celui de la bête!

Elle s'était retournée et relevée d'un bond. En un geste typique des films de loup-garou, elle leva la tête vers la lune et poussa un long cri.

Cliché – oui, peut-être –, mais l'effet était là et il était puissant.

C'était ce qui comptait. Ce géant de boues fit face à cette larve qui osait répandre sa morve sur lui. D'un coup, il alla enfoncer son poing directement dans le milieu du thorax de sa proie. Aussi facilement qu'un doigt l'aurait fait avec une feuille de papier, sa main passa au travers avec cette aisance terrible.

Christopher la dévisageait, une expression de surprise, de douleur et d'incompréhension se mêlant à un petit gloussement qu'il échappa sous le coup de la souffrance. Le monstre enfouit ses yeux (redevenu d'un blanc monochrome) dans ceux de sa victime tandis qu'il la levait de plus en plus haut.

Couché par terre, observant le tout dans une contre-plongée illuminée par l'astre lunaire, Marc ne voyait rien d'autre que les longs filets de sang s'égoutter jusqu'au sol. Encore une fois, il avait cette vision terrifiante où la bête projetait ces algues rougeâtres autour de sa tête; ces déflagrations de haine et de colère. Marc recula, effrayé. Il ne pouvait détourner son regard de tout ce sang qui glissait avec une étrange aisance sur cette peau recouverte de boue; sombrant le long du bras avant d'aller s'écraser dans une macabre flaque qui mélangeait son sang à celui de sa plus récente proie. Il prit un plaisir à soulever le cadavre qui devenait de plus en plus livide avec chaque seconde qui s'écoulait. Au départ, Christopher n'était plus qu'un corps blême, mais, rapidement, il se transforma pour être, au final, d'un mauve pâle, identique à la couleur de ses veines qui étaient progressivement plus apparentes sur son visage. L'unique mouvement que Christopher était toujours capable de faire était d'ouvrir et de refermer sa bouche sur un laps de temps irrégulier. Était-il gouverné par la peur, par la douleur, par la surprise? Personne n'aurait pu le dire.

Marc était témoin de la scène malgré lui. Il était incapable de fixer autre chose que cet acte qui sortait de l'ordinaire. Qui était carrément hors de la banalité dont Mead's Cliff l'avait enveloppé, dont le Nevada l'avait enveloppé; dont la télévision, les films d'action à gros budget l'avaient enveloppé; dont les bulletins-chocs de la chaîne d'infos l'avaient enveloppé; dont les États-Unis, l'Amérique, le monde l'avaient enveloppé! Ce spectacle morbide se conclut quand la bête lança Christopher vers les portes pour qu'il soit bien en vue. Elle prit, encore une fois, un malin plaisir à admirer ces misérables humains qui se cachèrent derrière leurs petites mains à la vue de ce corps déchiré par la mort.

Elle lâcha un gloussement amusé et se retourna pour faire face à Marc. Un nouveau regard hypnotique s'échangea entre eux deux. Marc était encore désemparé par ce qui venait de se passer devant ses yeux. Il ne pouvait que trembler tandis que cette créature s'avançait vers lui. En un geste écœurant, elle ouvrit sa gueule. Sa panoplie complète de crocs se dévoila, prête à le dévorer en quelques bouchées. Le monstre fit le dernier pas les séparant. Autour de sa tête, de longs jets de rages sortaient. Marc était figé sur place. Sous lui, le monde se dérobait aussi facilement que la cendre poussée par le vent.

Chapitre 8 : Le cotre-rendu de Starcheskiĭ

Laboratoire de science, école de Mead's Cliff
00 :58 am

Sa trouvaille le médusa! *О, мой бог!* [Oh mon dieu!] Il se dépêcha de retourner le sujet de l'autre côté. Il fit tourner entre ses doigts son scalpel comme les joueurs de batterie le faisaient avec leurs baguettes; avec cette étonnante rapidité qui en flouait tant. Avec une agilité surprenante, il fit quelques incisions et il se retrouva avec le même résultat stupéfiant! *Бог, Мария, Иосиф!* [Seigneur, Marie, Joseph!] Dans un geste digne d'un super héros, il agita sa longue cape (qui n'était en fait que son sarrau tout crotté) et s'approcha d'une nouvelle table. Son pas était lourd et puissant; il avait ce quelque chose de déterminé et d'inébranlable tandis qu'il faisait face à un grand bocal qui ressemblait à un aquarium à poissons rouges. Après avoir installé son gant comme il faut, il alla plonger sa main au complet dans le bassin. Elle entra avec une étrange difficulté dans le liquide doré. Il dut forcer pour qu'elle s'enfonce plus loin dans le récipient qui avait cette tenure élastique et gluante. À mi-chemin, il attrapa par le haut l'objet qui reposait dans la petite cuve et la tira vers la surface.

Après quelques secondes d'inertie pendant lesquelles cette forme bizarre était toujours fixe dans le jus puant, elle commença à se mouvoir lentement. C'était comme si cette gélatine voulait à tout prix garder son trésor qui baignait en elle. Pendant un instant, Ivan Starcheskiĭ se sentit comme un obstétricien qui extirpait un bébé en dehors du ventre de sa mère. *Poussez! Poussez!* Il attira vers lui la tête et la sortit hors du bassin encore plein des eaux maternelles; gluantes et étrangement nauséabonde.

Son regard plongea dans celui de cette chose monstrueuse avec une évidente tristesse. «Привет г-жа McKanzie ... Жаль грустно, что у вас больше тела ... Вы были действительно очень красивы. » [Bonjour madame McKanzie... C'est triste que vous n'ayez plus de corps... Vous étiez vraiment quelqu'un de très belle.] Il la déposa sur la table et alla caresser les cheveux gras et couverts de gel avec tendresse. Puis, d'un unique coup, il incéra son scalpel dans la tempe. Une petite coulisse rouge glissa le long du visage en direction des yeux pour ensuite descendre contre sa joue

171

comme si Vicky McKanzie pleurait des larmes de sang. Même constatation. «Феноменальная ! » [Phénoménal!]

Il se retourna vers son stagiaire endormi sur une chaise et poussa un long soupir. *Ленивый, вот и все я заработал!* [Un paresseux, voilà tout ce que j'ai récolté!] Il lâcha un ronflement qui dérangea Ivan. Dans un geste impromptu, il prit le premier objet qui lui tomba sous la main et l'envoya avec force vers Matthew. La seconde d'après, il avait les mains plaquées contre sa bouche dans un signe de stupéfaction.

O, мой бог! Я чуть не сделал ошибку. [Oh mon dieu! J'ai failli faire une erreur.] À la dernière seconde, il comprit qu'il avait par mégarde lancé son scalpel… et qu'il s'était recouvert le menton de sang. Il avait regardé avec effroi son acte irréfléchi aller s'enfoncer dans le mur, à peine deux centimètres à la gauche de l'oreille de son apprenti. Il se mordilla la lèvre, paniqué. Son stagiaire se retourna, lâcha quelques gloussements indéchiffrables sous sa barbe avant de laisser sortir un nouveau long ronflement.

Ivan observa la table devant lui. *Ах, это лучше!* [Ah, c'est mieux!] Il prit l'objet – qui se révéla être une éponge crasseuse – et la lui jeta. Le projectile le heurta en pleine figure puis tomba sur ses genoux sans le réveiller. *Идиот!* [Idiot!] Il s'empressa cette fois et saisit son énorme cartable. Il le balança par deux fois au-dessus de sa tête avant de le lancer. Avec une précision remarquable, Ivan le frappa en plein sur le nez. Le corps resta immobile quelques secondes. *Черт! Что необходимо сделать для него, чтобы проснуться?* [Diable! Qu'est-ce que ça va prendre pour qu'il se réveille?]. Après un moment, Ivan se décida et débrancha son microscope électronique. Il se retourna pour le lui envoyer quand il le vit qui s'étirait et qui lâchait un long bâillement.

– Rend-toi tout de suite à la radio étudiante à côté de la cafétéria et va faire sonner la… la… la Колокол… dit Ivan Starcheskiǐ en cherchant son mot tout en claquant des doigts.

– Koko-quoi? demanda son stagiaire que les élèves se plaisaient à appeler « le Grizzly » à cause de sa forte pilosité.

– Va faire sonner la cloche de l'école! Voilà!

– Pourquoi est-ce que vous êtes taché de sang?

« Но в том, что это может раздражать в конце со всеми своими глупыми вопросами! [Mais c'est qu'il peut être énervant à la fin avec toutes ses questions idiotes!] Écoute-moi Matthew… Je ne te demande pas de me questionner. Je te demande seulement de

172

faire ce que je veux que tu fasses. Точка! [Point!] Dépêche-toi, le temps presse. Иди, иди! [Allez, allez!] »

– Idididi, vous-même, d'abord! répliqua Matthew qui ne comprenait jamais un seul mot de russe ou de peu importe quelle langue il s'agissait.

– Dépêche-toi, s'il te plaît, Matthew. Je t'en pris!

– Bon, d'accord… C'est… C'est quoi qu'il faut que je fasse déjà? dit-il tout en lâchant un grand bâillement.

– Va à la radio étudiante sonner la Колокол; la cloche.

Matthew regarda son supérieur, perplexe. Ivan; habituellement habillé d'un sarrau d'un blanc immaculé; était, cette fois, vêtu d'une grande chemise de travail tachée à plusieurs endroits par un étrange liquide doré et par d'épaisses marques violacées. Il fixa l'air grave gravé dans le visage (que Matthew avait toujours cru) mou et pâle du professeur qui semblait plus que sérieux. Les bajoues creuses qui pendaient vers le bas, la barbe qui commençait lentement mais surement à grisonner, le long nez crochu ainsi que le large front entouré par cette couronne ornée de faux cheveux donnait à Ivan un aspect aussi ridicule qu'un aspect qui pouvait susciter une quelconque pitié de la part de n'importe qui. Tout en laissant sortir un bâillement qui entremêlait un « OK. » endormi, Matthew se leva et se dirigea hors du local; pensant, qu'après, il pourrait se soulager en fumant une cigarette à son insu.

Il descendit les marches avec cette candeur poussée par son aplomb nonchalant, lymphatique et atone. Tout en se grattant avec sa fainéantise constante, il s'en alla d'un pas mou – qui avait ce quelque chose de flasque qui rappelait étrangement un spaghetti qu'on venait de retirer hors d'une eau bouillante – vers la radio étudiante. Il sifflotait, murmurait des chansons populaires dont il connaissait le tiers des paroles, mais qu'il se plaisait à (essayer de) réciter.

Dans la cage d'escalier, au travers la fenêtre, le monde continuait de tourner malgré cette nuit noire et malgré ses fausses notes sur *Don't Stop Me Now* de *Queen*. Il remarqua une espèce d'énorme bête qui courait vers quelqu'un. *Qu'est-ce que c'est que ça? C'est peut-être un gros chien errant...* Il s'approcha et admira pendant un temps son reflet tout en descendant sa main jusqu'à son jeans. Dans un geste qu'il considérait comme merveilleux, il s'empara de son trésor; son étui à cigarettes. Quand il réussit finalement à sortir le paquet de sa poche arrière, il alla contempler avec fascination ce joyau. Il regarda, d'un côté, la forme d'une grenade en faux rubis et, ensuite, de l'autre, la forme d'une tête de mort ornée de ce qui se voulait être des diamants. *Bonjour, monsieur Skully.*

D'un coup de pouce, il l'ouvrit. Au même moment, il se sentit déçu de voir qu'il ne lui restait plus que quelques Marlboro et qu'un joint. Du bout du doigt, il caressa les trois tubes de tabac et de marijuana avec cette tendresse qu'il ne montrait que très rarement. *Mia, ma belle Mia... je m'ennuis tellement.* Il continua de flatter ses faiblesses avec cette étrange affection que trop d'humains démontraient (il avait d'ailleurs, par le passé, élaborer une formidable thèse sur la relation entre l'homme moderne et le bien matériel – pour ne pas dire l'argent – et il se souvenait à quel point il était défoncé quand il avait écrit cette dissertation... pourtant, il avait eu une excellente note) pour un objet. *Ah Mia, Mia, Mia... tu me manques, mais pas autant que toi.* pensa-t-il tout en saisissant son dernier joint. *Merci, monsieur Skully.*

– *Oh, mais de rien, monsieur, c'est toujours un plaisir de vous servir.* se dit-il à lui-même, s'imaginant que son étui à cigarettes lui répondait.

Dans un geste méticuleux que le temps avait transformé en un automatisme, il alla placer son pétard confortablement dans sa bouche après l'avoir soigneusement humecté. Il dégaina son briquet et fit feu jusqu'à ce que la flamme d'or saute et commence à vaciller doucement dans cette danse sensuelle et exotique que certaines femmes dans les bars peu commodes de Vegas essayaient de reproduire sans jamais arriver à répliquer la perfection qu'elle était. Il sourit avant d'allumer et prendre une grande bouffée qui emplit sa gorge. Il fit tourner la fumée en lui, la laissant entrer dans tout son corps, envahir son âme avec sa légère pesanteur. Le goût et le plaisir que cela lui procura lui prouvèrent que sa mère avait eu tort sur toute la ligne. *Tu vois maman... c'est moi qui avais raison... il y a des effets positifs à la drogue!*

Il releva la tête et fixa son reflet dans la glace. Pendant cet instant merveilleux, il s'échangea un regard passionné. Il croyait être le Narcisse tel que peint par Le Caravage. Si seulement il avait pu figer le temps, il aurait contemplé éternellement cette belle grande barbe qui cachait ces lèvres carrées qui s'étiraient dans la forme comique d'un sourire béat, cette grosse gueule d'homme des cavernes avec ces gros yeux rouges aux pupilles minuscules. Il étendit son sourire jusqu'à ce qu'il atteigne une proportion caricaturale. Il prit une nouvelle bouffée de son élixir magique. *Ouais. Ça c'est du bon!* La fumée l'envahissait. Il était heureux. Il flottait. Ils étaient si proches, lui et son visage, qu'ils pouvaient entendre la faible respiration ou le cœur de l'autre battre. C'était étrangement poétique et romantique. Ça ressemblait presque à une marche nuptiale accompagnée de percussions et de cors. Ils se scrutèrent chacun avec cette tendresse dans leurs prunelles, savourant le moment pendant lequel il n'avait plus rien. *Il n'y a que nous deux; magnifiques.* Ils étaient là, dans ce monde à part, loin de tout; dans ce monde en dehors du temps et de l'espace. Ils étaient partout et nulle part à la fois. Et ils se souriaient comme deux amoureux. Matthew était véritablement dans un monde beau, illuminé par la flamme de son joint. Leurs yeux, les siens et ceux de son *Doppelgänger*, devenaient des soleils et le pétard entre leurs lèvres était un sucre d'orge. Ils étaient tellement bien.

Il inhala une nouvelle fois le doux parfum de la délivrance. L'instant d'après, le sentiment de légèreté, d'allégresse et de satisfaction qui l'emplit lui prouva encore une fois que sa mère avait tort sur toute la ligne. Il relâcha cette bouffée de bonheur qu'il retenait dans sa bouche avant d'inspirer de nouveau. Quand il remonta la tête pour regarder à l'extérieur il vit le gros chien qui courait se mettre, comme par magie, debout et commencer à marcher comme un humain de très grande taille.

Il se figea sur le coup. Du coin de l'œil, il dévisagea son joint qui, il en avait l'étrange impression, lui lançait un clin d'œil complice. Est-ce que sa mère aurait eu raison après tout...?

Il le lâcha tout en laissant sortir un hoquet de peur. Une frayeur désagréable lui remonta l'épine à la vue de ce petit bout de papier qu'il avait tenu entre ses doigts poilus. *Avait-il jeté un sort sur lui?* Dès que le mégot s'écrasa au sol, il leva son pied pour aller piétiner le peu qu'il restait. Ce fut à ce moment qu'il s'aperçut que son pétard était tombé directement dans des caillots de sang. *Mais c'est quoi cette putain d'école de fou? J'aurais tellement dû rester à Austin.* On lui avait pourtant dit que cette ville était tranquille. *C'est pas ce que j'appelle tranquille quand les chiens marchent et qu'il y a du sang partout...*

Finalement, il décida de faire ce que son supérieur lui avait demandé de faire et il descendit les escaliers toujours avec son air mi-absent, mi-évasif; ses bras mous allongés le long de son corps

175

avec cette étrange élasticité impropre aux humains et plus digne des personnages de bande dessinés pour enfant ou des poulpes. Au loin, il entendait des bruits inquiétants. À mesure qu'il se rapprochait de la cafétéria, il croisait de plus en plus d'élèves en paniques. Les chuchotements se clarifiaient et se transformaient petit à petit en une hystérie cacophonique. Il regarda avec surprise les jeunes qui pleuraient et criaient en fixant quelque chose dehors, ou sinon, qui, agenouillés dans leurs coins, hurlaient au plafond des prières incompréhensibles, ensevelies sous le charivari de la place.

Mais qu'est-ce qui se passe, putain?

Il s'avança, curieux, vers la mêlée. Sur son visage, sa mâchoire avait l'air déboîtée tellement elle pendait dans cette diagonale irrégulière. Il s'approcha encore un peu sans remarquer une fille qui le dévisageait (qui dévisageait plutôt l'expression de béatitude sur sa figure) juste à côté de lui. Alors qu'il observait la foule, il eut l'impression que, de l'autre côté de la fenêtre, un corps venait de voler à cinq mètres dans le ciel. Il se figea, stupéfié une fois de plus par la peur. *Le chien?!*

Il leva son étui à cigarettes et la regarda. La tête de mort avait toujours son habituel rictus machiavélique et elle le braquait ses yeux creux sur lui. Elle semblait percer son âme, voir chaque action qu'il avait faite au cours de sa vie et elle le jugeait. Ô qu'elle semblait le juger! Il retourna le paquet entre ses doigts moites. L'image de la grenade apparut. Il hoqueta avant de la lancer de toutes ses forces au bout de ses bras. *Seigneur! Elle va exploser!* Il se sauva jusqu'à la cafétéria et s'éloigna de l'entrée. Devant lui, il remarqua une jeune femme qui tremblait. Elle avait l'air frigorifier. Elle s'était vomie dessus. Elle regardait en face d'elle, son corps au complet incliné sur le côté, le regard perdu. Cette manière de contempler le vide lui donnait ce look vraiment étrange qui rappelait vaguement un Hannibal Lecter enchaîné à une civière ou encore une Carrietta White qui revenait de son bal de finissants. Cette fille lui foutait la chair de poule. Il changea de direction et s'écarta le plus possible d'elle – de peur qu'elle ne commence à faire brûler l'école avec ses pouvoirs télékinétiques – et il pénétra dans la radio étudiante. Avec un geste mou comme à son habitude, Matthew appuya sur le gros bouton rouge qui s'enfonça dans la console. Un silence inquiétant. Une chance qu'Ivan lui avait demandé de se dépêcher…

Un long coulis tomba au sol. La bête s'avançait vers un Marc pétrifié qui la fixait dans cette contre-plongée qui lui donnait une allure incroyablement terrifiante. D'où il était, son corps semblait encore plus déformé; à cause de ses griffes qui se cognaient ensemble tandis qu'elle marchait de son pas lent; à cause de sa tête qui avait l'air plus grande puisqu'elle l'avait penchée pour le regarder; à cause de ces yeux qu'il ne comprenait pas, difformes et globuleux, et à cause de ces muscles carrés et ces dents affilés comme des dards. La satisfaction de le savoir si impuissant rendait ce véritable monstre anormalement fébrile de goûter sa chair.

L'envie montait. Comme cette boule de rage qu'il sentait naître dans sa gorge quand il s'adonnait à observer cette race infecte qui s'affaissait devant lui. Il aimait ce dédain, cette colère qui venait tout naturellement et tellement spontanément en lui.

Face à cet amas de violence brute qui avançait vers lui, avide de le dévorer, Marc ne put retenir les beuglements de terreur. Il se retourna en un dernier signe de vie vers l'école. Il leva la main vers les portes closes. En moins d'une seconde, il avait dévisagé tous les visages; ses juges qui l'avaient forcé à crever devant eux, comme un rien du tout jeté dans l'arène comme un mouchoir, contre les lions. *Et, c'est eux, ces "humains", qui me condamnent à être avec les bêtes.* Ironie.

Le monstre n'était plus qu'à quelques mètres. Il salivait, dégustait le moment. Et de plus en plus.

Le silence monotone qui régnait depuis tout à l'heure – perturbé seulement ici et là par quelques balbutiements, le son de la bave qui s'écrasait au sol et par les gémissements de douleur de Marc et Christopher (qui semblait malheureusement très inerte comparativement à l'énergie qu'il avait démontrée plus tôt) – fut interrompu par un long cri qui ressemblait au chant d'une sorcière de Salem. *À glacer le sang.*

Avec ce sens de l'apparition fortuite, la cloche de l'école retentit. Un bruit strident résonna sur tout le terrain. Un son désastreux qui sonnait comme la dure plainte d'un bébé en crise qui se déchirait les cordes vocales et redoublait de pleurs en entendant leurs propres lamentations désagréables comme si c'était pour la première fois.

Les élèves sursautèrent. Marc se retourna vers le monstre. Son regard alla fixer cette gueule béante. Devant lui, lui et ses sujets qui admiraient le spectacle se courbèrent sous la surprise.

Tous ne purent contenir leur peur. Et ce fut précisément cette réaction qui suivit qui changea complètement le sort de cette bataille.

Leurs cris s'entremêlèrent en un brouhaha incompréhensible.

Après un temps, les jeunes se turent.

Par contre, les bêtes continuèrent. Elles commencèrent par se plier en deux, tout en se plaquant la main contre les oreilles. Leurs rugissements s'éternisèrent dans la nuit.

Certaines s'arquèrent en deux comme si le bruit de la cloche les affaiblissait. D'autres s'écrasèrent contre l'asphalte. Quelques-uns, moins téméraires, se sauvèrent en déambulant dans les rues de Liberty Street avec la même démarche que les élèves saouls qui étaient partis plus tôt. Marc les regarda se trémousser et se tordre de douleur devant son ébahissement. C'était comme si ce son désagréable était la source de leur mal.

Il était figé dans cette expression qui entremêlait une légère pointe de contentement, quelques pincées de stupéfaction et une grande partie d'incompréhension totale. Il mélangea le tout et cela donna le résultat qui s'affichait sur son visage : la bouche ouverte qui pendait et les yeux qui les fixaient, ahuris.

Il profita justement du moment pour déguerpir. Mais, tandis qu'il poursuivait sa course effrénée vers les portes de l'école, il ralentit le pas graduellement. Sa course devint un jogging. Son jogging, une marche rapide. Sa marche rapide devint une marche. Tout le monde fut ébahi quand il s'arrêta; se retourna vers le monstre, toujours écrasé au sol; et s'approcher tranquillement de lui.

Marc se pencha. Ils étaient si près qu'ils n'avaient qu'à tendre la main pour toucher l'autre. Ils sentaient tous les deux le sang dans leurs veines bouillir comme si il allait déchirer leur corps d'un instant à l'autre. Ils y avaient ce poids sur leurs épaules; ce poids aussi lourd que celui d'Atlas.

D'où ils étaient, les élèves distinguaient seulement Marc courbé par terre comme cette chose. Puis, après un moment, la bête releva la tête.

Ils se fixaient, les jeunes à l'intérieur pouvaient ressentir la force dans leurs yeux d'où ils étaient.

Ils ouvrirent tous deux leurs gueules pour hurler, leur rage s'écoulant hors de leur voix comme si c'était tout ce qui restait en eux.

Les paroles de Marc avaient l'air d'avoir changé la douleur du monstre. Elle le dévisagea avec une étrange tristesse et un dégoût évident.

Elle semblait souffrir. Pourtant, sa manière de montrer les crocs trahissait son envie de sauter à la gorge de Marc. Elle semblait vouloir mourir. Mais quand ils la voyaient gigoter ainsi, ils ne pouvaient se résoudre à croire qu'elle se ferait prendre si facilement. Ils soutinrent chacun le regard de l'autre jusqu'à ce que la bête s'avoue vaincue. Marc ne fit rien pour la retenir et elle repartit avec ses hommes vers les abysses de Mead's Cliff. Aussi aisément qu'ils étaient apparus, ils disparurent comme des ombres dévorées par l'obscurité.

Tout le monde avait les yeux braqués sur Marc qui était agenouillé, seul. Il tomba au sol en poussant un long cri de fatigues; comparable à celui d'un coureur de fond ou à celui d'un lutteur après une épreuve olympique intense où il avait tout donné, mais où il avait tout de même échoué lamentablement. Les forces de son corps l'avaient toutes quittée et avaient laissé place à la douleur.

Ce qu'il avait dit à cette créature avait été loin d'atténuer sa peur. Au contraire, elle avait empiré la chose. Il regarda le ciel en repensant à ce qu'il venait tout juste de dire à cette bête. Il aurait pleuré si il en aurait été capable, mais son esprit semblait l'en empêcher.

Sa tête bourdonnait avec une étrange férocité. Il expira à nouveau tout en fermant les yeux et, dans un geste difficile, il alla porter une main à son visage. Un filet de sang recouvrit son ongle et coula avec une abominable lenteur le long de son majeur. Il sentait sur son doigt le tracé rouge qui se dessinait; imparfait, tordu, suivant le courant de sa phalange puis de sa paume; descendant pour caresser toutes les lignes de son bras.

Ses paupières étaient si dures à rouvrir qu'il avait l'impression qu'ils avaient été collés ensemble. Ses muscles étaient raides et crispés. Son souffle; éreinté. Il expira encore une fois. Le goût du sang dans sa bouche. Cet éveil était loin d'être des plus heureux. Des souvenirs, des images, des sons et des visions se chamboulaient dans sa tête douloureusement et ondulaient dans le décor de son esprit tel des fantômes.

Il entendait tous ces échos. Il voyait la haine! Voyait la rage! La bête qui s'avançait vers lui. Il se rappelait le concert de vacarmes retentissants. Le cri de la peau qui se déchirait sous le poing de cette chose résonnait dans le vent. Le sang qui giclait. La mort! Partout! Le bruit des nerfs qui se séparaient l'un de l'autre. La main du monstre qui transperçait le corps de Christopher. Il voyait tout.

J'aurais jamais dû venir à cette fête.

Oh merde, Christopher! Un ultime effort. Marc se lança de toutes ses forces vers l'avant. Il perdit l'équilibre et tomba. *Putain!* Envie de vomir. Il tourna la tête dans tous les sens à la recherche de son ami. Que du noir. *Où il est? Allez Marc!* Il se redressa tant bien que mal. Tout tourbillonnait autour de lui de plus en plus vite. Il était une toupie. De haut en bas, de gauche à droite, de bas en haut, de droite à gauche.

Christopher! Il sentit, en un instant vraiment court, le monde s'effacer alentour de lui à mesure qu'il faisait un premier pas. *Où est-il?* Les couleurs ne faisaient plus qu'une. Elles se mélangeaient entre elles alors que tout s'embrouillait. Ensemble, elles pivotaient au même rythme que le globe terrestre poussé par l'extrémité d'un index. *Merde!* Les arbres tournaient autour de lui. Ses yeux révulsaient dans leur orbite. *Il est où?* L'école n'était plus qu'une spirale de lueurs s'enfonçant dans un cyclone. *Où t'es vieux?* Les lumières n'étaient plus que des longs traits jaunâtres ou blancs. *Christopher!*

Les vertiges prenaient le dessus. La vision d'horreur de Christopher se faisant lancer en l'air, le sang giclant partout, coulant hors du trou dans sa cage thoracique, le pourchassait, se cachait à chaque recoin de son regard. Il hurla encore une fois en déambulant. Il n'était plus capable de retenir quoi que ce soit en lui-même. La bave dégouttait sur son menton. *Christopher!* Les larmes se mêlaient à la poussière et à la saleté. Une rage intolérable tortura et tordit son être en entier tandis qu'il criait au meurtre dans la nuit et qu'il allait à nouveau frapper le sol. Il finit par apercevoir au loin une silhouette noire, immobile, courbée dans cette pose impossible que seul un corps mou comme une guenille pourrait reproduire. *CHRISTOPHER!* De plus belle, ses yeux se remplirent de pleurs.

Son cœur recommença à battre la chamade. Il se propulsa vers l'avant et s'écrasa au chevet de son ami. La cavité dans son estomac le vidait peu à peu de toute énergie. Son visage était livide. *Non, cadavérique!* Il semblait déjà mort. Pourtant, l'esquisse d'un sourire se dessina et prouva à Marc le contraire. Il regarda les veines sur sa peau, les deux orbes crayeux, presque aussi blêmes que ceux de ces bêtes.

– Est-ce que… Est-ce que j'ai bien compris…

– Si t'as entendu… Oui. lui répondit Marc abattu. Il ne trouvait rien d'autre à ajouter.

– Ça veut dire que…

La cloche sonna à nouveau, enterrant ses dernières paroles. Marc ne fit que hocher la tête dans un signe d'affirmation, un torrent de larmes s'accrochant péniblement à ses yeux, avant que Christopher ne s'éteigne; là, devant lui, avec la même aisance qu'a quelqu'un qui sombre dans le sommeil.

Il se plaqua les mains contre son visage. *Qu'est-ce qu'on fait quand, à 17 ans, un type avec qui t'as partagé pratiquement 5 années de ta vie vient de crever à tes pieds?* Marc se figea. Il ne savait plus comment bouger. Il ne se souvenait pas non plus comment ressentir la moindre émotion en ce moment. Il n'était que désespoir. Il avait beau se mordre la lèvre avec toute l'ardeur qu'il y mettait, le corps devant lui restait – et resterait à jamais – un cadavre. Rien d'autre qu'un cadavre. Et il n'y pouvait plus rien.

Marc tomba au sol. Il ne sentait plus ses bras, plus ses muscles. Il n'avait plus aucune force en lui. Son être en entier s'effondra; rappelant un bâtiment qu'on dynamiterait, et alla s'échouer sur la carcasse. Sa tête s'écrasa sur celle de son ami, mort pour lui. *Il aurait jamais dû sortir. Il aurait jamais dû!*

Il commença à verser toutes les larmes qui s'accrochaient à son âme. Il pleura. Pleura comme jamais il n'avait pleuré. Il pleura plus que la fois où il avait vu sa mère pour la dernière fois; dans ce long rectangle d'ébène d'un noir de jais. Il pleura, renifla bruyamment, enfonça son visage dans le t-shirt taché. Il aurait hurlé toute la nuit durant si il en avait été capable, mais, à chaque fois qu'il essayait, son cri était retenu par un puissant sanglot. Il sentait tout ce sang sur sa peau, tout ce sang que son corps aurait dû perdre. *Ça aurait dû être MOI!* Après un moment, il remarqua la présence de quelques-uns qui s'approchaient pour faire leurs deuils pour cette personne enlevée comme un vrai martyr; pour ce héros qui n'avait pas encore eu le temps d'être quelqu'un. *Égoïstes!* Plusieurs déposèrent leur main sur son épaule en signe de condoléances. *Hypocrites!* La petite amie et les amis de Christopher vinrent pleurer sur sa dépouille. *Vous auriez dû l'empêcher de sortir! Vous ne pensiez qu'à vous! Vous n'êtes qu'une bande d'égoïstes et de lâches! Salopards! Fils de...*

Plusieurs minutes après que le mort soit retiré de l'entrée, Marc s'assit à l'endroit précis où Christopher avait été. Il dévisagea ce spectacle qui semblait être la définition même de l'hypocrisie; tous ces visages qui alternaient entre lui et le corps, tous ces visages qui le regardaient avec cette méfiance dans leurs yeux perfides, avec dédain, avec peur, comme si il était un monstre. *Mais c'est vous les monstres!*

À la longue, leur présence le lassa. Il se releva et il traversa la foule qui se tassait hors de son chemin en retenant leur souffle. Il alla trouver, malgré ses mains encore tremblantes, dans les décombres du banc en bois, l'énorme automatique de la bête qu'il attacha à son dos. Il chercha par la suite dans les alentours pour le revolver et finit par le retrouver dans un des buissons.

Il le fit tourner entre ses doigts, s'assurant que tous les morceaux y étaient. *Crosse, chargeur, munitions; il y a même un silencieux!* Tout semblait y être avec une propreté exemplaire.

Pourquoi alors elle ne s'en est pas servie quand j'étais devant elle?

Il continua son inspection du pistolet; cette extension de la volonté de la mort elle-même. Il crut, pendant qu'il l'observait, la voir; là, devant lui, dressée dans sa longue toge noire, tenant sa faux, tandis qu'elle le regardait examiner l'arme. SON engin. SA volonté. Par contre, dès qu'il releva la tête pour la dévisager, il constata que ce n'était que deux jeunes dans l'obscurité; un recroquevillé devant l'autre, debout. Ce jeu d'ombres et de formes donnait l'impression d'une cape noire. La faux n'avait été conçue que par son imagination due à l'image du lampadaire détruit, plusieurs mètres plus loin, qui était plus petit à cause de la perspective.

Il expira un bon coup. D'un revers de main, il essuya ses yeux emplis de larmes et de sueurs. Il passa ses doigts dans ses cheveux. Il regarda à gauche et à droite avant de retourner à l'arme. Il ne voulait pas que personne ne voie ce qu'il gardait. Cette chose était son précieux et il en était son Sméagol. Elle semblait tellement lourde dans le creux de sa paume qu'il avait de la difficulté à la faire tourner. Elle avait ce poids étrange, quasi mystique, créer par l'esprit, par cette force que Marc lui attribuait inconsciemment; par ce pouvoir d'enlever la vie en un clic, qu'en enfonçant son majeur sur une détente.

Marc remarqua une inscription sur chaque côté du canon. *U.S. 9 mm M9 – P.BERETTA – 65490.* Sous cette immatriculation, le numéro de série du pistolet. Marc retourna l'arme entre ses doigts. Il admira la couleur argentée qui avait ce quelque chose de chromé se refléter sous la lumière jaune du lampadaire. Une dernière épigraphe lui apparut, sur la partie arrière de la poignée. Deux lettres qui semblaient gravées au couteau, superposées méticuleusement pour facilement démontrer les initiales de son propriétaire – ou plutôt de son ancien propriétaire.

K

A

– Est-ce qu'il a été infecté?

– Hein? dit Marc en sortant de ses pensées et se retrouvant nez à nez avec le visage du professeur Starcheskiï.

– Почему я всегда повторяться? Черт! *[Pourquoi dois-je toujours tout répété! Diable!]* Je vous ai demandé s'il avait été infecté.

– Je… J'en sais rien… Mon… euh… La chose… elle… elle lui a transpercé le ventre… d'un… d'un coup de poing. M'sieur… Tout était fini après ça… Y'avait plus rien que je pouvais faire.

– Très bien, venez avec moi. dit-il d'un ton autoritaire en saisissant Marc par son bras. Il l'emmena jusqu'au corps de Christopher qui était désormais couché sur une sorte de couverture de laine. Dans un geste typique d'une sitcom américaine se déroulant dans un hôpital, Ivan s'empara d'une paire de gants (qui étaient, dès le départ, beaucoup trop grands pour lui) et tira pour qu'ils se moulent à sa main alors que tout ce qu'il fit ne les faisait que les élargir davantage. À côté de lui, il y avait Matthew, mou, comme à son habitude, qui dévisageait les filles qui regardaient la scène de loin. Marc était dans son coin et préférait mettre le plus de distance entre lui et le cadavre. À ses côtés, l'ex-petite amie de Christopher qui était toujours prise dans ses sanglots. Au milieu d'eux, le corps; ce reste d'un homme qui existait autrefois, qui parlait, qui aimait, qui ressentait des émotions, mais qui était maintenant réduit au silence absolu, à rien du tout.

La vie est ainsi faite, penseraient certains, mais la mort était un mystère pour Marc. C'était, pour lui, tout bonnement inimaginable que des êtres censés; qui avaient vécu, laissés une trace de leur passage sur Terre, avaient été régis par des sentiments comme l'empathie, l'amour, la haine; en fût désormais limité à cet état futile, inutile, où il n'y pouvait plus rien. Il ne saisissait pas comment, en enlevant naturellement toute force d'un corps, la personne perdait toute possibilité qu'un sourire trahisse leur visage qui aurait pu se transformer en un rictus complice, en un air moqueur ou encore en une moue triste. Mais non. Plus rien. Plus aucune parole, plus de cris, plus de rires, plus de pleurs; aucun son; aucune émotion. On en venait tous à être réduits à rien au final. C'était pour Marc incompréhensible et, même si il y accordait le reste de sa vie à méditer sur le sujet, il ne comprendrait jamais. C'était surement beaucoup trop complexe pour un humain ou sinon c'était beaucoup trop simple et évident.

-S'il vous plaît, ne faites plus de bruit! clama Ivan en levant les bras tout en haussant le ton de sa voix qui avait l'habitude de rouler les R. Marc tourna la tête et regarda autour de lui. Des dizaines et des dizaines de jeunes, qui, cellulaires en main, envoyaient des SMS même si ils avaient tous pleinement connaissance qu'ils n'avaient plus de réseau. Le dégoût s'empara de lui alors qu'ils étaient là, s'affairant à propager cette nouvelle, pendant que le corps était juste quelques mètres devant eux. Quelques-uns (impolis) essayaient de discrètement prendre des photos. *Mais comment est-ce qu'ils font pour ne pas tomber en larmes en voyant ça?* Il sentit cette boule dans sa gorge – cette chose étrange qu'il détestait ressentir et qui avait le désagréable talent de survenir toujours au mauvais moment – se former directement derrière sa pomme d'Adam. Les pleurs de la petite amie de Christopher vinrent s'écraser sur son épaule. Son regard alla se reposer sur Ivan qui se penchait vers le cadavre en faisant cette moue grotesque avec ses lèvres. Matthew, de son côté, observait les filles qui passaient. *Est-ce que seulement il avait remarqué qu'il y avait un foutu macchabée devant lui?* Probablement pas, pensa Marc. Il semblait beaucoup trop préoccupé par son chandail de l'évolution de l'espèce humaine; une véritable breloque qu'il se vantait d'avoir achetée au Smithsonian Museum, mais qu'il portait depuis 4 jours. Une d'entre elles le dévisagea avant de se retourner, dégoutée par les clins d'œil qu'il lui faisait. Ivan, d'un coup de gant, le rappela à l'ordre. De nouveau, toute l'attention revint sur Ivan qui fourrageait le corps comme si il était à la recherche de quelque chose d'intangible; quelque chose qu'on ne trouvait pas habituellement sur les cadavres de dissection ou dans les livres théoriques, mais bien quelque chose qu'on trouvait à force de raisonnement censé. Marc regarda la foule, les élèves, le ciel, la ville, l'école, le macchabée, son visage tapissé de sang. *Il n'y a rien de censé ici!*

Pendant plusieurs minutes, Ivan palpa ce qui restait de Christopher, inspectant chaque centimètre carré, allant même jusqu'à prendre des échantillons de chair et d'hémoglobine sur l'asphalte partout autour. Tout autour, des commentaires déplacés le jugeaient, tandis qu'il continuait à toucher l'intérieur du "trou" comme si il avait été un gynécologue en pleine expérimentation.

Après un bon moment, Ivan finit par se relever pour faire face à la foule d'élèves perplexe pour leur dire : « Ceux qui souhaite en savoir plus, s'il vous plait, suivez-moi. »

Plusieurs dévisagèrent le vieillard qui semblait se prendre pour le Merlin de son temps. Ils le regardèrent de la même manière qu'on regarde un fou; avec cette crainte dans le fond des yeux, cette peur qu'il soit sur le point d'exploser ou de vous sauter à la gorge en hurlant. Il rentra à l'intérieur et tout le monde resta dehors, comme si ce qu'il venait de dire avait été dans une langue complètement nouvelle pour eux. Personne ne bougea. Ils étaient tous figés. Les filles s'étaient rassemblées dans un coin, loin de la dépouille de Christopher, tandis que les garçons s'étaient éparpillés en gang.

Plusieurs murmuraient maintenant de retourner chez eux. Tous acquiesçaient. Marc y compris. Il observa sa maison sur le sommet de Mead's Cliff. *Un lit, c'est ça qu'il me faut.* La foule se mit en marche. *Pour me réveiller de ce cauchemar!*

Les mains dans les poches, ils partaient, laissaient le cadavre derrière eux tandis que Matthew l'emmenait dans l'école Dieu sait où.

Un calme plat régnait. Plus personne ne parlait. Tout le monde avait la tête baissée. Une douleur les unissait comme un lien invisible, une corde intangible qui les reliait tous jusqu'au corps de Christopher; leur boulet. On aurait dit un contingent qui s'en allait à l'abattoir.

Du coin de l'œil, Marc remarqua Ember, qui, mains contre son torse, avançait comme si elle s'enlaçait elle-même. Elle sentit le poids de son regard sur ses épaules et elle se retourna pour automatiquement chercher son réconfort. Échange de sourire triste. *Il n'y a rien d'autre que je peux faire mis à part ça.* Elle lui renvoya le même sourire. *Il n'y a rien d'autre que je peux faire mis à part ça.*

Puis, la marche s'arrêta. Tous se figèrent dans un mouvement quasi-robotique. Quelques, moins rapides, se cognèrent contre celui devant eux.

Au loin. Sur le clocher de l'église. Dans les rues. Dans les maisons. Sur les toits.

Ils virent des petits points blancs qui les suivaient. Tandis qu'ils remarquaient tous ces yeux, tout le monde cessa de respirer. *Combien étaient-ils?* Petit à petit, les élèves reculèrent avec un long geste lent. Ils levaient tous d'abord un pied qu'ils laissaient en suspens, talon élevé, la pointe des orteils touchant de peu le sol comme si ils voulaient garder un semblant d'équilibre; comme si ils voulaient absolument avoir les deux pieds sur terre.

Puis, quand ils voyaient que ces choses ne les mettraient pas en chasse, ils allaient, d'un mouvement brusque, écraser leur pied contre l'asphalte en se retournant avant de commencer à courir. Qu'une dizaine d'entre eux restèrent figés, à regarder les orbes blancs qui illuminaient la nuit comme des phares en mer.

Marc remarqua alors un monstre haut perché, accroché au plus haut point de la ville, sur le clocher de l'église. Ses yeux brillaient comme deux étoiles. Dans la noirceur qui l'enveloppait, il avait l'air plus menaçant que les autres. Peut-être n'était-ce que parce qu'il les surplombait.

Un long rire effrayant déchira le silence. Son rire. Marc en était certain. Maniaque, aigu, qui avait ce quelque chose de psychédélique et de détraqué.

Marc le fixa qui riait, solitaire au-dessus du monde. Toutes les lumières s'éteignirent quand le cri de l'école retentit. Il se lança dans le vide et disparut.

Malgré le bruit, Marc pouvait toujours entendre son rire qui se poursuivait, laissant un écho dans les rues; un présage de mauvais augure. Marc rentra en courant avec les dix derniers qui restaient.

Il monta les escaliers, quatre marches à la fois. Seul lui retournerait le voir, il s'en doutait. Et c'était bien contre son gré. Une menace planait désormais.

Il fallait qu'il en sache plus.

Ploc!

Il se tenait dans une pièce qui était l'exact opposé de celle où le grand honneur lui avait été octroyé. Contrairement à l'immensité de la cave, à l'imposante beauté de ses stalactites et à la magnificence du lac souterrain verdâtre, il était dans une minuscule salle boueuse et laide. La monumentalité de la caverne avait été échangée pour cette exiguïté extrême qui apportait chez lui cette impression de claustrophobie. Si la grotte lui avait paru s'étendre à l'infini, à peine pouvait-il maintenant tendre son bras que déjà il touchait au plafond. Un liquide brun et crasseux coulait hors d'un tuyau qui fuyait. Le débit faible rendait inconstant le bruit de la goutte s'écrasant au sol. Cette prison était complètement plongée dans l'obscurité et, si cela n'avait pas été de sa naturelle habileté à voir dans le noir, cela ferait longtemps qu'il se serait heurté contre une conduite d'eau. Il prit une grande inspiration de dégoût. Tout autour, une étrange odeur de brûlé parfumait l'air avec cet arôme désagréable qui semblait d'émaner des murs.

Cela faisait plusieurs minutes qu'il patientait, seul, combattant ses reproches et ses démons, avec sa honte de l'échec, avec sa peur de se faire éliminer par son maître. *Ploc!* Ici, dans la pièce, il avait l'impression d'être comme la dernière bûche dans un foyer; avec cette incertitude des plus angoissante tandis qu'elle ballote d'un côté puis de l'autre; aux prises avec cette question qu'elle devait se poser inlassablement, hystériquement, se demandant si le feu pouvait arriver jusqu'à elle, si il était capable de la dévorer ou si elle allait résister jusqu'à ce que la dernière trace d'une flamme s'évanouisse sous les cendres.

En ce moment, il se sentait ignoble et écrasé par le poids de la défaite. Si il était véritablement comparable à une bûche, alors les flammes ne devaient pas être bien loin.

Ploc!

Le bruit des gonds qui tournent le sortit de ses pensées. Il était là, devant lui. Un long froid lui parcourut l'échine. Étrange contraste avec la brûlure à laquelle il s'attendait. Il était maintenant venu l'heure de répondre de ses actes et d'expliquer à un homme qui n'acceptait pas l'échec comment ils avaient si lamentablement échoué.

Il expira un bon coup avant de s'incliner. Pas une once d'émotion ne trahissait son visage. Il était toujours figé dans son habituelle expression neutre et monotone. Pourtant, une pointe de rage semblait briller au plus creux de ses pupilles d'un blanc opalin. Il ne tolérait pas la défaite et ne l'avait jamais toléré. *Ploc!*

Seulement par son regard, il imposa une absolue autorité. Ses yeux pâles fixèrent son pauvre sujet, sa propriété abjecte qui l'avait tellement déçu. Il le sentait qui se retenait pour ne pas trembler. Sans même avoir à lui faire de signe, tout simplement en faisant le dernier pas qui les séparait, son esclave baissa la tête, prêt – ou peut-être pas – à rendre ses comptes. D'un geste brusque, le grand chef alla porter sa poigne à sa gorge et commença à serrer.

-Arrrmee puuiiiissssaante… Trrroooop puuiiiissssaante.

Son maître le frappa sur la mâchoire. Coup de poing rugueux et violent. *Ploc!* Comment une réponse pouvait être aussi idiote? *Des soldats parfaits! Une banale éradication. Comment ont-ils pu échouer?* Il attendit une deuxième explication, mais son second ne semblait n'en avoir aucune à lui offrir. Il le cogna à nouveau, dans le ventre, sur la gueule. *L'incompétent!* Il se retint pour ne pas le battre davantage. *Tu devrais mourir. Mais je suis juste et bon. Je suis clément et je pardonne. Tu devrais mourir. Rappelle-t'en. Ta vie ne vaut pas plus pour moi que celle d'un autre.* Le chef rejeta son subordonné au sol.

Il le regarda, une flamme brillait dans ses yeux blancs et exorbités. *Misérable.* Une nouvelle fois, il lui mit la main à la gorge. Il força jusqu'à ce qu'il sente que, en un coup de poignet, il pourrait lui casser le cou. Il hurla; hurla pour enterrer un quelconque gémissement qu'il oserait sortir hors de la carcasse putride – mais parfaite – qui lui servait de corps. Il le laissa tomber de la même manière qu'on laisse tomber un mouchoir usé; avec ce glissement qui l'emmenait loin de soi et qui délaissait l'abject tissu à la première poubelle qui l'accueillerait. *Ploc!*

Son adjoint gisait par terre. Il était pris dans un mutisme absolu. Pas un mot, aucune protestation, aucun sanglot, aucune douleur. Tous deux, ils regardaient le sang épais et pourpre couler hors de son nez en se disant qu'il le méritait bien. *Après tout, il était son maître. Il avait le droit de le frapper. Un chef a tous les droits sur ses subordonnés.*

Après un moment où la quasi-absence de son hantait la pièce; perturbé uniquement par le bruit du tuyau qui fuyait; il tendit l'oreille pour vérifier si son fidèle gémissait. Le "*Ploc!*"de l'eau lui répondit. Il ne chialait pas. Comme un père qui venait de chicaner son adolescent pour une faute inacceptable, il s'attendit à ce que celui-ci pleurniche ou éclate dans une rage insoutenable. *L'un ou l'autre lui vaudrait une punition.* Mais rien ne se passa. Il ne râla pas et il ne protesta pas. Il resta muet comme une tombe, à fixer le sol. Il était complètement soumis.

Puis, comme pour rompre le silence trop long, le grand chef dit : « Échhhecc… paaaas… accceppptéééé. » avant de délaisser son bras droit. Il poussa la porte faite d'un mélange de boue et de gravier et disparut dans le corridor. Sur le seuil, il fit de nouveau face à son fidèle qui se relevait péniblement dans le fond de la pièce. Avec une méchanceté perverse, il lui donna un violent coup de pied dans les côtes puis il retourna régner sur son peuple d'infâmes infamies.

Des soldats parfaits! Une simple élimination. Comment est-ce que j'ai pu si lamentablement échouer? Je ne suis qu'un incompétent! pensa le misérable. Dans le noir, il vit un petit filet rouge couler hors de sa bouche. *Je devrais mourir. Mais il est juste et bon… Il est clément et il pardonne. Tandis que, moi, je devrais mourir. Je devrais mourir. Ma vie ne vaut pas plus pour lui que celle d'un autre. Après tout, il est et il sera toujours mon chef. Il a et il aura toujours le droit de me frapper. Il a et aura toujours tous les droits sur moi. Je suis à lui.*

Sur ce, il se plaça en position fœtale et alla porter ses mains à ses pupilles. *Je ne mérite plus un tel honneur.* Dans un geste lent, il enfonça ses griffes à chaque extrémité de ses globes oculaires. *Ploc!* Son râle écrasa le silence quand ses ongles s'enlisèrent à l'intérieur de ses yeux. C'était incroyablement plus dur que ce qu'il s'imaginait. Il avait l'impression d'enfouir ses doigts dans un pot de margarine, mais cette fois accompagnée d'une souffrance sans nom. Le sang tombait le long de ses joues. *Ploc!* D'un mouvement sec, il lacéra un côté de ses yeux pour créer une ligne perpendiculaire. Le son de ses prunelles se déchirant lui releva les écailles sur tout le corps. *Ploc!* Il hurla en sentant son prestige et son rang être découpés et couler jusqu'au sol. *Ploc!* Il leva la tête sans pouvoir retenir son cri. *Ploc!* La douleur; l'intolérable douleur; lui démangeaient tous les nerfs à un tel point qu'il avait juste l'irrésistible envie de s'arracher les globes oculaires. *Ploc!* D'un coup brusque, il retira ses griffes, ressentant cette horrible sensation; comme si on lui avait planté dix longues seringues au plus profond de ses pupilles et qu'on les enlevait d'un coup.

Combien de temps resta-t-il couché à râler comme un animal, à essayer de séparer la souffrance de son âme – si jamais il en avait une. *Une minute? Quinze? Soixante? Mille?* Il ne savait plus. Il ne connaissait que le mal. Il avait perdu toute autre notion. La faim, le désir. Tout ça n'existait plus. Il ne reconnaissait même plus l'endroit où il se trouvait. Il n'y avait que la douleur; perpétuelle, éternelle, insaisissable; l'immortelle douleur. Quand il se sentit enfin assez fort, il s'extirpa de la pièce en claudiquant. Il avait le sentiment d'être éteint; sans vie. Il n'était plus que la loque de lui-même. Il se traînait comme on traîne un cadavre à sa tombe.

Il tourna le coin, se dirigeant vers sa cellule où il masquerait sa honte des regards. Quand il s'engouffra dans le passage, il ne remarqua jamais le visage caché dans la pénombre.

Ploc!

♦♦♦

Marc marchait d'un pas lent dans le corridor plongé dans le noir. C'était le même corridor que celui d'il y a une heure. Le monde semblait pourtant avoir changé d'axe depuis…

Si il avait eu l'impression que ce couloir était vide, maintenant il avait l'impression qu'il était trop plein. On suffoquait. Des odeurs attaquaient avec chaque brise. Fortes et vinaigrées. Les vitres ressemblaient d'avantages à des miroirs qui renvoyaient l'image de sa figure déchirée par la fatigue. Les ombres, éclairées par la lune désormais à vue, transformaient le couloir en un jeu de lumières et de clair-obscur. Marc avait le sentiment d'être dans un trou noir qui tournait sur lui-même sans cesse, aspirant tout en son centre. Les vertiges revinrent. Mais est-ce que ce n'était pas causer cette fois par cette puanteur qui agressait son nez?

Sur les murs, les formes des arbres de l'extérieur resplendissaient. Le dessin des branches qui bougeaient donnait au corridor un aspect étrange. Marc fit son chemin à travers ces silhouettes qui allaient et venaient au sol et sur son visage.

Il était le prince des ombres.

Il y avait un nuage noir qui pesait sur ses épaules. Le trait des rameaux laissait à Marc l'illusion d'une grande main griffue qui déchirait sa figure à mesure qu'il traversait le couloir.

Au loin, un murmure semblait donner vie à ces lieux perdus. Marc continua d'avancer. Il ne se préoccupait pas des ombres ni de l'odeur qui l'accablait. Marc continua d'avancer. Il ne sentait plus ses pas se cogner sur la céramique du troisième, ni son souffle sortir hors de sa cage thoracique avec ce débit régulier. Son esprit vagabondait entre les souvenirs et le présent, sans cesse rappeler par les évènements horribles qu'il tentait d'oublier, dont il essayait de s'affranchir, mais qui lui collaient à la peau. Il ne pouvait s'enlever cette vision de la tête; la main traversant le corps en sang... Marc continua pourtant d'avancer. Il marcha dans le corridor comme un automate jusqu'à ce que la puanteur devienne trop forte. Il remarqua la porte entrouverte, encadrée par une lueur orangée. Il hésita encore quelques secondes avant d'entrer dans le local du professeur Starcheskiï. Dès qu'il tourna la poignée, il se demanda pourquoi il revenait toujours à cette foutue classe. Il semblait y avoir passé la nuit. Il détestait cet endroit.

Quand il mit enfin pied à l'intérieur, il voulut ne pas l'avoir fait. Non seulement l'odeur, mais la vue également le fit regretter. Sur un bureau, un corps immense gisait. Complètement décapitée, cette chose tailladée au couteau était méconnaissable. Le visage, à peine reconnaissable, n'avait plus de nez, d'oreilles et de pommettes. Sur le torse, les seins de la victime avaient été arrachés et avaient été déposés sur un comptoir proche. Toute la surface de l'abdomen avait été enlevée et avait été placée quelque part, Dieu sait où. Accompagnant ce qui ressemblait à un intestin, des lambeaux de chair provenant des cuisses empestaient toute la pièce. Sur une grande table, un peu plus loin, plusieurs organes traînaient, leurs couleurs et le sang qui s'était répandu sur eux levant le cœur à Marc de manières atroces.

Il se serait cru dans un abattoir.

Mais quand il aperçut la mâchoire, il comprit immédiatement que cette chose n'était pas humaine. Juste à voir la taille des dents, il le savait.

Il les avait admirées d'assez près plus tôt qu'il pourrait les reconnaitre entre mille. Cela ne pouvait être que Martin ou la professeure McKanzie... Ceux qui avaient été transformés en...

– Mutants.

– Hein? dit Marc en un souffle.

– Да, да! Они были мутантами! Ivan s'arrêta pourtant quand il remarqua que Marc affichait un air médusé. « Euhm... Avant, ils étaient tous deux humains! »

Marc dévisagea le professeur, incertain de la manière dont il devait réagir.

– Oui, ça je le savais déjà. finit-il par balbutier.

Il lui souriait, les pupilles grosses comme des billes, un sourcil levé et le nez pendant (ce qui créait sur son visage une zone étrange où il n'y avait que ses yeux qui occupaient l'espace). Ivan le regardait, presque fier d'avoir pu entonner une telle affirmation sans avoir laissé une trace de peur ou de doute dans sa voix. Marc tourna la tête et fixa le corps décapité et un sentiment indescriptible de dégoûts l'envahit.

– Comment est-ce…

– Comment en suis-je venu à cette conclusion? poursuivit Ivan. « В самом деле [Et bien], ils sont consisté des mêmes organes que nous et la disposition их Члены… de leurs membres; est très semblable. De plus, la structure de leur squelette est практически identique à la nôtre. Je dis практически… pour vous, le mot c'est : pratiquement; si je ne me trompe pas… parce que la leur est – comment dire – труднее… renforcée. Voyez par vous-même! dit-il en prenant ce qui semblait être un fémur sur la table. « On dirait qu'il fait pratiquement le double du nôtre. » dit-il en le comparant à celui du squelette en plastique. « Cela explique un peu le fait qu'ils grandissent – en quelque sorte – durant leurs transformations d'humains à… ça. »

– Mais comment c'est possible? dit Marc qui retrouva finalement l'usage de ses mots, toujours absorbés par les corps complètement ravagés qui avaient été délaissés sur les tables comme si de rien n'était et qui laissaient émaner les odeurs pestilentielles qu'il avait l'impression de goûter à chaque fois qu'il ouvrait la bouche.

– Je n'en suis pas encore sûr. Je crois que c'est par morsure; comme pour le cas de Сэр [Monsieur] Martin. Il y a tellement de possibilités! Je n'en sais rien. Cela pourrait être une bactérie qui se promène dans l'eau comme cela pourrait être une maladie vénérienne… ça pourrait se transmettre dans la nourriture comme des asticots comme ça pourrait se transmettre dans l'air que nous sommes en train de respirer en ce moment. Peut-être que… peut-être que c'est comme les vampires aussi; après une vie de malheurs et de vices, vous renaissez en monstre horrible. dit le professeur en gesticulant de gauche à droite et en faisant aller ses bras dans un sens puis dans l'autre, se prenant presque pour un personnage de théâtre. « Je… je ne suis d'aucune aide sur la nature du comment.

Mais... Je crois détenir une piste par contre! Lors de quelques analyses... j'ai découvert que c'était une sorte d'infection, car... dans le sang de mademoiselle McKanzie, tous ses globules rouges avaient été contaminés par un virus que personne ne connaît. J'ai cherché dans tous mes bouquins, partout! Ничего! Nichts! Нічого! Ingenting! Rien, nulle part! Rien! Vous comprenez? Rien! Niet! NADA! »

– Oui… j'ai… euhm… j'ai compris. dit Marc déstabilisé par l'excès absurde de colère du professeur. « Alors c'est quoi? Ça serait comme un genre de virus qui se promènerait dans l'air? C'est ça?

– J'ai dit ça comme ça. Ce n'est qu'une théorie, monsieur Kyrric.

Un silence plongea les deux hommes dans leurs réflexions. Dans leur tête, les plus folles hypothèses mijotaient comme un pot-au-feu fait avec les restes des corps tout autour. Après un moment, Marc finit par demander : « Alors pourquoi on n'est pas infecté si eux le sont? »

– Ça… je n'en sais fichtrement rien… Par contre… je sais quelque chose qui vous intéressera… quelque chose d'utile pour vous… quelque chose de formidable et qui vous aidera énormément… dit Ivan avec un air de prestidigitateur à deux balles qui traînaient dans les centres d'achats le samedi après-midi et qui faisaient des tours minables devant des enfants qui ne voyaient pas les cartes qu'il mettait dans ses poches. « Ça vous sera extrêmement utile si vous voulez en tuer d'autres… »

– Woh, woh, woh! Qui a parlé d'en tuer d'autres?

Un moment de silence suivi pendant lequel Ivan regardait Marc surpris. Il avait des yeux si ronds c'était comme si l'évidence même se tenait entre eux deux et que Marc ne la voyait pas. Puis, sur un ton des plus naturels, il hocha la tête et dit : « Hy… [Et bien…] c'est moi! » Une nouvelle pause régna pendant laquelle Marc dévisageait Ivan qui semblait trouver ce qu'il disait des plus banals. Après un temps, il ajouta : De toute façon, je ne fais que vous dire ça comme ça, au cas où. Et puis, vous l'avez bien remarqué comme moi… ils étaient tous là, dans les rues!

– Ouais… je le sais. désespéra Marc tout en repensant à ce que venait de dire le professeur. *Ils étaient tous là dans les rues. Nous, on est confiné ici. Qu'est-ce qu'on peut faire maintenant?*

Sa conscience lui répondit. *Se défendre…*

– Alors, c'est quoi que j'ai à savoir?

– Regarder l'oreille. C'est cela qui m'a permis de dire à mon assistant d'aller faire sonner la cloche. Je crois… en quelque sorte… que cela fait de moi votre sauveur. dit-il avec un sourire malin d'affiché sur son vieux visage plissé.

– Ouais si on veut. dit Marc désintéressé. Tranquillement, il s'approcha de la table sur laquelle on pouvait y voir une énorme tête détachée du reste du corps – qui devait forcément être quelque part dans la pièce, mais où; ça, c'était une tout autre affaire. Tout le côté droit avait soigneusement été découpé – par quoi, ça Marc n'aurait pas pu le dire. Il regarda la petite scie à chaînes, le scalpel et la longue machette ensanglantée qui traînait tout autour de lui. Une boule de dégoût remplit sa gorge. Divers organes de plusieurs couleurs pouvaient y être examinés. Du jaune caramel à un ocre suspicieux, toutes ces choses semblaient gluantes et étaient recouvertes d'une étrange matière muqueuse. *Oh, seigneur!*

Tandis qu'Ivan allait déposer sa main sur un globe oculaire; un doigt tombant directement dans le creux de l'oreille; Marc s'interdit de s'y aventurer de peur d'attraper un quelconque microbe ou de toucher quelque chose qu'il contaminerait à son contact… ou quelque chose qui LE contaminerait.

– Ne voyez-vous pas une différence entre une oreille "humaine" et une oreille aussi… aussi magnifique que celle-ci? Demanda le vieux professeur au comble de l'admiration.

– Non… Désolé. Je… je porte pas vraiment attention à ce que j'ai là-dedans mis à part les fois où je me passe un coton-tige à l'intérieur. Comme… comme la plupart des personnes normales, vous savez!

– Ah bon. Vous devriez pourtant! C'est... intéressant… Mais bref, regardez, regardez de plus près. Le tympan m'a révélé un point faible… Regardez là! dit-il en pointant ce qui semblait n'être rien d'autre qu'une petite glande. Ces bêtes ont leurs ouïes si développées qu'ils pourraient entendre quelqu'un murmurer à cent mètres d'eux. C'est comme si… Хорошая кровь… [Bon sang…] C'est comme si leur sens était si évolué qu'ils entendaient tout, mais ça fait aussi qu'ils réagiront à un son très fort.

– Comme la cloche de l'école?

– Точно! [Exactement!]

– Alors ils sont quoi? Je veux dire… c'est quoi c'est choses-là? C'est… c'est des genres de yetis, c'est ça?

194

– Je répondrai comme vous; la plupart des ados le font. dit Ivan avec un grand sourire et en faisant des mouvements tirés tout droit d'un vidéoclip de rap. « Ouain c'est comme ça là... Tu comprends MEC? C'est ça qui est ça. »

Un long silence plana. Marc dévisagea Ivan, qui, au milieu des cadavres, aurait dû utiliser le silence qu'il laissait planer. Il lui sourit. *Mais où il était ce putain d'imbécile-là toute la soirée? Il sait pas tout ce que j'ai enduré ce foutu con-là!* Il reprit son discours tout en continuant ses grandes manies d'orateurs. « A priori; les yetis; si jamais quelqu'un arrivait à prouver leurs existences – et, croyez-moi, j'ai déjà essayé en passant des hivers complets dans les montagnes du Tibet – ressembleraient plus à de gigantesques gorilles tandis que ces choses-là sont d'un genre beaucoup plus Рептилия – reptilien. Ils sont capables de muer ainsi que de régénérer plusieurs membres qu'ils auraient perdus tout comme les squamates, contrairement aux sasquatchs... ou du moins, je pense. J'ai également remarqué que, près de leurs pupilles, ils ont tous deux une sorte de membrane extrêmement fine; si fine même qu'ils peuvent voir à travers.

– Qu'est-ce qu'ils peuvent bien voir avec ça?

– Ne demandez pas ça à moi. Je n'en sais rien, moi! Ça leur permet peut-être de se défendre contre des gaz qui pourraient avoir un effet particulier sur eux ou de voir à travers le linge des jeunes collégiennes. Qui sait?

Marc se retint pour ne pas pousser un *Ark!* dégoûté par ce commentaire quasi pédophile.

– C'est tout? demanda-t-il. Il avait envie plus que tout de sacrer son camp de ce prof définitivement sénile.

– Non! Ivan se pencha et fixa Marc directement dans les yeux. « Ils ont le sang froid. » dit-il en brandissant fièrement un doigt.

– Et?

– Non, rien. C'est simplement que ça augmente leur ressemblance aux reptiles squamates. Est-ce que vous trouvez vous aussi qu'ils ont l'air de minuscules Godzillas? C'est fascinant! Est-ce que vous croyez que c'est ça le jugement dernier? Que c'est ces bêtes qui viennent prendre notre place? Peut-être que, dans dix ans, tout sera comme si l'humanité n'avait jamais existé! Nous vivons un grand moment, monsieur Kyrric. Ah, mais j'allais oublier!

– Quoi?

– Elles ont une deuxième faiblesse… Dans le dos… ils ne possèdent que dix vertèbres dorsales et seulement six cervicales. Alors, avec une certaine précision, ils peuvent être facilement vaincus.

– Eeeeh… monsieur… 'scusez-moi, je parle pas votre jargon scientifique. Vous pouvez m'expliquez c'est quoi une vertèbre?

– Une vertèbre, monsieur Kyrric, est un os relativement court qui constitue la colonne vertébrale. Habituellement, chez les humains, elles sont divisées en quatre parties : les cervicales, thoraciques, lombaires et pelviennes. Nous avons sept vertèbres cervicales, douze thoraciques et cinq lombaires. dit le professeur en faisant parcourir son index tout le long de sa colonne vertébrale d'une manière plutôt gênante. « Mais – et voilà ce qui est intéressant – ces mutants ont quelques failles. Si vous recommenciez, comme vous l'avez fait avec mademoiselle McKanzie, et que vous frappiez dans le dos ou dans le cou, comme l'a fait une de vos camarades de classe… la… Ах, Бог, я все еще забыл его название ! [Ah, seigneur, j'ai encore oublié son nom!] La… la rousse – je n'arrive jamais à me souvenir du nom de cette fille. Bon, peu importe. Avec ça vous pourriez facilement leur trouver la peau ou leur perforer la colonne. »

– En parlant de leur peau, c'est quoi? Elle est… comment dire… bizarre.

– Leur peau est en fait, comme je vous l'ai expliqué, reptilienne. Elle consiste en faites en plusieurs couches très dures – beaucoup plus que les nôtres. Ils ont, comme nous, l'épiderme, le derme ainsi que l'hypoderme quoique celui-ci soit beaucoup plus épais que le nôtre. Leur épiderme est également très différent, car il est entièrement recouvert d'écailles, tout comme les lézards de la famille des squamates. Pour faire ça simple, c'est un peu comme un gros manteau de crocodile que quelqu'un porterait jour et nuit, sept jours sur sept. Pour réussir à pénétrer ou même à seulement les érafler, vous allez avoir besoin de donner de très violents coups ou être équipé de quelque chose de très aiguisé… mais… je ne crois pas que ça soit un problème pour vous, surtout avec tout cet arsenal. Je suis persuadé que trouer la peau à quelques monstres ne vous fait pas très peur, n'est-ce pas monsieur le chasseur de démons? demanda Ivan en saisissant un scalpel qui traînait sur une table et l'utilisant pour pointer le revolver qui dépassait des pantalons et l'automatique sanglé sur le dos à Marc.

– C'est…, Marc se racla la gorge, mal à l'aise. « Ce n'est qu'une précaution… » dit-il en déposant ses doigts sur le manche de l'arme tandis que le professeur Starcheskiĭ brandissait sous son nez sa lame.

– Bien sûr… Bien sûr… Oh, et par précaution… Puisqu'ils sont des reptiles poïkilothermes, ce qui veut dire à sang froid, sachez qu'ils ont une force de 2 à 3 fois supérieure à la nôtre.

– Quelque chose d'autre à propos de ces mutants, monsieur?

– Non. Rien que je vous ai déjà dit ou que vos yeux aient vu : ils sont cannibales, extrêmement dangereux, ils possèdent une force et une vitesse beaucoup plus grande que la nôtre, tous leurs sens sont finement aiguisés. Rien de moins.

– Parfait, je… je crois que je vais y aller et… euh… creuser ma tombe tout de suite. dit Marc, persuadé que ce professeur désirait presque qu'il se fasse dévorer.

Marc sortit de la pièce, regardant du coin de l'œil Ivan qui s'amusait à massacrer un des deux corps, plantant un de ses instruments dans un des crânes avec une certaine violence. Il n'y avait aucun doute maintenant. Ce prof était définitivement fêlé.

J'suis bon pour un bon lit, moi.

◆◆◆

La figure cachée dans l'ombre s'avança. Dans la pénombre, son sourire dément resplendissait. Il poussa la porte et admira la salle pas plus grosse qu'un placard. Il serra ses lèvres ensemble pour créer une moue dubitative. Du bout des ongles, il frappa le mur, provoquant ce long cliquetis. *Tic-a-tic-a-tic-a-tic-a-tic-a-tic-a-tic-a-tic-a-tic…*

Après avoir longuement vérifié s'il était bel et bien seul, il pénétra en laissant tomber sa tête d'un côté avant d'aller la relancer de l'autre. Son rictus psychopathe s'étira quand il remarqua tout le sang par terre. Il s'accorda le droit à un petit rire et fit claquer ses doigts entre eux. Il s'approcha en sautillant et, dans un geste qui aurait pu sembler être un signe de la plus grande politesse, il se baissa vers l'avant en faisant tourner sa main dans les airs comme s'il s'adonnait à un quelconque salut classique. Dès qu'il fut aussi courbé que ce que son corps lui permettait, il se mit à renifler le sol.

*L'odeur exquise de la chair fraîchement coupé*e. Son sourire maniaque s'étendit en prenant une proportion quasiment impossible pour les membres de son espèce, non habitués à cette forme du visage. Il fit sortir sa longue langue serpentine et alla lécher lentement mais surement chaque goutte de sang, chaque reste du prestige de son ennemi, chaque trace qu'il convoitait, chaque bout des yeux qui traînaient par terre.

Il se délecta de l'échec de son rival pendant au moins une quinzaine de minutes. Pendant tout ce temps, il devenait quelqu'un de plus fort. Il mériterait un tel honneur. À la fin, il s'agenouilla et plaça ses doigts contre sa rétine. Il hurlerait en sentant son importance et son rang se transformer, s'améliorer, sous ses propres ongles. Il crierait pour que tout le monde l'entende; pour que tous soient au courant.

D'un coup, il plongea ses griffes dans ses pupilles. Il releva la tête et son cri de plaisir déchira le silence des corridors.

Un jour. Un jour, mais pas aujourd'hui. Un jour. Bientôt... Très bientôt. Je serai l'Oméga et l'Alpha!

Table des matières